진로도
나답게

진로도 나답게

발 행 | 2022년 12월 30일
저 자 | 이운우
펴낸이 | 이운우
펴낸곳 | 공간나다움
출판사등록 | 2015.09.22.(제337-2015-000012호)
주 소 | 부산시 연제구 여고로 52번길 25, 301호
전 화 | 051-506-4282
팩 스 | 0504-470-4282
이메일 | cloudrain95@naver.com

ISBN | 979-11-981476-0-8

진로도
나답게

'무엇을 하고 싶은지 나에게 말할 수 있으려면
먼저 내가 누구인지 내 삶의 말부터 들어야 한다.'
- 파커 J. 파머

이운우

차례

들어가며

대학 시절 기계공학을 전공한 나는 2학년 첫 중간고사를 치고 나오며 울었다. 1학년까지는 교양 위주의 과목들이라 장학금도 받아가며 그럭저럭 대학 생활을 해 왔었다. 그러나 전공과목 수강이 시작되는 2학년 1학기 중간고사 문제를 풀면서 내 인생과 이 학과가 무슨 상관이 있는지 공학용 계산기를 들고 그렇게 울었다.

잘못된 학과선택임을 절절하게 깨달을 즈음 나는 대학 동아리에서 독서에 눈 뜨게 된다. 독서의 '재미'와 그로 인한 '변화'와 '성장'은 큰 즐거움이었고, 졸업 전부터 서점이나 출판 관련 직종으로 취업을 생각하기에 이르렀다. 그러나 관련 학과 졸업자도 아니고 경력, 자격증도 없이 취업이 쉬울 리 없었다. 그러던 중 하루는 수업과제로 책을 읽고 있던 교회 후배를 통해 '문헌정보학'을 알게 된다. 그런 학문이 존재한다는 사실에 놀랐고, 그 사실을 20대 중반을 넘긴 그때서야 처음 접했다는 나의 무지에 또 놀랐다. 전국의 문헌정보학과 정보를 미친 듯 찾아보았고, 대학원 석사과정에 입학하게 된다.

입학 후 당시 우리나라에서 갓 기지개를 펴던 '독서치료'라는 학문을 접하고 물 만난 물고기마냥 공부했다. '공부가 이렇게 재미있을 수 있구나.' 하는 경험을 처음으로 했고, 평생 잊지 못할 스승님을 만난 순간이기도 했다. 그렇게 석사과정을 마무리하며 논문을 쓰던 중 한 독서 관련 연구소를 알게 된다.

논문을 위해 이 연구소 사이트에서 제공하는 자료를 조사하며, 이 연구소가 독서와 관련하여 나름 철학과 비전을 가지고 있다고 생각했다. 졸업을 하자마자 구인공고도 없는 연구소였지만 전화를 하고 이력서 한 장 달랑 들고 면접을 보러 갔다. 당시 연구소 소장님과 긴 면접을 마치고 그냥 그렇게 돌아왔다. 개인이 운영하는 연구소였고, 재정적인 부담이 생길 수밖에 없는 상황에서 계획에도 없는 직원을 채용한다는 것은 불가능했다. 나는 그저 시도해 보았다는 사실에 만족하며 돌아왔다. 그런데 며칠 후 한 통의 전화가 왔다. 중소기업체를 운영하며 연구소에 재정적 지원을 해 주던 연구소 소장님의 남편분이 나의 당돌한 면접 소식을 듣고 한번 더 만나보자고 했던 것이다.

그렇게 다시 면접을 보게 되고, 없는 자리를 만들어 인턴 연구원으로 일을 시작하게 되었다.(이 연구소는 후에 비영리 법인으로 성장한다.) 그 결정 전에 지도교수님이 서울에 직장을 소개해 주셨지만 그곳을 거절하고 취업한 곳이 개인 연구소 인턴직이라며 야단을 맞기도 했다. 기계공학을 학부에서 전공한 후, 대학원에서는 문헌정보학을 전공하며 독서치료로 석사논문을 쓰고, 첫 직장에서는 독서와 이렇게 인연을 맺었다.

이후 책과 독서에 대해서만 배울게 아니라 사람에 대한 공부를 제대로 하고 싶어 첫 직장을 퇴사하고 박사과정에 입학한다. 그 후 줄곧 상담 관련 일을 하다가 7년 전 즈음 상담뿐만 아니라 독서와 독서치료, 진로상담까지 함께하는 센터를 운영하게 되고, 그와 동시에 정말 우연하게(이 부분은 책에서 한번 더 다룰 예정이다.) 한 대학의 문헌정보과 겸임교수로 학생들을 가르치기 시작했다.

나의 20대 중반 이후부터 현재까지 삶의 궤적은 '독서와 사람'이다. 그런데 진로와 관련된 책의 서두에서 난데없이 웬 '독서와 사람' 이야기냐고 궁금해 할 듯싶다. 바로 '독서와 사람'이라는 단어는 나의 진로방향을 제시해주는 나침반 역할을 해왔기 때문에 그렇다. 나는 책과 상담을 도구삼아 사람의 변화와 성장을 돕는 일을 계속 하고 싶다. 나의 비전이며, 물론 이 비전은 얼마든지 바뀔 수 있지만 현재까지는 그렇다.

사람은 누구나 자신만의 독특함을 가지고 태어난다. 이 독특함이 온전하게 발현되는 것이 나다움이며, 나는 이 나다움을 발견하고, 마음껏 표현하며 살아가도록 다른 이들을 돕는 일을 하며 살고 싶다. 내가 기계공학이라는 잘못된 진로 선택을 하며, 돌고 돌아 여기까지 온 과정을 보고 누군가는 실패한 것 아니냐고 할 수도 있다. 그러나 나는 오히려 그 과정을 거쳐서야 나다움을 발견하게 되었다고 본다.

이 책은 나의 이야기이기도 하며, 내가 상담실에서 만난 사람들의 이야기며, 강의와 프로그램을 통해 가르치며 배운 이야기이기도 하다. 과거의 내가 그러했듯 많은 이들이 진로에 대한 오해를 가지고 진로선택을 할 때가 많다. 진로상담이나 심리검사를 받으러 오면서 마치 점집에서 나에게 딱 맞는 '직업'이나 '학과'를 점지 받으러 오는 것으로 착각하는 사람도 많다. 진로의 개념을 직업이나 직장을 선택하는 것과 동일시해버린 결과다. 그러나 진로의 개념은 이를 뛰어넘는다. 진로란 삶의 '모든 영역'과 '모든 일'이 연결되어있는 개념이며, 나에게 맞는 직업이나 학과를 단순히 선택하는 것을 넘어선다. 진로는 '나'라는 존재를 관찰하고 이해하며, 나답게 내 '존재'를 표현하는 방법을 발견하고 훈련해 나가는 과정이다.

우리는 앞으로 가지고 싶은 직업이 무엇이냐고 물어볼 때 꿈이 무엇이냐고 질문한다. 직업이 곧 꿈이라는 의미가 되었다. 그런데 원하는 직업을 가지면 꿈을 이룬 것인가? 꿈이 직업명으로 단순화되는 순간 진로를 바라보는 관점은 협소해진다. 꿈을 직업으로 단순화시키고 꿈의 목표가 직업이 되는 순간 삶의 다른 영역들은 꿈을 이루기 위한 수단으로 전락할 가능성이 높아진다.

우리 삶의 영역은 보수를 받는 일의 영역만으로 구성된 것이 아니다. 가정에서는 자녀이자 부모일 수 있으며, 직업의 영역을 제외한 사회에서는 다양한 관계를 맺는 공동체(학교, 종교, 취미, 관심사, 봉사 등)의 일원일 수 있다. 이 모든 영역이 꿈과 관련 있다. 보수를 받는 일의 영역만이 꿈이 아니라 이 모든 삶의 영역이 버무려져 꿈을 만든다. 직업을 꿈이라고 하는 순간 꿈에서 개인의 이야기와 삶은 사라지고 직업명만이 남는다.

나는 보수를 받는 일의 영역에서는 대학 겸임교수이자 서점 겸 상담센터의 대표이다. 그리고 가정에서는 남편이자 두 딸의 아빠이며, 나의 부모님에게는 첫째 아들이다. 교회 공동체에서는 재정을 관리하는 집사이자 소그룹 리더이며, 독서모임 공동체 멤버이기도 하다. 조금 더 확장해 본다면 지역사회와 마을교육공동체에 관심이 많아 홀로 공부하고 있는 학생이기도 하며, '함께' 성장하는 배움을 추구하는 사람이며, 혼자 멋진 곳을 여행하기보다 함께 집 근처 카페에서 이야기하는 것을 더 좋아하는 내성적이고 감성적인 사람이기도 하다. 이런 나에게 누군가가 꿈을 물었을 때 가지고 싶은 직업을 대답하고 만다면 이 얼마나 나의 인생을 직업명으로 단순화시켜 버리는 것인가.

'진로'는 일과 관련된 삶의 여정(Journey, 긴 여행)을 전체적으로 바라보는 관점이며, '직업'은 일반적으로 보수를 받는 것을 전제로 하는 일의 한 종류일 뿐이다. 즉, 직업의 선택은 진로에 포함되는 개념이다. 진로 선택은 그때그때 필요에 의해 하게 되는 몇 번의 직장 혹은 직업 선택으로 끝나지 않는다. 진로 선택은 우리 삶의 여정에서 평생토록 지속되는 모든 일(보수를 받든지 받지 않든지 상관없이)과 관련된 선택이다. 따라서 진로의 선택을 한 번 선택하면 끝나는 단회적인 방식의 직업 선택으로만 생각할 것이 아니라 진로를 둘러싸고 서로 영향을 주고받는 다른 요인들과의 관계를 지속적으로 고려해야 한다.

본격적으로 책의 내용이 전개되는 다음 장에서 개인적인 경험을 이야기하며 시작해 보려고 한다. 극단적인 사례로 보일수도 있고, 그저 철없는 한 학생의 이야기로 보일 수도 있다. 그러나 이 사례를 시작으로 우리가 진로에 대해 얼마나 많은 오해를 하고 있는지, 그리고 진로를 얼마나 단편적인 면만 보고 선택하고 결정하는지 이야기하고 싶다.

이 책은 진로 선택에서 아주 중요한 세 개의 영역을 이해하는 것에서 출발한다.

☑ 진로에 대한 이해

☑ 자기 자신에 대한 이해

☑ 직업 세계에 대한 이해

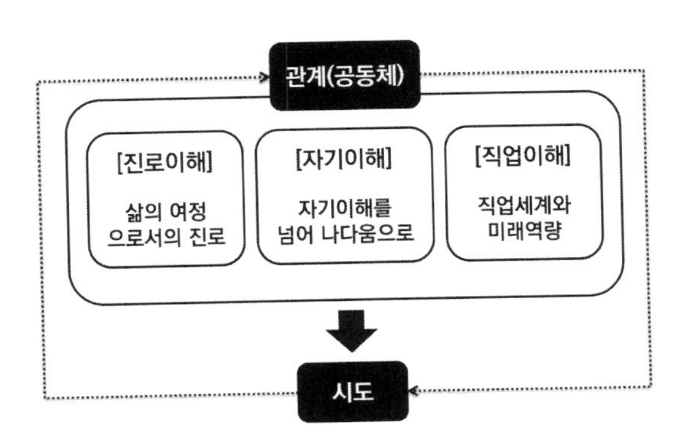

앞의 그림에서 보는 바와 같이 이러한 세 영역의 이해를 바탕으로 온전한

☑ 시도

가 가능하며, 만족할 만한 결과를 얻을 수 있다. 그리고 '시도'는 한 번으로 끝나는 것이 아니라 평생토록 반복적으로 이루어지는 과정인데 홀로 '시도'하는 것보다

☑ 관계(공동체, 네트워크)

안에서 '시도'할 때 가장 안전하고, 의미 있다.

책에서는 이 5가지 키워드를 중심으로 나의 경험과 다양한 책의 사례를 통해 하나씩 풀어가 보려고 한다. 이 책을 처음부터 읽지 않고, 마음 가는 부분을 먼저 펼쳐 읽어도 이해하는데 큰 어려움은 없다. 어느 부분을 읽기 시작하든 나답게 진로를 선택한다는 것이 어떤 의미인지 함께 발견해 보면 좋겠다.

제1부

삶의 여정으로서의 진로

진로는 '점'이 아닌
'선'의 개념이다.

청소년들을 대상으로 한 여름방학 연합수련회.

밤마다 열리는 집회에 한 강사가 강단에 올랐다.

강사는 집회에 참여한 학생들에게 꿈을 물어보기 시작했고, 몇 명의 학생들을 강단으로 불러 한명씩 마이크를 입에 대고 꿈을 이야기하도록 했다.

"의사요", "저는 교사가 되고 싶어요."

그렇게 가장 마지막에 있던 자그마한 남학생의 차례가 되었고, 강사는 같은 질문을 했다.

"학생은 꿈이 뭐지요?"

남학생은 쉬 입을 떼지 못하고 있다가 강사의 재촉에 마지못해 답을 했다.

"음... 엄마한테 물어봐야 하는데요."

대부분의 학생들이 "와~"하고 웃었고 아무 일 없었던 것처럼 집회는 이어졌다.

이 이야기는 내가 지어낸 것이 아니다. 20년이 넘었다. 청소년 여름 수련회에 교사로 참여한 적이 있었는데 그 당시 실제 한 학생이 자신의 꿈을 이렇게 대답했다. 많은 학생들과 교사들이 한바탕 웃고 넘어갔지만 아직도 그때의 기억이 생생하다. 당시에는 진로를 상담하는 일이나 가르치는 일에 관심이 없었지만 그럼에도 불구하고 씁쓸한 웃음을 지었던 기억으로 남아있다. 꿈을 직업명으로 대답하는 학생들과 그 꿈이라고 여겨지는 직업조차 엄마에게 물어봐야 한다는 학생의 진로에 대한 관점, "와~"하고 웃음으로만 넘기고 듣고 있던 학생들과 강사.

20년이 지난 지금 학생들이나 직장인들에게 진로의 개념이 과연 얼마나 달라졌을까. 학생들뿐만 아니라 많은 구직자들과 직장인들이 직업 심리검사를 하고, 진로 프로그램에 참여하며, 상담과 코칭도 받는다. 오히려 학교나 사회에서는 20년 전보다 더 많은 기회가 제공되고 있다.

하지만 여전히 많은 사람들이 꿈을 직업명으로 생각하거나 원하는 직업과 직장을 선택했다면 꿈을 이루었다고 생각한다. 직업(Job)을 선택하는 것이 진로(Career) 선택의 전부인 것으로 보고 진로에 대한 명확한 이해 없이 심리검사 해석을 받고, 프로그램에 참여하거나, 상담도 받는다. 때로는 롤 모델이 될 만한 직업인을 만나 인터뷰를 하고, 자원봉사나 인턴십 등을 통해서 현장을 경험해 보기도 한다.

이러한 과정들이 나쁘다고 말하는 것이 아니다. 질문을 해보자는 말이다. 과연 좋은 대학과 학과에 들어가고 자기가 원하는 직업과 직장을 가지면 꿈을 이룬 것인가? 그토록 원하는 직업을 가지고 나면 평생의 진로선택은 끝이 난 것인가? 보수를 받고 일하는 직업(Job) 선택이 진로(Career) 선택과 같은 의미인가? 직업만을 꿈으로 생각하고 직업선택을 진로선택이라고 여기는 얼마나 많은 학생들이 학과 선택에 실패하고, 부모들에게 등 떠밀려 직업을 선택하는가. 그리고 직장 생활을 하고 있는 직장인들에게는 진로선택의 의미가 '이 곳에서 계속 일하는 것이 맞는지', 아니면 '더 좋은 조건과 미래를 보장하는 곳으로 옮길지'만을 고민하는 정도로 전락한 것은 아닌가. 이와 같이 직장과 직업을 그때그때 상황에 따라 선택하는 것이 커리어(진로) 관리의 의미가 되어 버린 것은 아닌가.

과거에는 한 직장에서 거의 은퇴할 때까지 일했으나 현재는 직장을 여러 번 옮기는 것을 넘어, 직업까지도 여러 번 바꾸는 추세다. 미래 사회에는 직업(직장이 아닌 직업)의 이동이 더욱 빈번해 질 것이라고 많은 미래학자들이 예측하고 있다. 상황이 이러할진대 아직도 좋은 직장과 직업을 가지게 되면 그것으로 진로의 선택이 끝난 것 마냥 꿈을 이룬 것이라 생각하는 사람들이 많다. 나중에 선택에 실망하고 직장과 직업을 옮기게 될 때, 그때서야 '나는 어떤 사람이지?, 왜 이 일을 하고 있지?'라고 고민한다면 이들에게는 진로의 선택이 상황에 따라 하게 되는 일회성 결정일 뿐이다. 이런 선택의 실패와 실망들은 진로나 직업과 함께 사용되는 꿈, 비전, 사명과 같은 단어들에 대한 이해의 부재에서 출발한다.

1.1 같은 듯 다른 뜻

우리가 흔히 사용하는 '진로'라는 단어는 많은 의미를 포함하고 있다. 진로를 이해함에 있어서는 먼저 진로뿐만 아니라 진로와 비슷하게 사용되는 여러 단어들의 개념에 대한 이해가 필요하다. 꿈, 비전, 사명, 소명, 진로 등 다양하게 사용되는 단어들에 대한 이해와 인생의 전체적인 여정(Journey)으로서의 진로 개념을 살펴볼 필요가 있다.

꿈, 비전, 사명, 소명.

진로를 이야기할 때 떠오르는 비슷한 단어들이다. 굳이 구별할 필요가 있을까 싶겠지만 진로 선택에서 큰 그림을 그려보려면 이 단어들에 대한 구별과 이해가 필요하다. 이 단어들 자체가 많은 의미를 담고 있으며, 진로라는 개념을 이해하는 데 도움을 준다.

먼저 꿈(Dream)에 대해서 이야기해 보자. 청소년 수련회에서의 사례를 보았듯이 가지고 싶은 직업을 묻는 질문에 우리는 "꿈이 뭐야?"

라고 흔히 물어본다. 그러나 실제 꿈의 사전적 의미는 자면서 꾸는 꿈이나 희망을 담은 꿈의 의미를 지닌다. 흔히 꿈과 비전을 구분하지 않고 사용하기도 하지만, 자면서 꾸는 꿈과 희망의 의미를 담은 꿈의 의미처럼 꿈의 개념은 비전보다 목적성과 구체성이 떨어진다. '꿈'이 막연한 희망이나 가능성을 말한다면, '비전'은 그 가능성에 목적성과 구체성이 추가된 의미다.

꿈이 막연한 가능성이나 희망을 말한다면, 여기에 어떤 목적과 구체성이 추가되어야 비전(Vision)이 된다는 말인가? 비전은 사전적으로는 '시력, 시야, 상상'이라는 뜻을 가지고 있다. 즉 '보는 것'과 관련 있는데, 일반적으로 문학, 예술, 조직, 종교 등의 영역에서 사용될 때는 실제 눈으로 보는 것이 아닌 마음이나 상상의 눈으로 보는 것을 뜻한다. 진로의 영역에서도 비전은 실제 눈이 아닌 마음의 눈으로 바라보는 것을 의미한다. 그럼 무엇을 바라본다는 말인가?

이 바라봄의 대상을 '정원'을 예로 들어 설명해보겠다.[1] 아름다운 꽃들이 피어 있는, '세상에서 가장 아름다운 정원'이 있는데, 그 정원이 하루 밤사이에 갑자기 쑥대밭이 되었다. 정원의 꽃들은 온통 짓밟혀졌고, 죽은 동물들의 사체와 악취가 진동하고 있었다. 멧돼지들이 울타리를 부수고 넘어와 정원을 훼손한 것이었다. 그 정원에는 꽃뿐만 아니라 아름드리나무, 연못과 물고기, 정원을 뛰어다니는 작은 동물들, 잘 조성된 산책로와 분수, 사람들이 쉴 수 있는 정자들이 있었는데 멧돼지들이 이 모든 것을 쑥대밭으로 만들었다고 상상해 보자.

이 정원의 원래 목적이 훼손된 것이다. 이 정원의 관리자가 바로 나라면, 망가진 이 정원을 바라보면서 어떤 마음이 들까? 안타까움, 분노, 자책감과 함께 어떻게 다시 복구(회복)시킬 수 있을까 고민할 것이다. 바로 이 회복시키고 싶은 갈망이 '비전'인데, '눈으로 보는 것이 아니라 마음으로 보는 것'이다. 망가진 정원을 보면서 원래 정원의 목적과 모습을 마음속으로 떠올리며 회복시키고 싶은 갈망, 그것이 바로 비전이다.

이 정원의 예를 진로의 영역에 적용해 보면 정원은 세상을 의미한다. 꽃, 나무, 연못, 물고기, 산책로, 분수, 정자 등은 내가 살고 있는 세상의 정치, 교육, 경제, 과학기술, 법, 미디어, 환경 등과 같은 사회의 다양한 영역들로 볼 수 있다. 세상의 이 영역들이 정원과 같이 망가져 버렸으며, 훼손된 이 영역들이 원래의 목적과 모습대로 회복되거나, 더 나아지기를 자신만의 마음의 눈으로 바라보고 상상하는 것이 비전이다. 현실의 망가짐에 분노와 안타까움을 가지고, 다시 원래의 목적과 모습으로 회복시키고 싶은 마음이다. 그 회복시키고자 하는 마음의 눈으로 세상을 바라보는 것이다. 이처럼 비전은 회복을 지향하는 **목적성**이 있다.

그런데 원래의 목적과 모습으로 회복시키고자 하는 이 '비전'의 영역은 사람마다 다르다. 누군가는 짓밟힌 꽃에, 어떤 이는 죽은 물고기와 동물들에, 또 다른 이는 부서진 울타리와 정자들에 마음이 갈 수 있다. 또 어떤 이들은 훼손된 정원을 복구하기 위해 사람을 교육하는데 마음이 가거나, 적극적으로 동참하지 않는 사람들이 한 마음을 가지도록 동기부여 하는데 마음이 향하는 사람도 있을 것이다. 즉, 정원이 회복되기를 바라는 마음은 같지만 각자 자신의 '마음의 눈'에 들어오는 영역을 찾아 움직이려고 한다. 바로 이 부분에서 비전은 꿈과 다르게 **구체성**을 가진다. 강의를 하다보면 '나는 아무것도 복구하고 싶지 않은데요.'라고 말하는 사람들도 있다. 인정한다. 그러나 나는 이 세상에서 우리가 존재하는 이유는 단순히 먹고 살기 위함이 아니라 바로 이 세상의 회복(복구)을 위함이라고 믿는다.

다시 이야기로 돌아와 꽃이든 연못이든 물고기든 울타리든 정자든 회복(복구)시키고 싶은 정원(세상)의 영역들은 사람마다 다르다. 나의 경우, 훼손된 꽃이나 죽은 동물들보다 오히려 '사람'에게 더 관심이 간다. 훼손된 정원을 보며 낙담한 '사람'들을 돕고, 자신의 독특함을 깨달아 복구하고자 하는 영역을 제대로 발견하도록 지원하고 가르치고 싶다. 즉, 그것은 나의 '비전'인 것이다. 이처럼 비전이란, '훼손된 세상의 어떤 **영역을 원래의 목적과 모습으로 회복**시키고 싶은 갈망'이다. 어렴풋한 가능성과 희망을 의미하는 '꿈'과 달리 '비전'은 목적성과 구체성을 가지고 마음의 눈으로 세상을 바라본다.

단순히 직업을 가지는 것, 돈을 벌기 위해 일하는 것이 비전이 아니라(비전을 이렇게만 알고 왔다면 참으로 고달프고 서글픈 삶이다.) 나의 타고난 재능, 흥미, 가치, 성격유형들을 도구삼아 훼손된 세상의 어떤 영역을 원래의 목적과 모습으로 회복시키고자 하는 갈망이 바로 '비전'인 것이다.

그렇다면 사명(Mission)은 어떠한가? '임무'라고 번역되기도 하는 '사명'은 비전에 의해 자연스레 생긴다. 훼손된 정원의 어떤 영역을 회복시키고자 하는 마음인 비전이 생긴다면, 그 다음은 '어떻게'라는 질문이 따라오게 된다. 바로 이 '어떻게'를 고민하고, 계획하며, 실행에 옮기는 것이 사명이다. 정원을 회복하려는 사람들 중에 같은 영역에 마음이 가는 이들이 있을 것이다. 그러나 같은 비전을 가졌더라도 그 사명(임무)은 다를 수 있다.

예로 망가진 울타리를 다시 세우겠다는 동일한 비전을 가졌더라도, 어떤 이들은 전기 울타리를 세울 수 있고, 다른 이들은 벽돌로 된 울타리를 세울 수 있다. 또 다른 사람들은 멧돼지도 살려야 하니 울타리 자체를 제거하고, 멧돼지가 정원에 들어오지 않게 신선한 먹이를 정원 외부에 계속 공급하려고 할 수도 있다.

즉, 사명이란 훼손된 세상을 회복시키고자 하는 영역에서 나의 독특함을 토대로 '어떻게' 개입할 것인가를 고민하고 행동하는 것이다. 우리는 이것을 '일'이라고 부르기도 한다. 이 '일'은 대가를 받는 직업뿐만 아니라 가정, 사회, 관계의 모든 일을 의미한다. '일'의 의미를 이처럼 '훼손된 세상의 어떤 영역을 나의 재능, 흥미, 가치, 경험을 가지고 회복시키려고 하는 구체적인 행동'이라고 정의하고 싶다. 그렇기에 비전과는 다른 개념이다.

소명(Calling)은 어떠한가? 기독교 용어인 이 단어는 이미 일반인들에게도 많이 알려져 있지만 실제 의미는 '비전과 사명에 따라 이루어진 행동이 모두 하나님에게서 비롯되었다고 고백하는 것'이다. 재능, 흥미, 성격, 가치 등이 버무려진 '나다움'이라는 독특함을 주신 분이 하나님이고, 그러하기에 그 갈망을 가지고 세상을 회복시키고 싶은 마음이 하나님에게서 나왔음을 고백하며 살아가는 것이 소명인 것이다.

정리하자면 비전은 '훼손된 세상의 어떤 영역을 원래의 목적과 모습으로 회복시키고 싶은 구체적인 갈망'이다. 사명은 '그 비전을 위해 자신이 감당해야 하는 역할을 찾고 행동하는 것'이며, 소명은 '그 갈망과 행동이 하나님에게서 비롯되었음을 고백하며, 하나님께 응답'하고자 하는 삶을 사는 것이다.

자. 이제 이러한 개념을 가지고 '진로'라는 마지막 퍼즐을 맞추어 보자. 진로는 인생을 살아가는 과정에서 선택하게 되는 '모든 일'을 포함한다. 여기서 '모든 일'이란, 보수를 받고 일하는 직업뿐만 아니라 한 개인이 평생동안 선택하는 교육, 취미활동, 결혼, 가정생활, 자녀 양육, 관계, 노후생활 등 삶의 모든 문제가 포함된다.

우리가 직업에만 한정해 주로 사용하는 진로의 개념은 직업을 선택할 때뿐만 아니라 학교를 선택할 때, 배우자를 선택할 때, 살아야 할 지역을 선택할 때, 누구를 만나고 누구를 만나지 말아야 할지 선택할 때, 자녀를 어느 학교로 보낼지 선택할 때, 노후를 위해 고향으로 가야할지 말지를 선택할 때, 노후자금을 위해 연금을 들지 주식에 투자할지 등을 결정해야 하는 수많은 선택 문제가 진로에 포함되는 '모든 일'들이다. 이 '모든 일' 중에 하나가 직업선택일 뿐이다.

직업선택만이 진로가 아니라는 이 사실을 아는 것이 왜 중요한가? 직업선택은 주변의 모든 것과 외따로 떨어진 선택의 문제가 아니다. 단순히 하나의 직업을 선택하는 문제로 보이겠지만 결국은 인생이라는 여정에서 결정한 모든 선택과 그로 인한 경험들이 모여 직업 선택에 영향을 준다. 그러하기에 제대로 된 직업선택을 하려면 내가 내린 수많은 진로의 결정들에 대한 이유를 이해해야 한다.

이러한 사실은 진로의 어원을 이해하면 더 명확하게 다가온다. 진로는 일반적으로 영어로 Career, 한자로는 **進路**라고 쓴다. 영어 Career의 어원을 살펴보면 중세 프랑스어로 **'길'**, 통속 라틴어(Vulgar Latin)로 '바퀴 달린 운송수단이 다니는 **길**'이라는 뜻에서 시작되었다.[2] 즉, Career의 어원을 따져보면 '직업'이라는 개념보다 '경로'를 뜻하는 'Course'의 개념과 가깝다. 이는 영어뿐만 아니라 진로의 한자어인 **進路**(나아갈 진, 길 로)를 보더라도 직업의 의미보다 영어의 'Course(경로)'와 같은 개념이라는 것을 알 수 있다. 즉, 진로의 개념은 직업을 선택하는 개념을 넘어 인생의 전체적인 여정 가운데 선택하게 되는 '모든 일'이다. 개념의 범위를 축소시켜 직업으로 제한해서 보더라도 한번 선택하면 끝나는 '결과'가 아닌 인생의 연속적인 '과정'으로 보아야 한다.

진로의 선택을 '과정'이 아니라 '결과'로 생각하게 된다면, 한번 한 번의 선택에 사활을 걸 수밖에 없다. 한 번의 잘못된 선택이 돌이킬 수 없는 결과로 끝난다고 생각하기 때문이다. 이러한 진로에 대한 잘못된 인식은 심리적으로도 과도한 불안, 긴장, 두려움으로 연결된다. 한 번의 잘못된 학과 선택, 대학 선택, 직업 선택이 되돌아갈 수 없는 다리를 건넌 것처럼 인생의 실패로 간주하게 된다.

대입 수학능력시험을 치르고, 자살하는 고등학교 3학년 학생들이 생기는 것도 결국 자신이 의도했던 학과와 대학을 선택할 수 없다는 좌절감, 그리고 자신이나 부모가 계획했던 진로 선택이 실패했다는 포기에서 시작된 행동이다. 그런데 이러한 행동 뒤에 숨어있는 사고를 유심히 들여다보면, 진로를 인생의 여정 가운데 '과정'으로 보기보다 한 번의 '결과'로, 그리고 '경로'로 보기보다 한 번의 '선택'으로 보고 있음을 알 수 있다.

1.2 점 아닌 선

다음의 그림을 보도록 하자. 점과 선이 있다. 진로를 '결과'로 본다면 진로의 선택은 '점'의 개념이다. 이 경우 한 번의 선택으로 끝이다. 잘못 선택한다 하더라도 되돌릴 방법이 없다. 그러나 진로의 선택을 '과정'으로 본다면 어떨까? 인생의 여정 가운데 평생토록 일과 관련하여 선택해야 하는 무수한 선택들이 연결된 '선'으로 본다면? 이 경우라면 '점'의 개념과 달리 잘못된 한 번의 선택은 되돌릴 수는 없더라도 돌아갈 수는 있다.

이는 아주 중요한 부분이다. 진로를 잘못 선택했더라도 그것이 끝이 아니라 다른 길로 돌아 갈 수 있기 때문이다. 물론 시간이 더 걸린다. 그럼에도 실패를 만회할 또 다른 선택이 기다리고 있으며, 선택에 실패했던 경험은 귀중한 자산이 되어 다른 선택을 할 때 큰 도움이 된다. 이러한 이해는 한 번의 실패라도 잘못하면 끝이라는 생각에서 오는 심리적 불안과 좌절감을 많이 낮출 수 있게 한다.

많은 사람들이 일과 관련하여 선택하는 행위가 퇴직하면 끝날 것이라고 오해한다. 퇴직 이후에는 일과 관련하여 선택하는 과정이 없을까? 전혀 그렇지 않다. 퇴직이나 퇴임이 말 그대로 직에서 물러나거나 직장에서 맡은 임무에서 물러난다는 뜻이지 일을 하지 않는다는 것이 아니다. 퇴직 후 많은 연금을 받는다 하더라도 여전히 일과 관련한 선택을 하게 되고, 인간의 수명이 길어질수록 더욱 자연스러운 과정이 될 것이다.

이처럼 진로의 개념을 '점'과 같이 '파편화된 직업선택'이 아니라 한 인간의 전체적인 삶의 여정 안에서 다루어야 자신의 선택을 이해할 수 있고, 더 나은 선택을 할 수 있다. 그러나 진로를 '선'의 개념으로 보더라도 주의해야 할 부분이 있다. 마치 '선'의 목적지가 한 곳으로 정해져 있기에 그 목적지에 도착해야 성공했다는 오해는 하지 말아야 한다.

진로는 언제든 수정가능하다. 목표를 한번 정했다고, 수정할 수 없는 것이 아니며, 오히려 그러한 경직된 마인드는 진로의 개념을 '점'으로 보는 것과 동일하다. '삶의 여정으로서의 진로'는 정해진 하나의 목적지에 도달했을 때만 성취되는 것이 아니다. 삶을 살아가면서 처음 결정했던 진로의 목적지가 바뀔 수 있으며, 여러 개가 될 수도 있고, 과거에 포기했던 것이 되살아 날수도 있다. '선'의 개념으로서의 진로이기에 얼마든지 유연하게 대처가능하고, 또 그 과정 가운데서 만족과 의미를 찾아가는 삶을 살아갈 수 있다.

'나에게 꼭 맞는 하나의 직업'이 있을 것이라는 환상을 가진 이들이 있다. 미안하지만 그런 것은 없다. 자신에게 맞는 최상의 한 가지 직업을 목표로 삼고 진로의 선택을 한다면 진로를 '선'의 개념으로 보고 있어도 그 의미가 없어진다. 목적지에 도달하지 못하면 아무런 의미가 없다고 생각하기 때문이다.

정리를 해보자. 꿈은 '막연하게 품은 가능성과 희망'이라고 하였다. 비전은 꿈보다 목적성과 구체성이 추가된 '훼손된 세상의 어떤 영역을 원래의 목적과 모습으로 회복시키고 싶은 구체적인 갈망'이다. 사명은 '그 비전을 위해 자신이 감당해야 하는 역할을 찾고 행동하는 것'이라고 하였다. 그러하다면 진로는 이 세 가지 개념과 어떤 관계가 있는가?

진로란 새로운 어떤 개념이 아니라 바로 이 꿈, 비전, 사명이 삶의 어떤 한 단계에서 선택되고 끝나는 것이 아니라 삶 전체에서 평생토록 이루어지는 과정이라는 의미다. 그러므로 진로란 직업 선택이 아닌 그 직업을 선택하게 만든 내 삶의 '모든 일'을 들여다보고, 그 동기가 무엇이었는지, 그리고 그 과정에서 어떤 공통점들을 발견할 수 있는지 인생의 과정을 살펴보는 개념이다.

진로가 '점'이 아니라 '선'의 개념이기에 꿈, 비전, 사명은 언제든 변화 가능하며, 하나로 고정된 것이 아니라 여러 가지 일 수도 있다. 흥미가 바뀌고, 능력과 경험이 축적되면서 꿈, 비전, 사명은 그에 따라 얼마든지 변할 수 있다. 비전이 또 다른 비전을 만들어 낼 수 있고, 하나의 비전을 완수하고 새로운 비전에 눈을 뜰 수 있다. 꿈과 비전을 한번 정하고 나면, 그 길로 들어선 후 수정할 수 없다고 생각하는 사람이 있다면, 그 사람은 아직도 진로를 '점'의 개념으로 보는 것이다.

진로란 인생에서 일과 관련하여 평생토록 지속적으로 선택하는 삶의 여정이며, 한 번의 선택이 아닌 여러 선택들이 모인 '과정'이다. 이 진로의 개념이 명확하게 이해되어야 그 다음 이야기인 '자기이해'와 '나다움'이 더 선명하게 다가온다.

제2부

자기이해를 넘어 나다움으로

'무엇을 하고 싶은지
나에게 말할 수 있으려면
먼저 내가 누구인지
내 삶의 말부터 들어야 한다.'
- 파커 J. 파머

자기이해란 어떤 의미일까? 여러 의미들이 있겠지만 다음과 같은 질문에 답을 찾아가는 과정이 아닐까 싶다.

"나는 어떤 사람인가?"
"나의 마음이 향하는 곳은 어디인가?"
"나는 무엇을 좋아하고, 잘 할 수 있는가?"
"나에게 의미를 주는 것은 무엇인가?"
"나는 왜 이 일을 하려고 하는가?"
"나다운 것은 어떤 것이고, 어떻게 드러나는가?"

자기이해란, 자신의 성격, 흥미, 적성, 가치와 관련된 위의 질문들에 답을 찾아가는 과정이다. 주로 객관적인 심리검사 방법을 많이 활용하는데 이 책에서는 심리검사 방법을 나열하기보다 자기이해에 대한 다양한 오해(자기이해를 심리검사를 통해서만 할 수 있다는 생각도 오해의 한 종류다.)를 소개하고 자기이해의 실제적인 방법들을 제시하려 한다. 그리고 자기이해에 있어 삶의 스토리를 추적해 보는 것이 어떤 의미가 있는지도 알아볼 것이다.

나답다는 것이 무엇일까? '나다움'을 다른 말로 바꾸어 본다면 자신이 타고난 그 독특함을 발견하고, 자연스럽게 드러내며 살아간다는 의미다. 나다움은 자기이해가 선행되어야 한다. 비전이 동일하다고 그 비전을 이루어 가는 방법까지 같지 않다고 앞서 말하였다. 비전이 사명과 일로 드러나는 방식은 바로 이 자기다움에 따라 다양하게 드러난다. 좋아하는 것이 다르고, 타고난 재능이 다르며, 의미를 두는 가치가 다르고, 성격의 유형도, 경험을 해석하는 방식도 다르다. 이 다름을 인정하며, 비교하지 않고 받아들이는 것. 나다움은 바로 그 지점에서 시작된다.

나다움은 먼저 자기이해를 통해 발견되어야 하며, 그 다음으로 자연스럽게 드러날 수 있도록 훈련해야 한다. 나다움은 자기이해를 통해 발견되는 것에서 그치는 것이 아니라 훈련이 필요하다. 나다움은 사람이 태어나서 기기 시작하고, 앉고, 서서 걷는 것처럼 자연스럽게 습득되는 것이 아니다. 자신이 타고난 그 독특함의 '발견'이 자신에 대한 이해라면, 그 이해를 바탕으로 자신을 '자연스럽게 드러내며' 살아가는 것이 나다움이다.

다음의 그림에서 볼 수 있는 진로의 두 번째 큰 기둥인 자신에 대한 이해(자기이해)는 이해(발견)하는 것에서 끝날 것이 아니라 '나다움으로 어떻게 자연스럽게 드러낼 수 있을까'로 발전되어야 한다.

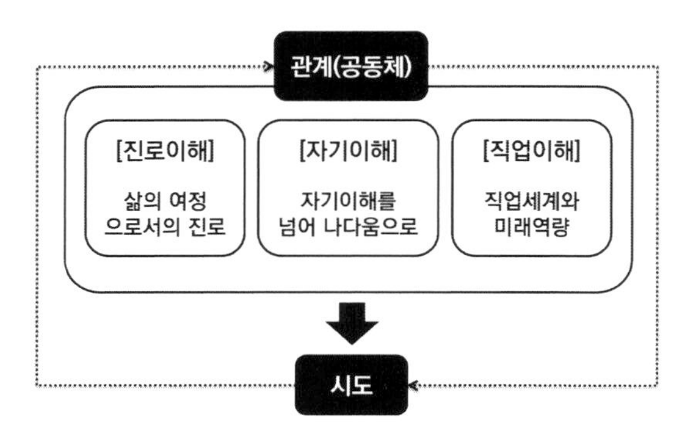

그런데 자기이해와 나다움을 알아가는 데에도 순서와 방법이 있다. 무턱대고 질문을 던지고, 손에 잡히는 대로 경험하는 방법도 있겠지만 노력에 비해 그리 많은 것을 얻지 못한다.

자기이해와 나다움은 먼저 자기관찰에서부터 시작해야 한다. 자신에 대해 이해하려고 결심과 생각만 한다고 자기이해가 되지 않는다. 평상시 자신의 생각과 행동, 반복적인 패턴, 어떤 경험은 즐겁고 의미 있다고 해석하고, 또 어떤 경험은 싫증나고 별로 하고 싶지 않다고 해석하는 이유를 지속적으로 관찰해야 한다. 과거 경험과 기억에 대한 관찰, 나의 감정에 대한 관찰, 타인들과 관계 맺는 방식에 대한 관찰. 즉 과거와 현재 삶의 전반적인 자기관찰이 모여야 자기이해로 이어진다.

그런데 자기관찰을 통한 자기이해만 한다고 끝나는 것이 아니다. 자신이 생각하는 자신의 모습은 외부로 표현되어야 한다. 표현되지 않은 자기이해는 반쪽짜리 자기이해이자, 아주 허술한 자기이해일 수밖에 없다. 나의 말과 행동으로 표현된 자기이해야말로 진짜 자기이해다.

실제로 자신이 잘 안다고 생각하던 것을 말로 표현하고자 할 때 제대로 설명하지 못하거나 논리적이지 못하다고 느끼는 경우가 얼마나 많은가. 우리의 생각을 언어화하고, 행동으로 옮겨보는 것, 즉 외부로 표현해 보는 것은 그 생각을 검증할 수 있는 아주 좋은 방법이다. 듣는 이들이 현실성을 피드백해주거나 새로운 아이디어를 제공해 주기도 하고, 스스로 말하면서 자신의 생각이 정리되기도 한다. 또한 실제로 경험해 보니 자신이 생각하는 것과 같지 않을 때가 얼마나 많은가. 표현된 자신만이 진짜 자신이다. 이처럼 온전한 나다움은 자기관찰 - 자기이해 - 자기표현을 통해서 드러나고 훈련과 노력에 의해 만들어진다. 그러면 나다움의 시작인 자기관찰은 어느 지점부터 시작해야 하는가?

먼저는 외부 세계에 대해 'What'을 고민할 것이 아니라 자기존재에 대해 'Why'라는 질문에서 출발해야 한다. 진로나 일과 관련하여 많은 사람들이 '무슨 일해야 하지?', '뭐해서 먹고 살지?', '앞으로 뭘 할까?', '무슨 대학 가야 하지?', '무슨 과를 전공하지?'와 같이 'What'에 집중한다. 보통 이런 질문 뒤에 따라오는 대답은 '아이, 잘 모르겠다.', '생각하기 귀찮다.', '뭐든 그때 되겠지.'라거나 혹은 뭘 할지 생각은 했으나 마음이 움직이지 않거나 행동으로 옮기지 못하고 생각으로만 머문다.

바로 '무엇(What)'은 우리의 마음을 움직이기에 부족한 질문이기 때문이다. 이러한 '무엇'과 '왜'의 차이를 사이먼 사이넥은 재미난 예를 들어 설명한다. 두 가지의 마케팅 광고 문안을 보자.

1. '애플은 훌륭한 컴퓨터를 만듭니다.
   유려한 디자인, 단순한 사용법, 사용자 친화적 제품입니다.
   사고 싶지 않으세요?'

2. '애플은 모든 면에서 현실에 도전합니다.
   '다르게 생각하라!'는 가치를 믿습니다.
   현실에 도전하는 하나의 방법으로 우리는 유려한 디자인,
   단순한 사용법, 사용자 친화적 제품을 만듭니다.
   그리하여 훌륭한 컴퓨터가 탄생했습니다.
   사고 싶지 않으세요?'[3]

두 광고 문안 중 어떤 광고 문안을 보고 애플의 컴퓨터를 사고 싶은가? 사이먼은 사람들이 두 번째 광고 문안에 더 끌리고, 구매동기가 일어난다고 한다. 그 이유는 '무엇(What)'이 아니라 '왜(Why)'를 먼저 앞세웠기 때문이다. 애플은 사람들이 '무엇(What)'이나 '어떻게(How)'를 보고 구매하는 것이 아니라 '왜(Why)'를 보고 구매한다고

보았다.

애플을 따라잡으려는 기업들은 끊임없이 '무엇(What)'을 과시함으로써 고객을 설득하려 하지만, 고객을 움직이게 하는 것은 '왜(Why)'이기 때문에 그들의 전략은 성공하지 못한다고 설명한다. 사람들은 자신이 '왜(Why)' 하는지를 알아야 '무엇(What)'을 구매하고 싶어한다는 것이다. 사이먼은 이러한 '무엇을', '어떻게', '왜'를 하나의 그림으로 표현한다.[4]

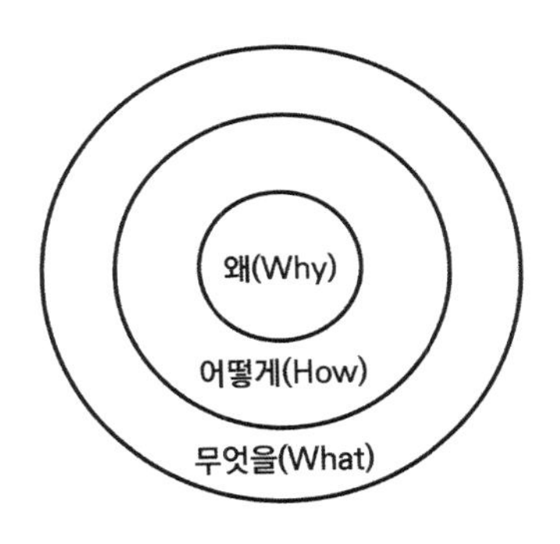

내가 '무슨(What) 일을 할 것인가?'라는 질문보다, '왜(Why) 이 일을 하고자 하는가?'라는 질문이 좀 더 근원적이고 핵심적인 질문이라는 것이다. 사람들은 생각하고 행동하고 커뮤니케이션을 할 때, 위의 원의 바깥에서부터 보통 출발한다. '무엇'에서 시작해 '어떻게'를 거쳐 '왜' 쪽으로 들어간다는 것이다. '무엇'을 고민하는 것이 '왜'를 고민하는 것보다 더 쉽고 구체적이라고 생각하기 때문이다. 하지만 이런 방식으로 자신에게 던지는 질문은 순서가 틀렸다. 사이먼은 이런 이유를 뇌와 연결시킨다.

인간의 뇌는 진화의 순서를 따라 파충류의 뇌인 뇌간, 포유류의 뇌인 변연계, 영장류의 뇌인 신피질로 구분될 수 있으며, 크게 변연계와 신피질로 나뉜다. 변연계는 의사결정, 직관, 느낌, 감정 등을 관장하고, 신피질은 합리적이고 분석적인 사고와 언어를 관장한다.

이런 뇌의 특성을 '왜(Why)' - '어떻게(How)' - '무엇(What)'의 원과 비교해보면, 직관, 느낌, 감정을 관장하는 변연계의 특성은 '왜(Why)'라는 질문에 더 적합하다. 그에 비해 분석적인 사고와 언어를 관장하는 신피질의 특성은 '무엇(What)'이라는 질문에 더 적합하다. 즉, 변연계는 '왜(Why)'의 역할을, 신피질은 '무엇(What)'의 역할을 담당한다.

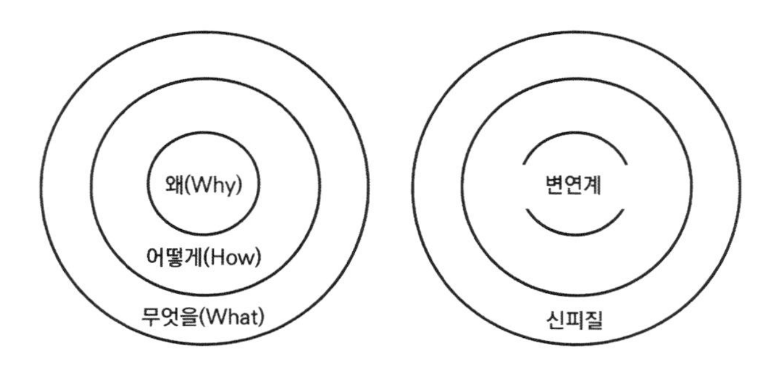

앞서 애플의 광고 문안이 '무엇(What)'이 아닌 '왜(Why)'에 집중하는 이유도 이 때문이다. 인간의 행동과 의사결정은 경험, 직관, 느낌, 감정을 관장하는 변연계(왜, Why)가 관여하기에 신피질(무엇,

What)이 관여하는 합리적이거나 분석적인 마케팅보다 더 높은 우선순위에 있는 것이다.

이를 진로나 일에 적용해 보면 원의 바깥에서 안쪽으로 들어갈 때, 그러니까 '무엇(What)'에 대해 질문할 때는 우리의 신피질을 작동시키는 질문이기에 분석적이고 합리적으로 답을 찾게 된다. 하지만 신피질이 작동하기에 행동이나 의사결정을 유발하지는 못한다. 그러나 '왜(Why)'에 대해 먼저 질문할 때는 의사결정을 관장하는 변연계를 작동시키는 질문이기 때문에 직접적인 행동을 유발한다. 이 의사결정과 행동 후에 이미 내린 결정을 합리적으로 분석하여 언어화하도록 언어중추인 신피질이 도움을 준다.

리처드 레스탁은 "두뇌에서 이성을 통제하는 영역, 즉 신피질만 의사결정을 하도록 강제하면 사람들은 거의 언제나 '과도한 분석으로 인한 마비상태'에 도달하고 만다. 이성만 사용해 내리는 결정은 시간도 더 오래 걸릴뿐더러 결과도 나쁠 가능성이 더 크다. 반대로 변연계의 직감을 이용한 의사결정은 더 신속하고 결과적으로 더 탁월한 경향이 있다."[5]고 했다.

이는 우리가 진로나 일에 관해 선택할 때에도 '무엇을(What) 할까?'를 계속 고민하게 되면 신피질의 작동으로 '과도한 분석으로 인한 마비상태'를 경험하게 되고, 헤매기 시작한다. 분명 고민은 하는데 답은 없고, 이성적이고 합리적으로 분석했다고 생각하는데 마음이 움직이지 않고, 더더욱 행동으로 드러나지 못한다. 그러나 '왜(Why) 나는 그 일을 하고 싶어하는가?'라는 질문은 변연계를 작동시켜 신피질이 언어화시키도록 하며, 의사결정과 직접적인 행동으로 옮기게 만든다.

이 내용을 좀 더 구체적으로 일과 진로에 적용한 그림이 있는데 박승오와 김영광은 사이먼의 Why - How - What 동심원 그림을 두 개의 그림으로 만들어 진로와 관련하여 재구성하였다.6

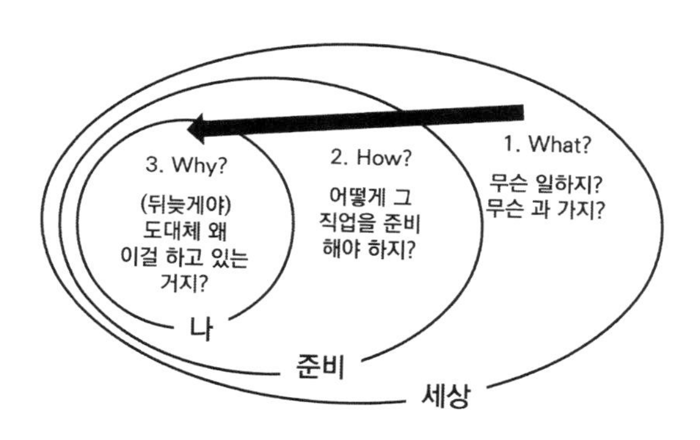

첫 번째 그림은 바깥에서 시작해 안쪽으로 들어가는 What - How - Why 순서의 신피질에서부터 이야기를 시작하는 과정이다. '무슨 일하며 살지?', '무슨 학과 가지?'라는 질문으로 진로와 직업을 선택해 살아가다가 결국에야 뒤늦게 '도대체 내가 왜 이 일을 하고 있지?' 하고 묻는다. 나에 대한 이해 없이 그저 외부인 세상만을 바라보고 뛰어든 격이다.

그러나 두 번째 그림은 정반대로 안에서부터 출발해 바깥으로 나오는 Why - How - What 순서의 변연계에서부터 이야기를 시작하는 과정이다.

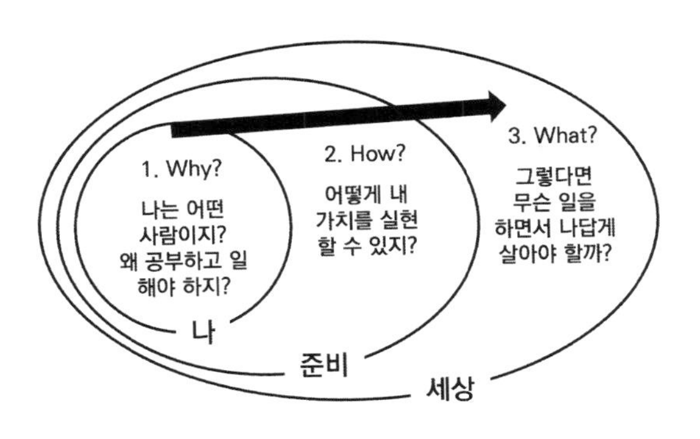

자신의 존재에 대해 '왜?'라는 질문을 먼저 던지는 것이다. 세상에 대해 질문하기를 멈추고 나에 대해 질문을 하기 시작한다는 말이다. 나에 대해 질문하기 시작할 때 변연계가 작동하기 시작하고, 이어서 결국에는 어떤 의사결정과 행동을 해야 할지 신피질까지 작동하게 된다. 많은 사람들이 첫 번째 그림과 같이 생각하고 진로를 선택하고 일을 한다. 그렇게 닳고 닳아 모든 것이 소진되었다고 생각되었을 때 그때서야 문득 '내가 왜 이 일을 하고 있지?'라는 존재의 고민을 시작한다.

파커 J. 파머는 '무엇을 하고 싶은지 나에게 말할 수 있으려면 먼저 내가 누구인지 내 삶의 말부터 들어야 한다.'[7]고 하였다. '무엇을 할까?'를 고민의 지점으로 시작하지 말고, 내가 누구인지 내 삶이 말하는 것에 귀 기울이고, 내 삶의 경험이 보여주는 것을 따라가야 한다. 즉 자신에 대한 관찰이 필요하고, 그 지점에 자기이해가 있고, 나다움이 있다.

이 장에서는 내 삶이 나에게 말하고 보여주는 것(다른 말로 하면 'What'이 아닌 'Why')들을 올바로 인식하는데 방해가 되는 우리의 오해들을 살펴보고, 그 오해들을 하나씩 풀어가는 방식으로 진행하고자 한다. 즉, 우리에게 '왜(Why)?'라고 질문하는 것을 막아서는 오해들을 살펴보면서 온전한 자기이해와 나다움에 대해 이야기하고자 한다.

2.1 자존감

[오해 : 자기이해는 철저히 객관적이어야 한다]

자기이해와 나다움을 이야기하려면 가장 먼저 다루어야 할 부분이 바로 자존감(Self-esteem)이다. 많은 사람들이 심리검사나 객관적인 피드백을 통해서만 자신을 이해할 수 있다는 오해를 한다. 그러나 자신에 대한 이해는 이러한 객관적인 방법 외에도 스스로를 어떻게 평가하는가와 맞닿아 있다. 자신을 이해한다는 것은 자신을 평가한 후에 가능하기 때문이다. 그러므로 자신을 총체적으로 평가하는 개념인 자존감은 자기이해에 있어 아주 중요하다.

자존감이란, 자기 자신을 어떻게 평가하고 있는가를 의미하는 개념이다. 이 평가의 영역은 자신의 가치, 능력, 통제라는 세 가지 차원으로 볼 수 있다. 구체적으로는, 나를 얼마나 가치 있다고 생각하는가?(가치), 나에게 맡겨진 과제나 목표를 얼마나 성취할 수 있다고 생각하는가?(능력), 내 주변에서 벌어지는 상황을 얼마나 통제할 수 있다고 믿는가?(통제)를 총체적으로 평가하는 개념이 자존감이다.[8]

40여 년 동안 자존감을 연구해 자존감의 원리를 규명한 미국의 심리학자 나다니엘 브랜든 또한 자존감을 자신을 총체적으로 평가하는 개념으로 보고 있는데 다음과 같이 이야기한다.

> 자존감이란 무엇일까? 살면서 부딪히는 각종 문제를 자신이 해결할 수 있고 자신은 행복을 누릴 가치가 있다고 믿는 경향이다. **즉, 자기 자신을 어떻게 평가하느냐의 문제이다.** (…) 자존감은 이따금 자아상(self-image)이라는 개념과 호환되기도 한다. 하지만 자존감은 특정한 모습을 뜻하는 '이미지'보다 더 깊은 의미를 담고 있다. 자존감은 개인의 모든 경험을 담고 있는 그릇과도 같아서 자아상이나 일시적인 감정보다 더 복합적이다. 자존감은 인지적, 평가적, 감정적 요소로 나눌 수 있다. 즉 **자존감은 스스로를 어떻게 보는지, 스스로를 어떻게 평가하는지, 스스로를 어떻게 느끼는지로 구성된다.**[9]

누가 나를 평가한다는 것일까? 바로 자기 자신이 하는 것이다. 그러하기에 자존감은 다른 사람이 나를 어떻게 바라보는가보다 내가 나를 어떻게 평가하고 있는가가 더욱 중요하다. 하지만 이 평가는 처음부터 나 혼자 할 수 없으며, 스스로 생겨나는 개념이 아니다.[10] 자존감이 스스로를 어떻게 평가하는가의 개념이지만, 스스로를 평가하기 위해서는 자아가 형성되기 시작할 때부터 타인과의 관계와 경험을 통해 그 방법을 배워야만 한다. 어린 시절부터 배워 온 평가의 방법이 삶에서 다양한 자존감의 수준을 결정한다. 가까이는 부모와 가족에서부터 시작해 또래, 교사, 동료, 사회적 관계에 이르기까지 자연스럽게 주변의 기대와 비교를 통해 자신을 평가하게 된다. 그런데 스스로를 적절하게 평가할 수 있는 능력인 이 자아가 완전히 형성되기 전에 다른 사람(특히, 부모)이 부정적으로 평가한 그대로 나를 받아들이게 되면 그때부터 문제가 생기기 시작한다. 세상이 말하는 평가 기준이나 타인의 평가 기준을 거름망 없이 나의 기준으로 그대로 받아들이게 되면, 내가 나를 평가하는 자존감은 부정적으로 낮아질 수밖에 없다.

바로 이러한 경험 때문에 자존감에 대한 오해가 생겨난다. 내가 나를 어떻게 평가하는가가 아니라 남들이 나를 어떻게 평가하는가로 스스로를 평가한다. 내가 다른 사람처럼 혹은 다른 사람보다 잘하는 것은 무엇인지, 많은 것을 성취할 수 있는 어떤 능력을 가지고 있는지 다른 사람과 비교를 통해서만 자신을 평가하려고 한다. 주변의 평가를 곱씹지도 않고 꿀꺽 꿀꺽 삼키는 이런 행위는 자아의 형성 초기에는 어쩔 수 없지만 자아가 어느 정도 자리 잡아 가는 시기부터는 자기이해에 있어 최악의 행위다.

그럼 타인이 만든 평가 기준이 아니라 내가 만드는 평가 기준에 따라 살아간다는 것은 어떤 의미인가? 이 질문에 답하기 위해서는 스스로에게 하는 질문 자체를 바꾸어야 한다. '다른 사람보다 무엇을 잘할 수 있지?'가 아니라 '나는 어떤 사람이지?'라는 질문을 먼저 해야 한다. 가치, 능력, 존재를 비교를 통해 타인에게 증명해 보일게 아니라 나만의 가치, 능력, 존재의 독특함을 이해해야 한다.

자기관찰과 자기이해는 남들과의 비교를 통한 이해가 아니라 존재 자체로서의 자신을 관찰하고 이해하는 것이다. 여기에 '비교'는 개입할 틈이 없다. 심지어 타인이 나의 가치와 능력을 아무리 높이 평가하고, 긍정적인 피드백을 한다할지라도 자기 자신이 그렇게 받아들이지 않으면 아무런 소용이 없다. 즉, 자존감이 낮을수록 온전한 자기관찰과 자기이해는 사실상 불가능해진다.

있는 그대로의 자신을 이해하기보다 비교를 통해서 자신을 평가하기 때문에 타인이 나를 긍정적으로 보든, 부정적으로 보든 자존감이 낮은 사람들은 '나는 어떤 사람이지?'라는 질문에 자신의 내부에서 답을 찾기보다 자신의 외부에서 답을 찾아 나선다. 이런 상태로 진로를 선택하게 된다면, 자기관찰 자체가 비교와 자신의 외부에서 출발했기 때문에 방향 자체가 어긋나게 된다. 온전한 자기이해는 온전한 자존감에서 출발한다. 스스로를 부정적으로 평가하는데 어떻게 자신을 온전하게 볼 수 있단 말인가.

20년 전에 초등학생들을 대상으로 집단독서치료 프로그램을 진행한 적이 있었다. 대부분 한부모 가정이거나 저소득층 가정의 자녀들이 대상이었다. 학교를 다녀도 어디 어디 아파트에 살고 있다고 하면 주변의 친구들이 자연스럽게 알게 되는 그런 거주지에 살고 있는 학생들이 대상이었다. 주제가 자존감과 관련된 프로그램이어서 책도 그러한 주제에 맞추어 구성하였다.

한번은 맥스 루케이도의 그림책 『너는 특별하단다』를 읽고, 치료적 효과를 위한 활동으로 책의 내용과 비슷하게 학생들이 들어왔던 부정적인 말들을 포스트잇에 적은 후 이야기해 보고 버리는 작업을 진행했었다.[11] 모든 학생들이 자신의 활동을 발표했는데, 그 중 유독 기억에 남는 남학생이 있었다. 그 학생은 앞으로 나와 자신이 몸에 붙이고 있던 포스트잇을 하나씩 뜯어서 읽기 시작했다. 그중에 충격적인 문장들이 여럿 있었는데, '너는 태어나지 말아야했어.', '너 때문에 내가 이렇게 산다.'는 내용들이었다. 그 포스트잇을 하나씩 떼어 버리고, 자신이 듣고 싶었던 말들을 적은 포스트잇을 하나씩 붙이는 작업들을 했던 기억이 난다.

이 아이가 어떻게 자기 자신을 온전하게 받아들일 수 있을까. '나는 어떤 사람이지?'라는 질문을 스스로에게 던져보고 고민하기 전에 이미 부모를 통해 '너는 태어나지 말아야 했'고, '너 때문에 내가 이렇게 산다.'는 피드백을 지속적으로 받아 온 이 아이에게 '너를 있는 그대로 이해하라'는 말은 받아들이기 어렵다. 이 존재의 훼손은 가치(나를 얼마나 가치 있다고 평가하는가?), 능력(나에게 맡겨진 과제나 목표를 얼마나 성취할 수 있다고 생각하는가?), 통제(내 주변에서 벌어지는 상황을 얼마나 통제할 수 있다고 믿는가?)라는 자존감의 세 가지 차원을 모두 무너뜨린다.

이렇게 될 경우 '나는 어떤 사람이지?'라는 질문에 대한 답보다 '나를 어떻게 증명해 보이지?'라는 질문에 집중하게 된다. 즉 자신을 이해하는데 집중하기보다 자신의 가치와 능력을 남들에게 인정받아야 자신의 존재가 증명되는 것이기 때문에 끊임없이 자신을 남들에게 보여주기를 원한다. 그 결과 지속적인 비교를 통해서만 자신이 누구인지 찾아가게 된다.

또한 끊임없는 비교를 통해 자신을 증명해 보이는데 심리적인 에너지를 쓰다보면, 정작 필요한 대상과 사건에 심리적 에너지를 동원할 수 없게 된다. 가정, 학교, 직장이라는 환경에서 대처해야 할 다양한 대인관계, 선택과 결정의 문제 앞에서 이를 해결하기 위해 '자신'에게 동원해야 할 에너지를 '타인'에게 동원하게 된다. 이는 결국 진로를 선택할 때에도 '자신'이 아닌 '타인'을 위할 때가 많아지고, 취업을 해서도 누군가에게 나를 증명해 보이기 위해, 인정받기 위해 일하게 된다. 이런 이유로 자존감이 낮은 이들이 진로를 선택하는데 더 많이 주저하고, 취업을 하고 나서도 단기간에 그만두는 경우가 많다.

이 낮은 자존감은 자기이해뿐만 아니라 시도라는 '행동'의 영역에도 부정적인 영향을 끼친다. 시도는 진로에 있어서 아주 중요한 부분이다. 행동하지 않고 머리 속에서만 그리는 진로는 비현실적이기 쉽다. 시도와 관련한 부분은 따로 한 장을 할애해서 들여다 볼 것인데 이 시도조차도 자존감과 관련 있다.

심리학자 알프레드 아들러를 연구하는 기시미 이치로는 아들러 심리학을 접목해 시도할 수 있는 용기라는 것이 억지로 애쓴다고 생기는 것이 아니라고 하였다.[12] 용기가 없는 사람들에게 아무리 동기부여를 해주어도 도리어 '용기없는 자신'을 발견하게 될 뿐이어서 이들에게 동기부여가 아닌 용기부여가 필요하다는 것이다. 그런데 이 지점에서 아주 중요한 부분이 있다. 바로 용기란 스스로 '가치 있는 사람'이라고 생각할 때만 발현된다는 것이다. 낮은 자존감을 소유한 사람들은 항상 자신의 부족한 부분들만 바라본다. 그래서 용기를 내어 시도를 하려고 하면 마음속에서 '어차피 안돼', '예전에도 해 봤었는데 안 되었잖아?', '주변에서 보는 사람들이 뭐라고 할까?' 하는 다양한 부정적인 생각들이 올라오게 된다.

즉, 시도하려는 용기가 생기려면 먼저 자신의 가치를 느낄 줄 알아야 한다. 시도해 보려는 용기는 억지로 '해보자!'는 마음먹기에 의해 생기는 것이 아니라 스스로 가치 있다고 여기는 자존감에서부터 시작된다.

나다니엘 브랜든 또한 자존감과 행동을 연결시켰다.

> 자존감은 우리의 판단, 감정, 욕구, 가치, 목적, 사건의 의미를 해석하는 방식에 지대한 영향을 끼친다. **자존감은 자기 스스로를 어떻게 받아들이느냐의 문제**이기 때문에 **우리의 행동을 결정하는 가장 핵심적인 요소**라고 할 수 있다. 자존감을 높이고 자존감 수준을 유지하기 위해 자신이 어떤 노력을 하며 **자존감이 자신의 행동에 얼**

마나 큰 영향을 끼치는지 인식하는 사람은 스스로를 잘 이해하는 사람이다.13

자존감이 스스로를 어떻게 받아들이느냐(평가)의 문제기 때문에 행동을 결정하는 가장 핵심적인 요소라는 것이다. 이 행동에는 진로의 선택을 위해 필요로 하는 의사결정과 실제적인 시도 모두 포함된다. 자존감이 높은 사람은 스스로를 잘 이해할 뿐 아니라 자존감이 낮은 사람보다 행동하기 위한 동기부여가 더 잘 되어 있다.

나다니엘 브랜든은 자존감을 높이는데 필수적인 6가지 원칙을 제시한다. 물론 이 외에도 자존감을 높이는 원칙들은 더 있겠지만 자존감과 자기이해가 어떤 관계가 있는지 그리고 자신에 대한 평가가 '타인과의 비교'나 '객관적'일 필요가 없음을 볼 수 있어 옮겨본다.

원칙 1. 자신이 무엇을 하고 있는지 인식하며 산다. 자신이 어떤 행동을 하고 있는지 의식하고 그 순간에 집중하라. 자신의 관심사, 가치, 목표 등과 관계있는 지식이나 정보를 열심히 찾고 열린 마음으로 받아들이라. 자신과 관련된 외부 세계뿐 아니라 **내면의 세계를 이해하기 위해 노력하라**. 외부 세계는 너무나 잘 알면서 **'자아'에 대해 무지해서는 안 된다**.

원칙 2. 자신을 있는 그대로 인정한다. 자신의 생각, 느낌, 행동에 핑계를 대거나, 부정하거나, 회피하지 말라. 우리는 스스로를 있는 그대로 받아들이는 훈련을 통해 현실적인 눈으로 '자신'을 바라

볼 수 있다. 자신의 생각, 감정, 행동에 대해 시시비비를 가리지 않고 받아들일 수 있게 되는 것이다. 그렇게 해야만 비로소 자기 내면에 깊이 자리 잡고 있었던 욕구가 무엇인지를 알 수 있다.

원칙 3. 자신의 선택과 행동에 책임을 진다.

원칙 4. 자신의 의견을 당당히 드러낸다.

원칙 5. 목적을 가진 삶을 산다.

원칙 6. 정직한 인격을 갖추도록 노력한다.[14]

무슨 말인가? 자존감과 관련해서는 '자신'에게 집중하라는 것이다. 특히 원칙 1과 원칙 2는 자신을 '객관적으로만' 이해하려는 생각을 내려놓으라는 것이다. 우리는 '표준', '평균', '기준'이라는 단어들에 익숙해져 왔고, 또한 그러한 방식으로 스스로를 보도록 교육받았다. 그러나 자기관찰과 자기이해에서 자신을 '객관적'으로 보려고 시도하면 할수록 어쩔 수 없이 타인과 나를 비교하여 평가하게 되는 결과로 연결될 수밖에 없다. 심리검사 결과를 볼 때에도 평균에서 어느 정도 벗어났는가로 자신을 평가하며, 다양함보다도 어느 수준인가를 더 눈여겨보게 되는 것이 사실이다.

그러나 자신을 관찰하고 이해하는 부분에 있어서는 객관성만 가지고 접근하면 안된다. 우리는 자신의 장점을 말하는 것조차 다른 사람과 비교해서 조금이라도 더 잘하는 것을 장점으로 생각하려고 한다. 그러하기에 장점보다 단점이 더 많은 것 같고, 자신이 좋아하고 지속적으로 하는 것은 장점으로 보지 않는다.

진로 프로그램을 하면서 다양한 활동을 하지만 그 중에서도 자신의 장점을 찾아서 적으라고 하면 다들 10가지 이상 적는 것을 상당히 어려워하는 것을 자주 보게 된다. 여러 가지 이유가 있겠지만 자신을 자꾸만 외부의 기준과 비교를 통해 객관적으로 보려고 하기 때문이다.

진로와 관련하여 낮은 자존감의 방해를 줄이려면 철저하게 '자신만' 파고 들어가 자신을 주관적으로 보는 연습도 해야 한다. 누군가와 비교해서 그 사람보다 잘 하지 못하기 때문에 자신의 장점이 아니라고 생각하거나 자신이 원하는 기준이나 수준까지 '현재' 도달하지 못했기 때문에 강점이 아니라고 생각한다. 다른 사람보다 잘 해야지만 그것이 자신의 강점이라고 생각한다면 어느 누구도 '객관적인' 자신의 강점을 찾을 수 없다.

나를 증명해 보이라는 외부의 시선을 거두고 '다른 사람보다' 혹은 '다른 사람만큼'이라는 비교를 선택하기보다 '나는 누구인가?', '나는 어떤 사람인가?'라는 질문에 집중하라는 것이다. 외부의 시선과 비교라는 기준을 거두고 나에게만 집중해 보는 것이다. 많은 사람들이 심리검사가 여기에 대답해 줄 것으로 생각한다. 물론 심리검사를 통해서도 '나는 누구인가?'에 대한 답들을 찾아갈 수 있겠으나 다음과 같은 다양한 자기이해를 돕는 질문들을 통해서도 가능하다.

'내가 잘한다고 생각하거나 다른 이들로부터 그런 피드백을 받는 영역은?'
'나를 몰입하게 하고, 즐겁게 만드는 경험은?'
'나를 뿌듯하게 하고, 보람을 느끼게 하는 경험은?'
'나는 어떤 칭찬을 듣거나 인정받을 때 기쁜가?'
'다른 사람들은 그냥 넘어가지만 유독 내 눈에 밟히거나 거슬리는 영역이 있는가?'
'나는 행동으로 옮기지는 못했더라도 계속해서 시도해 보고 싶은 것이 있는가?'
'나의 시간과 돈을 소비하면서 반복적으로 하고 있는 행동은?'
'기억에 남는 과거 성취 경험과 그 이유는?'
'나를 즐겁게 하고 기분 좋게 만드는 사람들은 어떤 사람들인가? 그리고 그렇게 만드는 공간과 장소가 있다면?'

이 질문으로 홀로 고민해 보고, 또 자신을 잘 아는 이들에게 메일이나 문자(말보다 글이 훨씬 논리적이고, 오래 남는다)로 피드백을 받아보는 것도 자기이해의 확장을 위한 좋은 방법이 될 수 있다. 다만 중요한 것은 이런 질문에 대한 답을 찾아갈 때 주위의 사람들과 비교를 통해서가 아니라 철저하게 자신만을 두고 생각해야 한다.

이 질문들이 자존감을 높여 주는 질문이라기보다 낮은 자존감으로 진로를 선택하는데 방해가 되는 것들을 걷어낼 수 있는 자기이해의 중요한 질문이기에 의미가 있다. 이 질문들을 앞에 두고 '다른 사람보다', '다른 사람만큼'이라는 단어가 들어가는 순간 방향을 잃어버린다. '내가 볼 때', '내가 생각하기에'라는 문장으로 시작해야 한다. 이렇게 하는 이유는 자존감뿐만 아니라 두 번째 오해와 관련이 있다.

2.2 진로도 나답게

[오해 : 남들보다 잘하는 것이 재능이다]

피아노를 배운지 얼마 되지 않은 학생이 있다고 하자. 그 학생은 피아노를 배우는 것이 너무 즐겁고, 가르치는 교사도 재능을 알아보고 학생이 지속해서 피아노를 배워 전문적인 피아니스트가 되는 것도 좋을 것 같다는 생각을 하고 있다. 그런데 이 학생이 하루는 국제 콩쿠르대회 우승자의 피아노 연주 영상을 보다가 우승자의 실력과 현재 자신의 실력 차이가 너무 커 교사에게 자신은 더 이상 피아노를 배울 필요가 없겠다고 말한다. 우승자의 피아노 연주를 볼 때 자신은 피아노에 재능이 없는 것 같아 빨리 포기하는 것이 시간이나 노력의 측면에서 낫겠다고 생각한 것이다.

이 학생의 예가 극단적인 것 같지만 의외로 많은 이들이 이러한 생각으로 중도에 그만두는 경우가 많다. 수 년, 아니 그 이상을 노력해서 최고의 위치에 올라있는 사람과 현재의 자신을 비교한다면 돌아오는 것은 낙담뿐이다. 진로를 선택하고 어떤 영역으로 발걸음을 떼려고 하는 이들이 최고의 자리에 있는 전문가와 비교하며 '역시 나는 재능이 없는 것 같다.'며 포기한다면 이들에게 진로의 선택은 끊임없는 비교의 선택일 뿐이다.

재능은 진로를 선택할 때 고려해야 할 하나의 사항일 뿐이지 절대적인 사항은 아니다. 특히나 다른 사람과 비교하여 자신의 재능 여부를 판단하게 될 때 찾아오는 것은 여지없는 좌절이다. '남들보다 잘하는 것이 재능이다.'라는 생각은 언제나 비교가 뒤따라온다. 이러한 기존의 생각을 뒤집으려면 재능 자체에 대한 고민보다 '어떻게 하면 나답게 할 수 있을까?'라는 고민에서 시작해야 한다. '내가 남들보다 잘하는 것이 뭐지?'라는 고민에만 집중하면 자신이 잘하는 것을 자연스럽게 다른 사람과 비교해서 찾아보려고 한다. 재능을 부정하라는 것이 아니라 재능도 '나답게' 들여다보아야 한다.

대학 시절부터 교회에 늘 부러움의 대상이 되는 후배가 한 명 있었다. 나의 성격이 워낙 내성적이었고, 특히 나이 많은 연장자나 권위자 앞에서는 주눅 들어 대화하는 것 자체가 어려워 늘 그런 대화의 자리가 생길 것 같으면 피해 다녔다. 그런 나에게 유머러스하고, 자신보다 나이가 훨씬 많은 이들과도 친구를 대하듯 스스럼없이 대화하는 그 후배를 볼 때마다 부럽기도 하고, 그렇게 하지 못하는 나와 더욱 비교되었다. 그대로 있으면 안 되겠다 싶어 그 후배를 비롯해 다른 사람들과 관계를 잘 맺는 사람들의 언어를 따라 해보아야겠다는 생각을 했고, 그들이 재미있게 하는 말들을 적어두었다가 나도 필요할 때 써먹어야겠다는 생각으로 열심히 적어 두었던 기억이 있다. 그런데 정작 적고 기억해 두었던 말들을 어떤 상황에서 사용하려고 하면 재미있기는커녕 오히려 분위기가 이상해지는 경험을 여러 번 하고서는 이렇게 따라하는 것도 포기하게 되었다.

그 후 의미 있는 경험을 하게 되는데, 어떤 모임에서 다른 사람들을 재미있게 하려고 한 말이 아닌데 사람들이 그 말을 듣고 아주 즐겁게 웃는 것이었다. 그날 집에 돌아와 '다른 사람들이 왜 그렇게 재미있어 했지?'라는 생각을 해보니 나의 이야기를 나의 방식대로 자연스럽게 풀어낼 때의 반응이라는 사실을 알게 되었다.

그때부터 지금까지 특히 강의를 할 때 나는 '누군가의 방식'이나 '재미있는 이야기'를 들고 소위 '써먹지' 않는다. 그것은 나의 것이 아니기에 그 사람들이 할 때 재미있는 것이지 내가 하게 되면 전혀 재미있지도 않고 듣는 이들의 반응도 없다. 잘 나가는 강사들의 스타일이나 방식을 아무리 가져와 따라해 보아도 자신의 자연스러운 스타일보다 못하다는 것을 오랜 경험으로 체득하게 되었다. 나의 이야기를 나답게 풀어낼 때 듣는 사람들도 자연스럽게 반응한다.

사람은 누구나 자신만의 독특한 색깔을 품고 태어난다. 그 독특한 색깔을 발견하여 드러내길 포기하고 자신이 가지고 있지 않는 다른 색깔을 계속해서 드러내려고 한다면 열심히 해도 만족을 경험하기 힘들다. '나답다'는 것은 자신의 색깔, 자신에게 자연스러운 것을 먼저 찾는 작업이다. 같은 일도 자신에게 자연스러운 방식으로 재해석하고 재구성해 내는 것이다.

예를 들어보자. 나는 심리상담과 진로상담을 하는 상담가다. 우리나라에 심리상담가와 진로상담가는 셀 수 없을 정도로 많으며, 그 중에는 나보다 더 탁월하게 상담하는 상담가들도 많다. 그들과 상담가로서의 재능을 비교한다면 나는 좋은 평가를 얻지 못할 수 있다. 그렇지만 그들 중에 심리상담과 진로상담에 독서치료와 진로독서를 접목하는 상담가는 얼마나 될까? 그리고 이들 중에 진로에 소명과 나다움을 녹여내려는 상담가는 또 얼마나 될까? 거기에 더해 기존의 '매칭이론'이라는 진로이론과 함께 '계획된 우연이론'(뒤에서 자세하게 다룰 것이다.)이라는 개념을 녹여내려는 상담가는 또 얼마나 될까?

이렇게 하나씩 더하다 보면 상담과 강의에도 나만의 색깔, 나만의 브랜드가 생기게 된다. '나는 저 사람보다 상담능력이 없는 것 같아.'가 아니라 '나는 상담을 저 사람보다 이런 방식으로 잘 할 수 있어.'라는 쪽으로 생각을 전환하고 계속 '나답게' 시도해야 한다.

어떤 영역의 재능을 하나의 덩어리로 보면 계속해서 비교하게 된다. 하지만 그 재능도 어떤 방식으로 표현되느냐에 따라 비교할 수 없는 개별성을 드러낸다. 진로의 선택은 어떤 영역에 재능이 있다 없다를 넘어 나답게 재해석하고 재구성하는 능력으로 드러나야 한다. 현재 많은 이들의 관심을 받고 있는 책이나 영상들을 보더라도 사실만을 그대로 전달하는 과거와 달리 저자나 강사들이 자신만의 경험과 해석을 가미한 콘텐츠들이 인기를 얻고 있다. 이제는 인터넷을 통해 검색가능한 수준의 차고 넘치는 정보를 넘어, 한 개인을 관통하고 나온 의미 있는 지식을 듣고 싶은 것이다. 즉, 같은 정보와 지식도 자기답게 가공되어 나온 결과를 사람들이 선호한다.

전문가들은 4차 산업혁명 여부와 상관없이 향후 미래는 재해석과 재구성 능력을 가진 이들이 성공할 것이라고 예측한다. 이는 다른 말로 콘텐츠의 자기다움이 승패를 좌우할 것이라는 말로 바꿀 수 있을 것이다.

창의성이 완전히 새로운 어떤 것을 만들어내는 능력이라고 많은 사람들이 생각하지만 실제로 창의성이란 완전히 새로운 것을 만들어내는 능력이 아니라 기존의 것을 '나답게' 재구성하고 재해석하는 능력이다.

임성미[15]는 자신의 책에서 이러한 창의성을 '익숙하게 알려진 것을 새로운 관점으로 해석하는 것'이라고 했으며, 김정운[16]은 '창조는 편집'이라고 했고, 한기호[17]는 '지식을 재구성하는 능력'이 창의성라고 표현하였다. 2020년 미국 아카데미 시상식에서 영화 『기생충』을 만든 봉준호는 감독상 시상 소감에서 마틴 스콜세지 감독의 '가장 개인적인 것이 가장 창의적'이라는 말을 인용하기도 했다. 창의성을 어떤 개념으로 정의하든 미래에 요구하는 창의성은 바로 기존의 것을 나의 방식대로 어떻게 재구성하고 재해석하느냐에 달려있다 할 수 있다. 이 재구성과 재해석 능력이 바로 나다움이다.

이제는 누가 더 재능이 많으냐의 시대가 아니라 같은 재능을 갖고도 누가 더 기존의 것을 자기만의 것으로 재구성하고 재해석했느냐의 시대가 될 것이다. 그렇기에 진로의 선택은 재능의 많고 적음을 따라 판단해 결정할 것이 아니라 누가 더 자기답게 해석하고 새롭게 구성할 수 있느냐에 따라 달려있다고 할 수 있다. 남들보다 잘하는 재능의 관점에서 이제는 같은 재능도 자기답게 드러내는 나다움의 관점으로 진로의 관점을 바꾸어야 한다.

자기이해가 발견해야 하는 것이라면 나다움은 발견을 넘어 노력과 훈련을 통해서 가능하다. 자신의 재능, 흥미, 가치, 성격 등을 이해했다고 해서 자연스럽게 나다움이 드러나는 것이 아니다. 자신에 대한 이해를 현실에서 경험으로 검증해 보아야 한다.

나는 여기에 재능이 있다고 생각했는데 막상 현실에서 부딪혀 보니 결과가 나의 기대에 미치지 못할 수 있으며, 내가 좋아하고 즐거워하는 일이라고 생각했는데 실제로는 지루함만 안겨 주는 일일 수도 있다. 또한 보람되고 의미 있을 것이라고 여겼던 일이 자신의 양심을 시험하는 일일 수 있다. 이는 머릿속으로 '나는 이런 사람이야.'라고 아무리 외쳐봐야 소용이 없다는 뜻이다. 현실에서 경험으로 검증되지 않은 자기이해는 허상에 가깝다.

경험으로 검증되었다면 그 다음으로 필요한 것이 자신의 방식으로 그것을 드러내는 것이다. 여기에는 시행착오와 훈련이 필요하다. 같은 재능과 동일한 흥미도 드러나는 방식에 따라 자신에게 자연스러운 것이 있고, 반대로 부자연스럽고 어색한 것이 있다. 이것은 누군가를 통해서 배울 수 있는 것이 아닌 스스로 '시도'를 통해서 얻어야 한다.

예로 두 명의 강사가 모두 가르치는 일에 재능이 있고, 특히 자존감과 관련된 주제에 흥미가 있다고 하자. A는 소규모의 사람들을 대상으로 그룹별 혹은 1:1로 강의하는 것을 즐기며, 특별히 청소년들과 부대끼고 삶을 나누며 가르치는 멘토형 강사다. 그리고 B는 대규모의 사람들을 모아 두고 그들을 노련하게 웃기고, 쥐락펴락하는 강사로 주로 여성 장년들을 대상으로 강의하는 것을 즐기며 개인적인 관계를 맺는 것을 피하는 인기형 강사다.

같은 재능과 같은 주제에 흥미를 가지고 있지만 이 둘은 전혀 다르게 드러난다. 이 두 강사를 비교할 가치조차 없다. A강사를 B가 강의하는 곳에 두면 어떤 일이 벌어질까? 반대로 B강사를 청소년들과 부대끼며 가르치라고 하면 어떻게 될까? 이것은 재능의 비교가 얼마나 부질없는 일인지를 보여줄 뿐만 아니라 나다움이라는 것이 단순히 발견하고 이해하는 것에서 그치는 것이 아니라 시간과 노력을 투자해 시도해 보고, 실패를 통해 찾아가는 자리라는 것이다. 그러하기에 나다움은 바로 드러나지 않는다. 먼저는 자신을 이해해야 하고, 시간과 노력을 들여 경험으로 검증해 내야 한다.

2.3 잘하는 것과 좋아하는 것

[오해 : 둘 중에 하나라도 맞아야 한다]

가끔 진로 관련 책을 보거나 인터넷 블로그나 SNS를 보면 진로를 선택할 때 잘하는 일을 선택해야 하느냐 아니면 좋아하는 일을 선택해야 하느냐를 두고 논쟁을 벌이는 글을 접할 때가 있다. 일에서 재미를 찾는다는 것은 욕심이니 잘하는 일로 돈을 벌고, 좋아하는 일은 취미로 하라는 현실적인 조언을 하기도 한다. 그리고 한편에는 특별한 재능이 필요한 영역이 아니라면 좋아하는 일을 하게 되면, 자연스레 잘하게 되고 만족도도 높아진다는 장기적인 관점을 주장하는 이들도 있다.

이러한 논쟁은 잘하기도 하고 좋아하기도 하는 일을 선택하면 가장 좋겠지만 둘 중에 하나라도 맞아야 자신에게 적절한 일이지 않겠느냐는 생각에서 나온 말일 것이다. 틀린 말은 아니다. 그러나 진로의 선택에서 잘하는 것 vs. 좋아하는 것의 구도로 가면 보지 못하는 것들이 많으며, 잘하고 좋아하는 일을 하거나 둘 중에 하나라도 만족하는 일을 찾으라는 것처럼 진로의 결정은 그리 단순하지 않다.

그럼 이러한 잘하는 일과 좋아하는 일의 구도는 어디에서 온 것일까? 아마도 자기이해의 가장 대표적인 영역인 적성과 흥미에서 출발하지 않았나 싶다. 소위 잘하는 것으로 불리는 적성과 좋아하는 것으로 불리는 흥미는 진로의 선택에 있어 아주 중요한 요인이기 때문이다. 적성은 소질이나 재능이라는 단어로 비슷하게 사용하기도 하지만 쉽게 말하면 잘하는 것, 즉 능력을 뜻한다.

적성(Aptitude)에 대해서는 할 말이 많은데, 이는 일정한 훈련, 학습, 경험 등을 통해 숙달될 수 있는 개인의 능력을 뜻한다. 그런데 우리나라에서는 일부 심리검사에서 적성검사라는 이름을 쓰고 있지만 능력을 측정하기보다 선호나 자신이 잘한다고 생각하는 정도를 확인하는 검사까지 적성검사라는 이름을 붙이기도 한다. 이는 적성이라는 단어에 대한 기본적인 정의가 제대로 되어 있지 않기 때문이다.

선호는 적성이 아니라 흥미에 가깝다. 능력과 흥미는 전혀 다른 개념이며, 능력검사는 흥미검사와 다르게 제한된 시간 내에 많은 정답을 찾아야 하는 검사다. 선호를 확인하는 검사를 능력검사인 적성검사라 붙이는 것은 심리검사를 이용하는 이들에게 선호를 마치 능력인 것처럼 오해하게 만든다. 그리고 자신이 잘한다고 생각하는 정도를 확인한 검사를 능력검사인 적성검사라 붙이는 것은 틀린 말은 아니나 이런 검사는 객관적인 능력측정이 아닌 주관적인 생각과 경험을 묻는 심리검사다. 이런 검사가 잘못된 것은 아니다. 자신의 생각과 경험을 토대로 자신이 잘하는 것이 무엇인지 들여다보는 의미 있는 검사지만 주의해야 할 부분이 있다. 심리검사에 대해 잘 모르는 이들은 이런 생각(~을 잘하는 것 같다)을 묻는 검사를 마치 객관적인 능력을 측정한 검사로 착각할 수 있다. 잘못되었다는 말이 아니라 객관적인 능력 측정과 주관적인 생각(두 부분 모두 중요하다.)을 확인하는 검사의 차이에 대해 분명하게 이해하고 사용해야 한다.

이 책에서 심리검사를 이야기할 것은 아니기에 일단 능력을 뜻하는 적성과 선호를 뜻하는 흥미가 자신을 들여다 볼 수 있는 아주 좋은 창이 될 수 있기 때문에 자기이해 영역이나 심리검사에서 많이 활용되고 있다는 정도로 정리하자.

그러나 자기이해 영역이 적성(잘하는 것)과 흥미(좋아하고, 하고 싶은 것)만 있는 것이 아니다. 주로 진로상담에서는 적성(잘하는 것), 흥미(좋아하는 것), 가치(소중하고, 의미 있는 것), 성격유형 등 4가지 영역을 많이 확인한다.18

적성인 능력은 잘하는 것, 다시 말해 개인의 강점과 재능이며, 개인의 능력이 그가 하는 일과 일치한다면 일의 성과에도 긍정적인 영향을 미친다.

흥미란 하고 싶고, 좋아하는 것이다. 자신을 흥분하게 하며, 몰입하게 하고 고무시킨다. 흥미 있는 일을 한다면 그 일에 대한 만족도는 다른 어떤 일보다 높아질 것이다. 이 흥미는 시간이 지나면서 발전하기도 하고, 바뀌기도 한다.

가치란 자신에게 가장 소중하고 의미 있는 것이다. 자신을 움직이게 하고 편안함을 갖게 한다. 자신의 가치를 충족시키는 일을 한다면, 그 일과 조직에 진정으로 헌신하고, 보람을 느끼는데 영향을 미친다.

마지막으로 성격유형은 흥미와도 관련이 있는데 자신의 타고난 기질과 환경의 영향으로 인한 선호경향성이다. 즉 자신이 선호하는 행동패턴과 내/외부 정보의 인식패턴이다. 이를 직업심리검사를 활용해 어떤 성격유형이면 이런 직업이 잘 맞다고 연결시켜 주는 검사결과를 많이 보게 된다. 하지만 성격유형은 직업으로 매칭시키기보다 더 정확하게 직무로 연결시켜야 한다고 생각한다. 사회복지사라는 직업을 보더라도 일하는 환경에 따라 상당히 다양한 직무로 구성되어 있다. 사람을 대면해 일대일로 상담해야 하는 업무, 실제 현장에 나가 조사하고, 대상자를 선정하는 업무, 사무실 내에서 하는 행정, 사무 업무, 사회복지 프로그램을 기획, 시행, 평가하는 업무, 사회복귀 촉진을 위해 생활훈련이나 작업훈련 업무를 수행할 수도 있다. 어떤 성격유형이면 사회복지사가 잘 맞는다는 심리검사 결과는 이런 다양함을 담아내지 못한다. 성격유형은 선호경향성이기 때문에 직업을 하나의 덩어리로 연결하기보다 더 정확하게는 직무로 연결해야 한다.

이처럼 진로를 탐색할 때 잘하는 것과 좋아하는 것의 구도로 볼 것이 아니라 이 4가지 영역의 자기이해를 토대로 자신을 들여다 볼 수 있어야 한다. '어느 것에 더 비중을 둘 것인가'라는 선택의 개념이 아니라 '얼마나 깊이 알아야 하느냐'라는 이해의 개념이다. 많은 경우 이러한 자기이해의 4가지 영역을 심리검사를 통해서만 알 수 있다고 생각한다.

그러나 심리검사가 100% 객관적일 수도 없고, 또 심리검사를 통해서만 자신에 대한 이해와 평가를 할 수 있는 것이 아니다. 나 또한 상담이나 프로그램 시에 다양한 심리검사를 사용하지만 심리검사는 자기이해의 보조수단일 뿐이다. 마치 심리검사를 통해 자신에 대해 모두 이해할 수 있다고 말하거나 반대로 심리검사는 아예 필요 없다고 말하는 이들이 간혹 있는데 이런 극단적인 말들을 쏟아내는 이들은 스스로를 '비전문가'로 자처하는 사람들이라고 생각된다.

심리검사의 종류가 워낙 다양하고, 또 이름도 바뀌거나 사라지는 검사들이 많기에 구구절절 적을 수 없지만 적성과 관련하여서는 직업적성검사, 흥미와 관련해서는 Holland 직업흥미검사와 Strong 직업흥미검사, 성격유형과 관련하여 MBTI 성격유형 검사나 에니어그램검사, U&I 검사 등이 대표적이라 할 수 있겠다.

특히 직업적성검사는 이름만 직업적성검사로 판매되고 있지 실제 내용은 주관적인 선호(~을 좋아한다)나 자신이 잘한다고 생각하는 정도(~을 잘하는 것 같다)를 보는 검사들이 있기 때문에 제한된 시간에 능력(언어, 수리, 추리, 공간지각, 색채지각 등)을 측정하는 검사가 맞는지 꼭 확인하고 검사를 할 필요가 있다. 물론 개인의 생각과 경험을 묻는 주관적인 적성검사도 '알고' 사용하면 도움을 많이 받을 수 있다.

앞에서도 언급했듯이 잘하는 것과 좋아하는 것을 비롯한 자기이해가 심리검사만으로 이루어지는 것은 아니다. 앞의 자존감과 관련한 부분에서 이야기했던 자기이해의 방법으로 제시한 질문에 하나씩 답을 해보는 것도 좋은 방법이다. 그 중 '내가 잘한다고 생각하거나 다른 이들로부터 그런 피드백을 받는 영역은?', '나를 몰입하게 하고, 즐겁게 만드는 경험은?', '나를 뿌듯하게 하고, 보람을 느끼게 하는 경험은?'이라는 세 가지 질문을 통해 능력, 흥미, 가치를 들여다보고자 한다.

① '내가 잘한다고 생각하거나 다른 이들로부터 그런 피드백을 받는 영역은?'

잘하는 것(적성), 소위 강점은 진로선택에서 중요하다. 심리검사는 집단과 비교한 나의 객관적인 수준을 알려주지만, 심리검사를 활용하지 않고도 내가 무엇을 잘하는지 알아보는 방법은 있다. 그중 가장 간단한 방법은 학창 시절 학업성취도 평가를 확인하는 것이다. 실제 어떤 과목에서 높은 점수를 받았는지, 이는 자세한 영역의 강점까지는 아니더라도 전반적인 적성영역을 확인해 볼 수 있다.

다음으로는 주위 사람들을 통해 피드백을 받는 방법이다. 이 방법은 진로 관련 프로그램에서 많이 쓰는 방법인데 자신을 잘 아는 사람들에게 자신의 강점을 피드백 받는 것이다. 이때 장난스럽게 말이나 문자메시지로 물어보기보다 이메일이나 서면을 주고받는 방식을 권한다. 말보다는 글로 쓸 때 훨씬 논리적이고, 좀 더 진지하게 그 사람에 대해 생각하게 되기 때문이다. 글로 주고받을 때에도 질문하는 취지와 질문을 자세하게 적어야 한다. 간단한 질문에는 간단한 답이 돌아오게 마련이다.

개인적으로 진로프로그램 과제로 대학 시절 동아리 선후배와 친구들에게 나의 강점을 물어본 적이 있다. 여러 답들이 있었지만 그 중에 중복되는 대답이 있었는데 동아리 모임에서 내가 책을 소개하거나 책 내용을 설명할 때 정말 그 책을 사고 싶고, 함께 읽어보고 싶도록 참 잘 설명한다는 것이었다. 세부적으로 설명하지만 지루하지 않고, 그 책을 읽어보고 싶도록 자신의 사례를 녹여 이야기하던 장면이 오래도록 기억에 남는다고 하였다.

사실 짧은 피드백 내용이고 단순히 책을 좋아하나 보다 하고 넘어갈 수 있지만 여기에는 여러 가지 강점들이 숨어있다. 책을 읽는 것도 좋아하지만 많이 읽고, 읽은 내용을 이해해야 한다는 것이다. 언어력 중에 읽기와 이해 능력이 포함되어 있다. 그리고 소개하는 책의 내용을 듣고, 그 책을 사서 읽어보고 싶게 만든다는 것은 자신의 경험을 말로 풀어낼 때 이해가 쉽도록 설명하는 능력을 가지고 있다는 의미이다. 또한 이는 책 소개에만 그치지 않고 누군가에게 새로운 지식을 전달할 때 추상적이기보다 세부적으로 쪼개어 설명하고 자신의 경험과 사례를 들어 상세하게 가르치는 능력을 가지고 있다는 뜻이기도 하다. 그리고 많은 사람들이 모인 곳에서 책을 소개하거나 나의 경험을 이야기한다는 것은 다른 사람들 앞에서 나의 의견과 생각을 말하는 능력도 강점으로 가지고 있다는 것을 알 수 있다.

사실 이런 세부적인 강점은 심리검사만으로 얻기가 쉽지 않다. 나를 옆에서 오랫동안 지켜본 이들의 관찰을 통해서 발견해 낸 강점들은 심리검사처럼 단순화된 영역이나 항목이 아니라 세부적인 강점 영역을 이해할 수 있는 창을 제공한다. 이러한 피드백을 들었을 때만 해도 누군가를 가르치는 능력을 강점으로 가지고 있다는 생각은 전혀 해보질 못했었다. 하지만 지금 그 피드백을 다시 들여다보면, 내가 책을 좋아하는 것을 넘어 책의 내용과 나의 지식을 다른 이들과 나누고 그 내용을 누군가에게 상세하면서도 경험적으로 가르치는 일을 잘 할 수 있다는 것을 보여 준 것이다.

다른 이들을 통해 듣는 자신의 강점과 관련해 하나 더 설명하자면 그저 '나의 강점이나 내가 잘하는 것이 무엇인지 알려주세요.' 정도로 질문할 것이 아니라 그 당시의 상황과 장소, 함께한 사람들이 있었다면 누구인지, 왜 그렇게 생각하는지 기억을 스토리 형태로 구체적으로 적어달라고 하는 것이 좋다. 육하원칙에 따른 기록도 하나의 방법이 될 수 있다.(언제, 어디서, 누구와, 무엇을, 어떻게 했을 때, 왜 그렇게 생각하는가?) 단어 위주의 '이야기를 잘 한다', '외향적이다.' 등으로 끝낼 것이 아니라 스토리 형식으로 적어 달라고 하는 것이 자신의 강점을 훨씬 다차원적으로 분석할 수 있는 기본 자료가 된다.

자기 이해라는 것이 본인이 이해하는 자신의 모습만을 의미하는 것이 아니다. 다른 사람이 보는 나의 모습은 자신이 전혀 인지하지 못하던 새로운 것을 드러내기도 한다.(다른 이와 내 강점을 비교하라는 말이 아니다.) 이런 타인을 통한 자기이해는 '조하리의 창(Johari's Windows)' 이론에서도 잘 드러난다. 이 이론은 미국의 심리학자 조셉 루프트와 해리 잉햄의 이름을 딴 모델로 '마음의 창'이라고도 불리는 자기이해이론이다. 사람은 자기도 모르는 자기가 있으며, 사람의 자아를 네 개의 창으로 파악했다.

이 네 개의 창을 '조하리의 창'이라고 부르며, 다음 그림과 같이 자신이 인식하고 타인도 인식하는 영역인 '열린 창', 자신은 인식하고 있으나 타인은 인식하지 못하는 '숨겨진 창', 자신은 인식하지 못하나 타인은 인식하는 '보이지 않는 창', 마지막으로 자신과 타인 모두 인식하지 못하는 '미지의 창'이 있다.

	자기 인식	**자기 미인식**
타인 인식	열린 창	보이지 않는 창
타인 미인식	숨겨진 창	미지의 창

실제로 이 이론은 행복한, 동정하는, 현명한, 수줍은 등의 57개의 형용사를 제시해 자신을 가장 잘 표현한다고 생각하는 형용사 6개를 선정한다. 그 후 자신을 아는 주위의 다른 사람도 6개를 선정해 서로

겹치는 단어는 '열린 창'에 넣는다. 자신은 골랐는데 다른 사람이 선택하지 않은 단어는 '숨겨진 창'에, 타인은 선택했는데 자신은 고르지 않은 단어는 '보이지 않는 창'에 넣는다. 그리고 마지막으로 두 사람 모두 선택하지 않은 단어는 '미지의 창'에 넣는다.

이 이론은 '숨겨진 창'에 있는 특성은 타인에게 조금 더 드러낼 수 있도록 하며, '보이지 않는 창'에 있는 단어들은 자신이 모르고 있던 모습으로 다른 사람들은 자신을 그러한 모습으로 보고 있다고 이해할 수 있도록 돕는다.

다음 단어들은 '조하리의 창' 57개의 형용사를 정리한 것이다.[19]

- ☐ able
  재능있는, 능력있는
- ☐ accepting
  솔직한, 수용적인
- ☐ adaptable
  융통성 있는
- ☐ bold
  대담한, 용감한
- ☐ optimistic
  긍정적인, 낙천적인
- ☐ congenial
  마음이 통하는
- ☐ calm
  침착한, 차분한
- ☐ caring
  친절함, 배려하는
- ☐ happy
  행복한
- ☐ helpful
  도움이 되는
- ☐ idealistic
  이상주의적인
- ☐ independent
  독립적인
- ☐ ingenious
  독창적인
- ☐ intelligent
  총명한, 똑똑한
- ☐ introverted
  내향적인
- ☐ kind
  친절한
- ☐ aggressive
  적극적인, 공격적인
- ☐ reflective
  생각이 깊은
- ☐ relaxed
  편안한, 느긋한
- ☐ religious
  신앙심 깊은
- ☐ responsive
  민감한, 호응하는
- ☐ searching
  철저한, 면밀한
- ☐ self-assertive
  자기주장이 강한
- ☐ self-conscious
  자의식이 강한

- ☐ cheerful
  쾌활한
- ☐ clever
  영리한
- ☐ complex
  까다로운
- ☐ confident
  자신감 있는
- ☐ dependable
  믿음직한
- ☐ dignified
  품위있는
- ☐ smart
  단정하고 멋진
- ☐ energetic
  활동적인
- ☐ extroverted
  외향적인, 사교적인
- ☐ friendly
  우정어린, 상냥한
- ☐ giving
  마음이 넓은
- ☐ knowledgeable
  유식한
- ☐ logical
  논리적인
- ☐ loving
  다정한
- ☐ mature
  성숙한
- ☐ modest
  겸손한
- ☐ nervous
  불안해하는, 겁많은
- ☐ observant
  주의깊은
- ☐ organized
  체계적인
- ☐ patient
  참을성 있는
- ☐ powerful
  강한
- ☐ proud
  자랑스러워하는
- ☐ sensible
  분별있는, 합리적인
- ☐ sentimental
  감상적인
- ☐ shy
  수줍은
- ☐ silly
  어리석은
- ☐ spontaneous
  자발적인
- ☐ sympathetic
  동정어린, 공감하는
- ☐ tense
  신경이 날카로운
- ☐ trustworthy
  신뢰할 수 있는
- ☐ warm
  따뜻한
- ☐ wise
  지혜로운
- ☐ witty
  재치있는

'조하리의 창' 형용사는 부정적인 단어들도 있으며, 다양한 특징들을 모두 담지 못해 나의 경우 프로그램 시 조금 더 확장된 다음과 같은 단어들을 활용하기도 한다.

□ 사실적인	□ 실용적인	□ 충성스러운	□ 상상적인
□ 철저한	□ 느긋한	□ 이해하는	□ 언어적인
□ 신뢰할 수 있는	□ 확고부동한	□ 조화로운	□ 외교적인
□ 설득력 있는	□ 개방적인	□ 겸손한	□ 실제적인
□ 자신감 있는	□ 논리적인	□ 열성적인	□ 지지적인
□ 조직화 된	□ 체계적인	□ 쾌활한	□ 독립적인
□ 의무적인	□ 효율적인	□ 우호적인	□ 독창적인
□ 분별 있는	□ 겸손한	□ 명랑한	□ 확고한
□ 비전이 있는	□ 구조화된	□ 사교적인	□ 근면한
□ 지도력이 있는	□ 믿을만한	□ 표현적인	□ 이론적인
□ 기준이 높은	□ 상세한	□ 관용적인	□ 성실한
□ 객관적인	□ 전통적인	□ 개방적인	□ 사교적인
□ 편의적인	□ 충실한	□ 재치 있는	□ 인지적인
□ 참을성 있는	□ 실제적인	□ 철저한	□ 초연한
□ 현실적인	□ 수용적인	□ 자비로운	□ 정확한
□ 사실적인	□ 봉사적인	□ 창의적인	□ 사색적인
□ 응용적인	□ 헌신적인	□ 깊이 있는	□ 자율적인
□ 결심이 굳은	□ 보호하는	□ 독립적인	□ 진취적인
□ 모험적인	□ 섬세한	□ 개념적인	□ 솔직한
□ 책임감 강한	□ 자발적인	□ 전체적인	□ 도전적인
□ 융통성 있는	□ 동정적인	□ 이상적인	□ 분석적인
□ 행동지향적인	□ 돌보는	□ 신비로운	□ 침착한
□ 재미를 추구하는	□ 부드러운	□ 고결한	□ 열정적인
□ 재주가 많은	□ 온화한	□ 과묵한	□ 강인한
□ 계획이 많은	□ 민감한	□ 공감하는	□ 전략적인
□ 호기심 있는	□ 예리한	□ 낙천적인	□ 직선적인
□ 민첩한	□ 협동적인	□ 우호적인	□ 공정한
□ 품위있는	□ 영리한	□ 지혜로운	□ 대담한

앞의 형용사 외에도 다음의 동사들[20]로도 나와 타인이 보는 강점 6가지 단어를 골라 '조하리의 창'과 동일한 방법으로 강점을 피드백 받을 수 있다.

☐ 시도하다	☐ 조정하다	☐ 상상하다	☐ 기록하다
☐ 리드하다	☐ 지시하다	☐ 통합하다	☐ 문서화하다
☐ 감독하다	☐ 가르치다	☐ 종합하다	☐ 찾아내다
☐ 경영하다	☐ 훈련하다	☐ 체계화하다	☐ 모방하다
☐ 완수하다	☐ 연설하다	☐ 조직하다	☐ 촉진하다
☐ 추진하다	☐ 경청하다	☐ 분류하다	☐ 컨트롤하다
☐ 동기를 부여하다	☐ 지도하다	☐ 분석하다	☐ 만들다
☐ 설득하다	☐ 안내하다	☐ 읽다	☐ 생산하다
☐ 팔다	☐ 소통하다	☐ 계산하다	☐ 제조하다
☐ 숫자에 능하다	☐ 연기하다	☐ 모집하다	☐ 수리하다
☐ 상담하다	☐ 공연하다	☐ 기억하다	☐ 복원하다
☐ 조언하다	☐ 연주하다	☐ 개선하다	☐ 보존하다
☐ 협상하다	☐ 해석하다	☐ 개발하다	☐ 건축하다
☐ 갈등을 해결하다	☐ 말하다	☐ 해결하다	☐ 글쓰다
☐ 관계를 맺다	☐ 돌보다	☐ 계획하다	☐ 조각하다
☐ 연결하다	☐ 창조하다	☐ 연구하다	☐ 자르다
☐ 치유하다	☐ 혁신하다	☐ 조사하다	☐ 조립하다
☐ 치료하다	☐ 발명하다	☐ 검사하다	☐ 다루다
☐ 평가하다	☐ 설계하다	☐ 비교하다	☐ 운전하다
☐ 동정하다	☐ 창작하다	☐ 그리다	☐ 조작하다
☐ 시각화하다	☐ 면접하다	☐ 공부하다	☐ 홍보하다
☐ 출판하다	☐ 집중하다	☐ 관찰하다	☐ 질문하다
☐ 입체화하다	☐ 진단하다	☐ 실험하다	☐ 정리하다

이런 단어들은 다른 사람들에게 나의 강점에 대해 피드백해 달라고 요청했으나 길게 작성해 줄 수 없는 상황일 때 활용할 수 있는 방법이기도 하다. 조셉과 해리는 둘 다 인식하지 못하는 '미지의 창'은 줄여나가고, 모두가 공통으로 인식하는 '열린 창'의 영역을 늘릴수록 자신에게 충실한 사람이 될 수 있다고 했다. 그러나 곧바로 '미지의 창'을 줄이고 '열린 창'을 넓힐 수 없다. 그 전 단계로 자신을 타인에게 더 드러내고, 또 자신이 인식하지 못했던 부분을 타인을 통해서 피드백 받아야 한다.

'조하리의 창' 형용사든 강점 단어들이든 다양한 단어들을 활용해 타인이 보는 나의 강점에 대해 피드백 받는 것도 결국은 '보이지 않는 창'을 줄이고 '열린 창'을 넓히는 과정이다. 나 혼자서 나를 알아가는 것이 자기이해가 아니다. 타인이 보는 나의 모습을 내가 받아들이고 그 이해를 바탕으로 선택하고 결정하는 것이 온전한 자기이해다.

② '나를 몰입하게 하고 즐겁게 만드는 경험은?'

사람은 좋아하고 하고 싶어 하는(흥미) 일을 할 때 몰입하게 된다. 그러나 현실적으로 먹고 살기 위해 일하기도 벅찬데 일에서 어떻게 재미와 즐거움을 찾을 수 있냐는 반문과 함께 좋아하는 일을 찾는 것은 사치라고 답하는 사람도 있을 것이다. 물론 일과 관련하여 인생의 모든 과정에서 좋아하는 일만 좇아 할 수는 없다. 사회에 첫 발을 내딛는 초년생들의 경우 좋아하는 일만 찾다가는 취업이 어려울 수 있다.

그렇다고 먹고 살기 위해 하기 싫은 일을 꾸역꾸역 인생의 말년까지 붙들고 인생을 보내는 것만큼 삶의 만족도를 떨어뜨리는 일도 없다. 좋아하는 일만 할 수도 없지만 그렇다고 현실적인 이유로 좋아하는 일을 아예 포기하고 돈만 보고 사는 것도 아니라는 것이다. 그리고 어느 정도 벌어야 만족하게 될까?

직장에서의 급여가 만족도를 직접적으로 높이는 요인이 아니라는 사실은 미국 경영심리학자 허즈버그의 2요인(동기・위생)이론에서도 잘 드러난다.[21] 허즈버그는 미국 피츠버그 지역에서 선발된 약 200여명의 회계사와 엔지니어들을 대상으로 면접조사를 실시했다. 이들을 대상으로 '어떤 일을 할 때 불행이나 불만을 느꼈으며, 어떤 일에서 행복이나 만족을 느꼈는가?'라는 질문을 하였다. 여기에서 만족을 느끼게 하는 요인을 동기요인, 불만을 느끼게 하는 요인을 위생요인이라 이름 붙였다.

연구 결과, 만족에 영향을 주는 동기요인으로 직무 자체가 주는 흥미, 성장 가능성, 성취감, 칭찬이나 인정받을 수 있는 기회, 직무의 도전성 등으로 나타났다. 불만에 영향을 주는 위생요인으로는 급여, 감시와 감독, 인간관계, 작업조건, 회사의 정책과 행정, 직장의 안전성 등이었다. 이 이론의 중요한 부분은 위생요인이 충족되면 불만족이 제거된 것일 뿐이지 만족도가 높아지지 않는다는 것이다.

즉, 아무리 위생요인을 충족시켜 주더라도 불만족이 제거되는 것이지 만족을 위해서는 동기요인을 충족시켜주어야 한다는 것이다. 다른 말로 바꾸어 본다면 위생요인인 급여를 아무리 높여 주더라도 불만족은 제거될 수 있을지언정 만족도를 높여 줄 수는 없다는 말이다. 동기요인인 일에서의 흥미, 성장 가능성, 성취감 등을 충족시켜 주지 못하는 한 아무리 많은 급여도 그 사람을 만족시켜 주지 못한다는 말이다. 허즈버그는 이 연구에서 급여와 같은 위생요인들을 병적으로 추구하는 조직원들은 조직경영에 있어서도 부정적 존재라고 하였다.

이처럼 동기요인 중에 하나인 흥미는 개인적으로나 조직 차원에서 아주 중요하다. 그런데 문제는 흥미에 대한 이야기를 하다 보면 '좋아하는 일을 해야 한다는 건 잘 알겠어요. 그런데 제가 뭘 좋아하는지 전혀 모르겠어요.'라고 답하는 이들이 의외로 많다는 것이다.

이는 여러 가지 이유가 있을 수 있겠지만 어린 시절부터 자신이 좋아하고 선호하는 것을 자유롭게 표현할 수 있는 환경 속에 노출되지 못한 탓도 크다. 자신의 선호대로 선택해 본 경험은 진로에 있어 아주 중요하다. 이 선택의 경험은 당연히 실패를 동반하며, 얼마나 많은 선택과 실패를 해 보았는가에 따라 자신에게 더 잘 맞는 선택을 할 수 있게 된다.

머리로만 '나는 이걸 좋아할거야.'라고 생각하거나 부모나 교사로부터 '너는 내 말만 잘 듣고 따라오면 된다.'라는 환경 속에서 자라 성인이 되었다면 자신의 선호를 표현해 보고 검증해 보지 못했기 때문에 자신에게 어떤 흥미가 존재하는지조차 알아차리지 못한다. 이런 사람들에게 흥미를 좇아 진로를 선택하라고 해보아야 별로 도움이 되지 않는다.

나의 이야기를 좀 해야겠다. 나는 성향상 내향적인 사람이다. 모험을 지극히 두려워하는 이런 나의 성향과 어머니의 양육방식이 결합해 나는 어린 시절 선택의 경험을 거의 하지 못했다. 심지어 청소년기의 그 흔한 신발과 옷의 선택도 나는 한번도 하지 않았다. 모조리 어머니가 선택하고 결정한 것에서 나는 선택하곤 했다. 어머니가 가장 잘 알 것 같기도 했고, 또 나의 성향상 그런 것이 귀찮았다. 더 정확히 말한다면 시도한 결과에 책임지기 싫었다. 자의 반 타의 반 타인이 선택해 준 것들로 자연스레 나의 일상과 주변은 채워져 갔다. 고등학교 시절 뭘 하고 싶다고 했다가 '대학교 가거든 다 해라.'는 말도 자주 들었던 것 같다. 무엇인가 선택할 수 있는 경험, 그리고 그 선택에 대한 실패를 해 볼 수 있는 경험. 이런 경험들이 나의 학창시절 동안 거의 없었다.

이렇게 성인이 된 후, 나는 그때부터 본격적인 선택과 결정의 경험에 맞닥뜨리게 된다. 그런데 어린 시절부터 선택하고 결정했던 경험이 없다보니 도대체 내가 뭘 좋아하고, 나에게 어떤 것이 적절한지 알 길이 없었다. 그럼에도 선택하고 결정했으면 경험이라도 쌓였을 것인데 나는 선택에 대한 실패가 너무 두려워 선택하지 않는 것을 선택하기 시작했다.

나의 우유부단한 성격의 출발이었다. 선택에 대한 실패가 두려워 선택하지 않는 것을 선택하는 것. 이것은 악순환이다. 지금 '내가 무엇을 좋아하는지 전혀 모르겠어요.'라고 대답하는 사람이 있다면 지금부터 시작해야 한다. 어쩔 수 없지만 다른 방법이 없다.

선택과 실패의 경험을 통해 내가 무엇을 좋아하고, 무엇을 즐기고, 어떤 것에 싫증을 느끼는지 경험해 보아야 한다. 그 결과가 두려워 아무것도 선택하지 않는 것을 선택한다면 평생 누군가 선택해주길 바라고, 심지어 내가 선택해 놓고도 자꾸만 다른 사람의 인정을 받고 싶어한다. 실패하면 정말 큰 일이 날 것 같고, 되돌이킬 수 없는 엄청난 결과가 몰려올 것 같지만 앞서 내가 경험해 보니 그런 일 별로 없다. 나는 지금도 나에게 맞는 그 선택을 배우고 있다.

과거의 나와 같은 상황에 있는 이들은 현재 지금의 자리에서 스스로 선택해 보고, 자신의 마음이 어떻게 움직이는지 관찰하는 훈련부터 시작해야 한다. 그러나 이들에게 흥미가 생길 때까지 혹은 정말 좋아하는 것이 무엇인지 발견할 때까지 기다렸다가 진로를 선택하라고 하기에는 많은 시간이 필요하다. 그렇기 때문에 일단 현재 수준에서 할 수 있는 일(그것이 잘하는 일이든, 어쩔 수 없이 선택한 일이든)을 하면서 자신의 흥미를 발견하고, 선택하고 시도해야 한다. 인생 가운데 모든 일을 자신이 좋아하는 일만 할 수는 없다. 그렇지만 자신을 이해하고, 선택하는 연습을 통해 흥미를 발견해 갈수록 흥미를 좇아 자신이 좋아하는 일을 인생의 후반기에 할 가능성이 높아진다. 자신이 좋아하는 일을 한다는 것 자체가 사치라고 생각하는 이들에게는 인생의 전반기나 후반기 모두 어쩔 수 없이, 먹고 살기 위해 그렇게 일할 가능성이 높을 수밖에 없다.

자신의 흥미와 관련해 우리가 얼마나 스스로를 잘 관찰하고 있지 못한지 보여주는 글이 있다. 최진석은 자신이 직접 경험했던 대학원 입학 면접 장면을 설명하면서 우리가 자신의 흥미를 관찰하는데 얼마나 관심이 없는지를 적고 있다.

> 철학 공부를 더 하고 싶어서 대학원에 진학하려는 학생들이 있습니다. 대학원 입학을 희망하는 그 학생들을 상대로 면접을 할 때가 있어요. 면접 보는 학생들에게 제가 던지는 첫 질문은 대개 무엇을 왜 공부하고자 하는지에 관한 건데요. 면접시험장의 풍경 하나를 소개해 드립니다.
>
> 나 : 대학원에 와서 무엇을 공부하고 싶은가요?
>
> 학생 : 저는 하버마스를 공부하고 싶습니다.
>
> 나 : 왜 하버마스를 공부하고 싶은가요?
>
> 학생 : 한국 사회의 모든 문제 가운데 가장 시급히 해결해야 할 것이 소통 문제라고 생각합니다. 하버마스를 연구하여 한국의 소통 문제를 해결하는 데에 도움을 주고 싶습니다.
>
> 이렇게 대답하는 학생들에게 저는 이렇게 반응하곤 합니다. “한국의 소통문제나 도덕 질서를 세우는 그런 무거운 사명을 도대체 누가 학생한테 부여했습니까? 그걸 누가 시켰습니까? 그 어려운 일을 대체 누가 학생에게 시킨 거죠?” 그럼 학생이 갑자기 당황해해요.

(…) 제가 보기에 그런 식의 대답을 하는 학생들에게는 자기가 공부하려고 계획하고 진행하는 과정에 정작 '자기'가 빠져 있어요. "왜 그것을 하고 싶은가?"라는 질문 앞에 한국 사회에 대한 뜬금없는 사명감만 있을 뿐 '자기'는 전혀 드러나 있지 않습니다.22

저자는 한국 사회가 자신을 들여다보지 않고, 왜 스스로를 아무도 부여하지 않은 사명을 완수하려는 존재로 만들려는지 묻고 있다. '자기'가 빠져 있고, 자신의 흥미를 소외시켜가며 일과 직업을 찾아 나서는 이들에게 저자는 자신의 또 다른 경험을 들려준다.

저한테 이런 경험이 있어요. 어떤 학생이 대학원을 오겠다고 저를 찾아왔습니다. 그런데 그 학생은 철학에 대해서 그야말로 하나도 준비가 안 돼 있더군요. 학부는 공대를 나왔어요. 그래서 대화를 하는 내내 그냥 어떻게 점잖게 거절해서 빨리 보낼 수 있을까만 궁리하고 있었지요. 그 학생한테 철학과 대학원을 오려면 반드시 갖춰야 하는 기본적인 지식에 대해서 몇 가지 질문을 했는데, 어느 하나도 대답을 못했어요. 그래서 이런저런 이야기로 마무리를 하려는 찰나에, 제가 그 학생한테 습관적으로 물어보았지요.

"무엇을 연구하려고 하는지요?"

그랬더니 그 학생이 이렇게 대답했어요.

"도가 철학을 공부하고 싶습니다."

그래서 여느 때처럼 되물었죠.

"왜 도가 철학을 공부하고 싶지요?"

그 학생이 2분 정도 끙끙 앓더니 겨우 한마디 하더군요.

"저는 『도덕경』을 읽을 때가 제일 편안하고 행복합니다."

저는 그 말을 듣는 순간, '아 나한테 사람이 하나 걸어 들어왔구나!' 하는 전율을 느꼈어요. 몇 년 동안 내내 기다렸던 대답을 제가 그 순간에 그 학생으로부터 들을 수 있을지는 생각지도 못했던 거지요. 제 앞에서 스스로 멋쩍은 대답을 한 것으로 생각하고 진땀을 흘리고 있던 그 학생이 자신의 욕망을 정면으로 마주하고 있는 진정한 한 '사람'으로 보였습니다.23

저자는 이후 이 학생이 대학원에서 얼마나 창의적이고 열정적으로 공부했는지 적고 있다. 우리는 부모에 의해 교사에 의해, 혹은 영향력 있는 누군가에 의해 만들어진 '좋은 일'을 찾아나서는 경우가 많다. 하지만 그 '좋은 일'이란 누구에게 '좋은 일'인가? 나인가? 타인인가? 내가 좋아하고, 내가 흥미를 느끼며, 내가 하고 싶은 일은 자신을 관찰하는 훈련과 노력을 필요로 한다. 자신만의 무늬를 그리며 살아가는 사람은 자신의 흥미에 집중하고 그것을 표현하는 방법을 이미 알고 있는 사람이다. 몰입이라는 것도 결국 자신이 하고 싶고 것을 할 때에만 가능하다.

청소년들과 프로그램을 하다 보면 흥미에 대한 질문에 "저는 게임을 엄청 좋아해요.", "친구들과 운동하는 것을 좋아해요.", "그림 그리는 걸 좋아해요."라고 답하며 그래서 "저는 프로게이머가 될 거에요.", "야구선수가 될래요.", "만화가가 될 거에요."라고 직업명을 정하는 것을 본다. 성인의 경우도 크게 이 답을 벗어나지 않는다.

이런 방식의 접근은 지극히 단편적인 접근 방식이다. 자신이 좋아하는 것과 직업을 그대로 연결하는 것이다. 이런 답을 하는 이유는 '나는 무엇을 좋아하는가?' 라는 단순한 질문에서만 출발하기 때문이다. 그렇기에 직업과 단순연결로 끝나고 만다. 중요한 것은 '무엇(What)' 이라는 답뿐만 아니라 '어디서(Where)', '누구와(Who)', '어떻게(How)', '왜(Why)'에 대한 답도 함께 고민하는 훈련도 해야 한다.

나는 대학생 때 책을 통해 변화를 경험하면서 많은 책들을 읽고, 다른 사람들에게도 책을 소개하며 함께 성장하고 싶은 욕구가 있으니 당연히 서점이나 출판사 쪽으로 취업을 해야겠다고 생각했었다. 공대 졸업 후 차마 용기가 나지 않아 서점과 출판사 쪽의 진로는 포기했지만 결국 몇 년 전에 작은 동네책방을 오픈했다. 서점을 운영해 보면서 느낀 것은 내가 좋아하는 것이 책을 판매하는 것이 아니라 책을 함께 읽고, 나누며, 또 다른 사람에게 그 내용을 전하는 것을 즐긴다는 것이었다. 서점이나 출판사 쪽이 아니라 오히려 나에게는 독서모임이나 독서프로그램 운영과 같이 책을 통해 자신을 이해하고 성장하고 싶은 이들을 돕는 것을 더 좋아한다는 것을 경험했다.

이런 경험은 '책(무엇, What)'하면 서점, 출판사, 작가로 단순하게 연결하기보다 '어디서(Where)', '누구와(Who)', '어떻게(How)', '왜(Why)'에 대한 답까지도 연결해야 한다는 것을 깨닫게 했다. 즉, 책을 판매하는 행위보다 조용한 공간에서 일대일이나 소규모 그룹원들과 책에 대한 내용과 경험을 공유하며, 함께 성장하는 것을 좋아한다는 것이다. 처음부터 이런 답이 나오지는 않겠지만 '나는 무엇을 좋아하는가?'라는 질문을 확장해야 하며, 계속해서 선택과 시도를 하면서 검증해야 한다. 자신의 즐거움, 흥미를 발견하는 것은 시간이 흐르면 자연스럽게 얻을 수 있는 것이 아니다. 계속해서 자신을 관찰해야 하고, 질문해야 하며, 현실에서 검증해 가면서 훈련해야 얻을 수 있는 것들이다.

흥미와 몰입과 관련하여 답을 다양하게 끌어내기 위해 적용해 볼 수 있는 질문들을 만들어본다면 다음과 같은 질문들도 도움이 될 수 있다.

> '시간 가는 줄 모르고 몰입할 때는 무엇을 할 때인가? 홀로? 혹은 누구와?'
> '서점과 도서관에서 어떤 코너에 관심을 가지고 머무는 시간이 많은가?'
> '신문이나 TV의 어떤 기사나 프로그램이 내 눈길을 끄는가?'
> '재정의 지출이 있지만 후회되지 않고 기분 좋은 영역이 있는가?'
> '머릿속에서 계속해서 시도해 보고 싶어 떠오르는 것이 있는가?, 현실성은 이후 문제다.'
> '어떤 사람들을 만날 때, 그리고 그들과 어떤 주제에 대해서 대화할 때 귀를 기울이게 되고 집중하는가?'

③ 나를 뿌듯하게 하고,
보람을 느끼게 하는 경험은?

이 질문은 '나는 어떤 칭찬을 듣거나 인정을 받을 때 기쁜가?', '다른 사람들은 그냥 넘어가지만 유독 내 눈에 밟히거나 거슬리는 영역이 있는가?'라는 질문과 연결될 수 있는데 바로 가치와 관련된 질문이다.

가치는 일의 의미와 관련 있으며, 자신에게 가치가 있다고 여기는 일은 소중하기 때문에 일의 결과에 보람을 느끼게 된다. 자신에게 가치가 없는 일이라면, 그 일은 공허하고, 진부하며, 어떤 보람이나 의미도 느낄 수 없다. 같은 칭찬과 인정을 받더라도 자신에게 소중하고, 의미 있는 것에 대해 칭찬이나 인정을 받을 때 더욱 뿌듯해 한다. 아무리 자신이 잘하는 일이고, 좋아하는 일이라도 자신의 가치와 관련이 없거나 상반되는 일일 경우 보람과 의미를 느끼기는 어렵다.

우리나라 대부분의 직업가치관검사에서 가치의 영역은 직업의 안전성, 금전적 보상, 성취, 봉사, 몸과 마음의 여유, 창의성 등으로 제시된다. 하지만 이런 방식의 직업적 가치의 분류는 개인에게 적용하기에는 너무 단순화시킨 두루뭉술한 가치의 영역이며, 한계가 있다.

실제 상담 장면에서의 예를 들어보면, 직업의 안전성이라는 가치가 높게 나왔으면, 그것을 소중하게 여기니 직업적으로 안전성이 높은 직업인 공무원 등을 추천한다. 봉사라는 가치가 높게 나왔으면, 봉사라는 가치를 발휘할 수 있는 직업인 사회복지사, 간호사 등의 직업을 추천하는 식이다. 실제로 이런 매칭 방식의 심리검사 적용은 현장에서 크게 쓸모가 없다.

금전적 보상이라는 가치가 높게 나오면 어떻게 할 것인가? 이는 연봉의 액수로 하는 일의 가치를 평가하는 것이다. 이 가치가 높게 나온다면 소위 돈을 많이 버는 것이 너의 가치니 연봉을 많이 주는 곳으로 직업을 정하라고만 할 것인가? 이는 개인의 가치를 직업명과 바로 연결시키기 때문에 발생하게 된다.

MBTI 성격 유형 검사에서 어떤 유형으로 나오면 그 유형에 맞는 직업을 연결시키려 할 때 발생하는 오해와 같이 직업가치의 영역에서도 가치를 직업명과 자꾸 연결시키려 한다. 성격유형이나 가치에 있어 직업명으로 바로 연결시킬 것이 아니라 더욱 중요한 것은 어떤 직업명이 아니라 그 직업 안에서도 무슨 일(직무)을 하느냐가 더 중요하다.

가치와 직업명의 단순한 매칭에서 오는 문제도 문제지만 가치에 대한 더 큰 오해가 있다. 현재 직업가치관검사나 일반적으로 사용하고 있는 직업가치의 의미를 따라가다 보면 가치를 자신의 욕구를 충족시키는 쪽으로만 정의하고 있다. 즉, '나'만 있지 '우리'가 없다. '나'의 금전적 보상, '나'의 직업의 안전성, '나'의 몸과 마음의 여유, '나'의 명예나 영향력 발휘 등만을 가치로 보게 된다면 '나는 무엇을 할 때 뿌듯하고, 보람을 느끼는가?'라는 질문에 제대로 된 답을 할 수 없다. 이 질문은 '나'만 있는 것이 아니라 '타인'이 존재해야 성립되기 때문이다. 즉, 가치란 것이 지극히 개인적인 것이지만 타인의 존재를 배제하면 의미가 없어진다는 말이다. 나만 잘 먹고 잘 살면 되고, 나만 만족하면 되는 것이 아니라 다른 이들의 필요도 함께 채워줄 수 있는 일. 직업의 가치는 거기까지 나아가야 한다.

프레드릭 뷰크너는 '하나님이 나를 부르시는 장소는 나의 깊은 기쁨과 세상의 깊은 갈망이 만나는 자리'라고 하였다.24 여기에서 기쁨이란 좋아하고, 하고 싶어하는 것인 '흥미'와 관련 있으며, 세상의 깊은 갈망(필요)은 바로 '가치'와 관련 있다. 나의 기쁨을 포기하고 세상의 갈망(필요)만 채우거나, 반대로 나의 기쁨만 채우고 세상의 갈망인 필요와 관련 없는 자리가 아닌 이 두 가지를 함께 충족시킬 수 있는 자리가 진로선택에 있어서 중요한 지점이다.

사람마다 채우고 싶은 세상의 필요는 다르게 다가온다. 같은 일을 하고 싶어도 그 일을 하고자 하는 이유 즉, 그 일을 통해 채우고 싶은 세상의 필요는 사람마다 다르다는 것이다. 세상의 필요를 채우는 것과 관련해 좀 더 구체적으로 '다른 사람들은 그냥 넘어가지만 유독 내 눈에 밟히거나 거슬리는 영역이 있는가?' 하는 질문에 답을 해 보는 것도 좋다. 같은 경험을 하고, 동일한 정보를 보고 들어도 사람마다 자신에게 더 중요하게 다가오는 부분이 있다.

미혼모들에게 마음이 간다든지, 해외 오지에서 의료적인 도움을 받지 못하는 이들이 눈에 밟힐 수 있다. 넘쳐나는 가짜뉴스와 그 뉴스를 바로잡기는커녕 오히려 이용해서 이익을 얻으려는 이들을 향한 분노와 이를 바로잡고 싶다는 생각이 계속 일어난다든지, 난개발로 훼손되고 있는 환경이 내내 마음에 남아 거슬릴 수 있다. 세상의 여러 영역에서 다른 사람들은 그냥 듣고 보고 지나칠 일이 자신에게는 마음을 불편하게 만들거나 어떤 방식으로든 해결하고 싶다는 생각이 드는 것이다. 이는 자신의 마음이 보내는 신호일 수 있다. 나에겐 너무 중요한 문제여서 다른 사람들에게 그 이야기를 하지만 오히려 듣는 사람들은 시큰둥하게 지나친다면 더더욱 그 영역은 '세상의 필요'를 채우라는 자신만의 색깔이 드러나는 지점일 수 있다.

프레드릭 뷰크너의 말을 좀 더 개인적으로 적용해 볼 수 있도록 의미 있는 방식을 제시한 일본 작가가 있다. 야마다 즈니는 자신의 조카가 진로를 찾아가는 과정을 설명하면서 이 가치를 '실현하고 싶은 세계관'이라는 단어로 표현하고 있다.[25] 그녀는 [직업명 × 자기만의 테마 × 실현하고픈 세계관]이라는 방식을 제시한다.

저자는 조카가 대입 시험을 치를 때 자기소개서를 첨삭해 주면서 사회복지사가 되고 싶다는 것을 알게 되었다. 그러나 저자는 이 **직업**만으로는 자기소개서가 빈약하다는 느낌이 들어 고민하다가 사회복지 영역에서도 **자기만의 테마**가 있어야 함을 깨닫게 된다. 그 충고에 조카는 사회복지 영역 중에서도 '지역과 복지'에 관심이 있음을 발견해 낸다.

그러나 저자는 조카가 직업과 자기만의 테마까지 발견했지만 여전히 뭔가 부족함을 느낀다. 이 부족함을 채우고자 저자는 조카에게 직접 물어본다. "왜 하필 지역과 복지인 거지? 가령 할머니 한 분이 있다고 할 때 지역에서 이 할머니의 복지를 실현한다는 건 구체적으로 어떤 일일까? 나중에 사회복지사가 된다면 네가 있는 지역을 어떻게 바꾸고 싶지?" 이 질문들은 **실현하고픈 세계관**과 관련된 질문이었으며, 이는 프레드릭 뷰크너가 말했던 "세상의 어떤 필요를 구체적으로 채우고 싶은 거니?"라고 묻는 것과 비슷하다. 바로 '가치'와 관련된 부분이다.

조카는 저자의 그 질문에 자신의 경험을 떠올려 보게 된다. 중·고등학교 시절 내내 양로시설을 꾸준히 방문했던 조카의 경험에서 떠오른 것은 거의 모든 노인들의 입에서 나오는 말, 바로 "집에 가고 싶어!"라는 말이었다. 대부분의 양로원 시설은 노인들을 수용해서 하나하나 격리, 관리하는 방식이었는데 저자의 조카는 자신의 경험을 토대로 사람이 늙었을 때, 정든 집에서 낯익은 풍경과 친숙한 사람의 얼굴에 둘러싸여 삶을 마칠 수 있도록 도와줄 필요가 보였다. 이를 위해 지역사회는 무엇을 해야 하는지, 복지의 모습은 어떠해야 하는지, 그리고 자신은 그 필요를 어떻게 구체적인 방식으로 채우고 싶은지 자기소개서에 적었다.

사회복지사라는 단순한 직업을 보고 진로를 선택하는 것이 아니라 저자의 조카는 자신의 내면에 세상의 어떤 필요를 채우고 싶은지 명확하게 그리게 된다. 어떤 조직에 들어가든 처음부터 원하는 업무를 맡을 수 없겠지만, 저자의 조카는 자신이 본 그 필요를 따라 방향을 잡고 움직일 가능성이 높다. 그리고 그 결과는 내적인 만족과 보람일 것이다. 저자는 이를 '실현하고 싶은 세계관'이라 이름 붙였지만 다른 말로 '가치'이며, 프레드릭 뷰크너의 표현인 '세상의 깊은 갈망(필요)'과 같은 의미다.

저자의 조카가 직업가치관 검사를 실시했다면 아마 봉사영역이 상당히 높게 나왔을 것이다. 그렇다고 '너는 봉사영역의 가치가 높게 나왔으니 사회복지사가 어울릴 것 같네.'하고 상담해 주는 것은 얼마나 일차원적인 접근인가? 이런 접근방식으로 직업가치를 활용한다면 시간낭비다. 직업을 바라보는 자신의 가치를 '나' 중심에서 '우리' 중심으로 옮겨가야 한다. 이처럼 직업가치의 개념을 확장해야 하는 이유를 심리학자인 아들러는 잘 설명하고 있는데 그는 '공헌감'이라는 개념을 일의 영역에 적용하고 있다.

아들러 심리학에서 '열등감'과 '공동체감'은 아주 중요한 개념이다. 인간은 불완전한 존재이기에 끊임없이 완전을 향해 노력하지만 온전한 의미에서의 완전을 경험할 수 없다. 그렇기 때문에 모든 인간은 필연적으로 열등감이라는 부적절감을 가질 수밖에 없고, 이 열등감을 극복하려고 한다. 아들러는 이 열등감이 인간 행동에 동기를 부여하고 열등감의 극복을 통해 인간이 성장하고 진보한다고 보았다. 아들러는 여기에서 그치는 것이 아니라 열등감의 극복을 노동과 공헌감에 적용시킨다.

> 누군가가 신발을 만들 때, 신발을 만든 그 사람은 타자에게 유용한 존재가 된다. 공공에 도움이 된다는 감각을 얻을 수 있고, 그렇게 느낄 때만이 열등감을 줄일 수 있다.[26]

아들러는 열등감을 줄일 수 있는 방법으로 타자에게 유용한 존재가 될 때 가능하다고 하였다. 즉 누군가에게 '공헌'하고 있고, 그럼으로써 '공공에 도움이 되는 감각'을 얻을 수 있다고 하였다. 타인이나 공동체에 공헌하고 있다는 유용감이 열등감을 줄이고, 더 나아가 용기를 낼 수 있는 자존감까지 얻게 된다고 하였다. 이러한 아들러의 공헌감을 기시미 이치로는 "인간은 무엇을 위해 일하는가? 일함으로써 인간은 자신의 능력을 타자를 위해 쓰고 타자에게 공헌한다. 타자에게 공헌하면 공헌감을 느끼고, 그럼으로써 자신이 가치 있다고 느낄 수 있다. 따라서 일한다는 것은 자신을 위한 일이기도 하다."고 표현하였다.[27] 즉 가치라는 것은 '나' 중심이 아니라 '우리' 중심으로 생각할 때 얻게 되는 것이다. 일을 함에 있어 나에게 가치 있고, 나에게만 중요한 것을 찾아 나설 것이 아니라 그 일을 통해서 '세상의 필요'를 채울 수 있고, 공동체에 '공헌'할 수 있을 때라야 온전한 의미에서의 가치이며, 아들러가 말하는 열등감의 극복이 가능해진다.

어떤 일을 하고 뿌듯해하고, 보람을 얻는 이유가 무엇인가? 바로 타인과 공동체에 공헌하고 있다는 사실 때문이다. 금전적 보상이라는 직업가치가 나를 뿌듯하게 하고 보람을 얻게 하는 이유는 돈을 많이 벌었다는 사실 때문만이 아닐 것이다. 그 금전적 보상이 내가 그만큼 회사에서 중요한 존재이고 공헌하고 있다고 느끼기 때문일 수 있으며, 또 받은 돈으로 가정에 공헌하고 있다고 생각하기 때문일 수 있다. 즉 현재 직업가치관 검사의 여러 가치영역(금전적 보상, 영향력, 봉사, 몸과 마음의 여유 등)을 그냥 직업과 연결시킬 것이 아니라 '나는 타인과 공동체에 어떤 방식으로 공헌하고 싶어하는가?'를 들여다보아야 한다.

진정한 의미의 가치는 나만 잘 먹고 잘 살면 되는 가치를 좇는 것이 아니라 '나는 세상의 어떤 필요를 채울 때 뿌듯해하고 보람을 느끼는가?'라는 질문으로 직업 가치를 찾아 나서야 한다.

『인생학교 일』의 저자 로먼 크르즈나릭 또한 세상의 필요를 채우고 타자와 공동체에 공헌하는 의미에서의 일을 이야기하는데, 일에서 추구할 수 있는 동기의 원천 5가지를 제시하였다.[28]

첫째는 '돈'을 버는 것으로 소위 먹고 살기 위함이며, 둘째는 사회적 '지위'를 획득하는 것이다. 셋째는 더 나은 세상을 만드는 데 '기여'하기 위한 것이며, 넷째는 '열정'을 따르는 것이고, 다섯째는 '재능'을 활용하는 것이라 하였다. 이들 중 첫 번째와 두 번째 측면인 '돈과 지위'는 외재적 동기요인이며, 기여, 열정, 재능은 '내재적 동기요인'이라고 하였다.

이 다섯 가지 요인들 중 어떤 것에 우선순위를 두어 직업을 선택할지는 정답이 없고 사람마다 의미를 두는 것이 다르다고 저자는 말한다. 로먼 크르즈나릭은 중요한 내재적 동기로 세상에 대한 기여를 이야기한다. 이는 프레드릭 퓨크너의 세상의 필요를 채우는 것과 아들러의 타자와 공동체에 공헌하는 공헌감과 같은 말이다. 특히 저자가 제시하는 '내재적 동기요인' 3가지는 공교롭게도 앞에서 제시한 3가지 중요한 자기이해의 영역인 능력(재능), 흥미(열정), 가치(세상의 필요, 기여, 공헌)와 동일한 개념이다.

다시 앞의 오해로 돌아가 보자. 잘하는 것과 좋아하는 것 둘 다 만족하거나 둘 중에 하나라도 맞아야 좋은 진로선택이라는 좁은 시야의 오해를 벗어야 한다. 진로선택은 자기이해라는 다양한 내재적인 요인과 돈, 지위 등의 외재적 요인의 결합물이다. 어느 한 요인만 보고 선택하기보다 각 요인마다 자신이 요구하는 적정한 지점들을 찾아야 한다.

2.4 경험과 시간이 나를 드러낸다

[오해 : 진로는 빨리 선택할수록 좋다]

나는 진로 관련 강의 때마다 '진로장사꾼'이라고 언급하는 이들이 있다. 이들은 부모들의 불안을 건드려 프로그램이나 진로심리검사, 또는 어떤 과정을 듣도록 몰아가기 위해 진로는 가능하면 빨리 결정해야한다고 주장한다. 진로 결정이 늦을수록 그에 따른 대처가 늦어진다고 말한다. 이들의 주장을 따라가다 보면 진로의 선택과 결정이 마치 정해져 있는 어떤 길이 있는 듯 들린다.

빠른 시기에 결정한 진로가 아무리 적절하다 해도 나는 빠른 진로의 선택에 반대하는 편이다. 이른 시기에 진로를 결정하다 보면 자신이 정말 좋아하고 잘하는 것이 무엇인지 온전히 파악하기 힘들다. 그리고 자신이 어떤 가치를 가지고 있고, 그로 인해 세상의 어떤 필요를 채우고 싶은지 미처 깨닫기도 전에 부모나 교사의 과도한 영향이나 잘못된 정보를 바탕으로 진로를 선택하게 될 가능성이 높다. 자신을 채 이해하기도 전에 외부의 압력이나 내부적으로 미성숙 단계에서 선택하게 된다. 그리고 이 시기에는 직업의 세계에 대한 이해가 떨어지며, 실제로 자신이 정확하게 무엇을 원하는지 알지 못한다.

우리 스스로를 돌아보자. 우리는 언제 진로를 결정해야 한다고 배웠고, 또 그렇게 이야기하고 있는가? 대부분 학창시절이라고 말할 것이다. 고등학생이 되었는데도 자신이 뭘 하고 싶은지 대답을 하지 못하면 아직 무언가 준비가 덜 된 듯 생각하지는 않는가? 일반적인 교육과정에서는 청소년기에 진로를 결정하도록 하며, 그 결정은 대학의 학과나 사회에서의 직업선택에 많은 영향을 미친다. 그러나 이른 시기의 진로 선택과 이런 방향의 교육은 대학생활이나 사회에 진출한 이후 경직된 진로선택 사고에 영향을 미친다.

청소년기의 생각과 선택은 한계가 있다. 자신에게 잘 맞고, 자신이 원한다고 생각하고 선택한 결과가 전혀 아닐 때가 있다. 특히 직접 경험해 보지 않고 결정한 청소년 시기의 선택은 이후 나이가 들어 다양하게 경험하고 난 뒤 선택한 것보다 더 많이 틀릴 수 있다. 이른 시기부터 진로선택을 확정하고 그 길만 보고 달려온 이가 사회에 진출한 후 진로의 선택이 잘못되었다고 판단했을 때, 얼마나 쉽게 다른 진로를 선택 할 수 있을까? 이른 시기의 경직된 진로의 선택과 교육 방향은 이들을 특정한 직업군으로 가두어 버릴 수 있다.

사람은 언제나 실패할 수 있고, 잘못된 선택을 할 수 있으며, 진로의 선택은 더더욱 그러하다는 사실을 배우지 못하면 이른 시기의 진로 선택은 독이 된다. 이런 설명 없이 진로는 빨리 결정하면 할수록 좋다고 떠들어 대는 이들은 '진로장사꾼'이나 다름없다.

진로프로그램을 하면서 자신의 꿈이 기자라고 했던 학생이 있었다. 그 학생은 아주 어린 시절부터 기자가 꿈이었고, 기자 외에는 다른 진로를 생각해 본 적이 없다고 했다. 그런데 프로그램이 후반부로 접어들면서 이 학생이 했던 말이 있다. 자신은 어린 시절부터 기자가 되어야겠다고 부모, 친척, 친구, 교사 등 주변의 사람들에게 그렇게 말해왔기 때문에 기자 외에는 다른 직업은 생각할 수도 없다고 했다. 그리고 이런 생각은 '혹시나 앞으로 기자가 되지 못하면 어떻게 하지?' 하는 불안과 두려움을 경험하게 하더라고 털어놓았다.

만약 이 학생이 기자가 되지 못하면 어떻게 될까? 아니면 기자를 하면서 '아차, 내가 기대했던 기자의 일이 아니었구나.'라는 것을 알게 되면 어떻게 될까? 오로지 기자만 바라보고 달려온 이 학생은 다른 진로 방향으로 수정하는 것이 쉽지 않을 것이다.

다른 직업이나 일에 대해 생각도 해보지 않고 한 방향만 보고 달려왔다면, 자신이 선택한 기자라는 직업에서 다른 쪽으로 선회하고 싶더라도 지금까지 준비해 온 자신의 노력이 너무 아깝고, 다른 길로 가자니 전혀 준비되지 않은 자신의 모습에 '이미 늦어서 어쩔 수 없다'며 평생을 그렇게 살아갈 수도 있다. 즉, 이러지도 저러지도 못하는 상황 가운데 처하면서 결정을 유보할 가능성이 높다.

일찍 진로를 정한만큼 일찍 자리 잡을 수 있을 것이라고 말할 수도 있다. 하지만 자신의 미래 관심사가 어떻게 바뀔지 누가 알 수 있겠는가? 10대나 20대 초반의 나이에 자신에게 의미 있는 일이 무엇인지, 어디에 흥미가 있고, 어떤 일에 가슴 두근거리는지 얼마나 알 수 있을까? 이 시기에 세상에 얼마나 많은 직업이 있고, 어떤 학과에서 어떤 과목을 공부하는지 얼마나 이해하고 선택할까?

나는 대학교 학부과정에서 기계공학을 전공했다. 고등학교 시절 가장 싫어했던 과목이 수학과 과학이었다. 그러나 고3 시절 함께 다니던 친한 친구들이 기계공학과 입학을 염두에 두고 있다는 말을 듣고 그 전까진 관심도 없던 기계공학과를 마음에 담아두기 시작했다. 거기에 더해 담임선생님과의 짧은 상담 중 기계공학과를 졸업하면 취업이 잘 된다는 말까지 듣자 덜컥 기계공학과로 진로를 결정하게 된다.

그 당시 진로에 대한 개념도 나 자신에 대한 이해도 거의 전무한 채 대학에 입학했다. 그때부터 완전히 어긋난 나의 진로 방향이 펼쳐진다. 1학년까지는 교양 위주의 수업이라 그럭저럭 장학금까지 받고 다녔으나 2학년이 되면서 패닉에 빠지게 된다. 공업수학, 열역학, 유체역학, 기체역학, 동역학 등 고등학교 시절 가장 하기 싫었던 공부를 대학에서 공학용 계산기를 들고 다니면서 공부했다. 시험을 치고 건물을 빠져나오며 내 인생과 공학이 무슨 상관이 있는지 한참을 울었던 적이 있었다.

이런 대학생활의 유일한 즐거움은 동아리 생활이었다. 특히 그곳에서 경험한 책읽기의 즐거움과 그로 인한 자기이해와 성장의 경험을 다른 사람과 공유하고 싶다는 막연한 소망만이 나의 대학생활을 붙들어 주었다. 편입이나 전과에 대한 유연한 생각도 없이 꾸역꾸역 그렇게 졸업을 했다. 서점이나 출판사에 취업해 보겠다는 생각도 잠시 부모님의 권유로 6개월 공무원 시험공부를 하다가 이마저도 나에게 맞지 않음을 경험하고 포기한다.

그렇게 진로를 두고 방황하다가 다니던 교회의 예배를 마치고 나오던 중 자리에서 책을 읽고 있는 후배를 만나게 된다. 무슨 책을 읽고 있는지 물어보던 도중 그 후배가 문헌정보학과를 다니고 있고, 과제 때문에 책을 읽고 있다는 사실을 알게 된다. 나는 책과 도서관, 그리고 그 도서관을 이용하는 이용자들을 연구하는 학문이 있다는 사실을 그때 처음으로 알았다. 그때의 충격은 말로 할 수 없었다. 이후 나의 진로방향은 급선회하게 되는데 대학원에서 문헌정보학을 공부하면서 독서치료, 도서관, 독서 등 너무나도 행복한 영역의 공부를 했고 그때의 진로가 지금까지 이어져 오고 있다.

이처럼 청소년 시기나 대학생인 20대 초반의 나이에 자신을 전체적으로 이해하기 힘들며, 또한 직업의 세계에 대한 이해도 좁을 수밖에 없다. 진로상담 분야의 권위자 중에 한명인 존 크럼볼츠도 그의 연구에서 수많은 성인을 대상으로 설문조사를 한 결과, 열여덟 살이 되었을 때 계획했던 직업에 현재 종사하고 있는 사람들은 약 2퍼센트에 불과하다는 조사결과를 보고하기도 했다.[29] 이런 예는 다른 곳에서도 얼마든지 찾아볼 수 있다.

로먼 크르즈나릭은 자신이 만났던 사람들의 예를 들려주는데 그 중 사미라 칸이라는 변호사의 이야기가 눈길을 끈다. 사미라 칸은 열여섯 살 때 변호사가 되기로 결심했는데 인권 문제와 국제사면위원회에 관심이 많았고, 법과 관련된 TV 드라마에 푹 빠져 있었다. 무엇보다 변호사가 되어 파키스탄과 동아프리카계 인도 출신의 이민자인 부모님들을 기쁘게 해주고 싶은 마음이 컸다. 그런데 변호사가 된 후 5년 만에 갑작스런 생각의 변화가 찾아왔다. 신혼여행지에서 자신이 평생을 부자들의 배를 불려주기 위해 변호해야 한다는 생각에 일에 대한 의미를 다시 생각해 보게 된다. 열여섯 살 때부터 준비해온 변호사라는 직업 외에 다른 직업을 생각해 본적이 없던 사미라 칸은 절망감과 함께 고민을 시작한다. 사미라 칸은 결국 용기를 내어 변호사 일을 그만두고 사회사업가로 변신에 성공한다.

돌이켜 생각해보면 미친 짓이었죠. 고작 열여섯 살에 변호사가 되기로 결정을 하다니. 평생 동안 하고 싶은 일이 뭔지 그 나이에 무슨 수로 알겠어요? 열여섯 살의 나와 마흔 다섯의 나는 분명히 다르잖아요. 가치관과 견해, 동기가 같을 수 없는데 말이죠.[30]

이른 시기에 내리는 진로와 관련된 결정은 가족의 기대나 압박, 자신과 직업에 대한 이해의 부족 등으로 인해 좀 더 나은 결정을 하기가 쉽지 않다. 너무 이른 시기의 진로결정과 경직된 진로선택의 틀을 가진 학생들은 다가올 직업세계에서 좌절감을 경험할 가능성이 상당히 높은 이유도 이 때문이다. 그렇기에 우리가 배우고 가르쳐야 하는 것은 이른 시기에 진로를 선택해야 한다는 것이 아니라 진로의 선택은 경험과 시간이 필요하다는 사실이다.

경험과 시간은 자신을 드러낸다. 이른 시기의 진로결정이 자신에게 맞을 수도 있고, 그렇지 않을 수도 있다. 하지만 중요한 것은 마치 그때 진로를 결정해야 하고, 그렇게 결정한 진로가 평생을 가는 듯 생각하면 안 된다는 점이다. 경험이 쌓이고 시간이 흐르면서 자신과 직업세계에 대한 이해의 폭이 넓어지면 언제든 다른 진로의 선택이 가능하다는 것을 염두에 두어야 한다. 그리고 다양한 경험을 통해서 선택한 진로가 이른 시기에 선택한 진로보다 훨씬 더 자기다운 결정의 결과일 가능성이 높다.

실제 우리 사회는 기다려 주는 것이 어려운 사회다. 누군가 앞서 나가는 듯 보이면 그렇게 따라가지 못하는 자신을 보며 무엇인가 잘못되었기에 그들과 비슷하게라도 해야 한다는 생각이 지배적이다. 그렇기 때문에 청소년 시기에 '당연히' 진로를 결정해야 하고, 그렇지 못하다면 일반적이지 않다고 생각한다. 이 기준은 누가 만든 것일까? 청소년 시기에 '당연히' 진로를 결정해야 한다는 기준 말이다.

오마이뉴스의 오연호 대표는 전 세계 행복지수 조사에서 자주 1위에 오르는 덴마크라는 나라가 어떻게 해서 그런 결과가 나왔는지 알아보기 위해 덴마크를 방문했다.[31] 덴마크의 여러 시민들을 인터뷰하면서 덴마크의 교육, 직업, 문화, 정치, 복지시스템 등 다양한 영역에서 이들이 행복감을 느끼는 이유를 찾아 나선다. 그중에 덴마크 시민들이 행복감을 느끼게 되는 출발점으로 교육시스템을 보게 되는데, 한국에 없는 독특한 시스템과 그 시스템의 뿌리를 소개한다.

덴마크는 초등학교에서 중학교 과정까지를 포함해 '폴케스콜레'라 불리는 1학년부터 9학년까지의 초중등학교 과정이 있다. 이 학교는 7학년까지 점수를 매기는 시험 자체가 없다. 8학년부터 시작되는 시험은 등수를 매기지 않고 진로를 조언하는 데 참고만 한다. 덴마크는 아이들끼리 경쟁시키지 않으며, 성적 우수상도 없다. 또한 평등 문화가 자리 잡고 있어 반에 반장이라는 개념이 없고, 반 아이들의 의사를 대변해서 학생회에 파견되는 아이가 있을 정도이다.

평등하고, 틀에 박히지 않고, 자유로운 교육의 문화도 있지만 저자는 덴마크인들이 행복하다고 느끼는 비결을 '자기 인생을 어떻게 살지 여유를 두고 스스로 선택하는 문화'라고 보았다. 이런 문화가 교육 영역까지 배어있는 것이 바로 '에프터스콜레'라고 보았다.

'에프터스콜레'는 방과후학교 정도로 생각할 수 있겠지만 덴마크의 에프터스콜레는 몇 시간짜리 프로그램이나 과정이 아니다. 1년을 통째로 빼내 만든 학교다. 덴마크의 초중등학교인 9학년을 보내고 나면, 고등학교는 10학년이 되어야 하지만 10학년이 아니라 11학년부터 시작한다. 중간에 1년이 비는데 이 1년 동안 10학년을 '에프터스콜레'에서 배운다. 덴마크에서는 약 40%의 학생들이 고등학교에 들어가기 전에 이곳에서 앞으로 어떤 인생을 살지 설계한다고 한다.

덴마크에는 약 250여 개의 '에프터스콜레'가 있고 3만명 정도의 10학년들이 이 곳을 다닌다. 이 방법도 하나만 있는 것이 아니라 기존에 9학년까지 다니던 학교에서 보낼 수도 있고, 집을 떠나 기숙학교 형태의 '에프터스콜레'를 다닐 수도 있다. 대부분 기숙학교 형태의 '에프터스콜레'를 선택하는데 정부가 이 학교에 50% 정도의 운영비를 지원하기 때문에 준공립이다. 이곳에서 1년 동안 학생들은 다양한 수업을 들을 수 있지만, 공부가 아닌 자신에 대한 이해와 인생의 설계가 수업의 중심이다.

'앞으로의 인생을 어떻게 살 것인가', '나는 누구인가', '다른 사람들과 어떻게 함께 할 것인가' 등에 대한 질문에 스스로 답을 찾아가는 기간이며, 실제 학교에서는 1년에 네 번 '인생 계획 세우기'도 구체적으로 진행된다.

'에프터스콜레'는 여기서 끝이 아니다. 고등학교를 졸업한 학생 중에 대학이나 사회에 진출하기 전에 다시 한번 어떤 인생을 살 것인지 점검하기 위해 소위 성인용 자유학교라는 곳에서 자신을 점검한다. 6개월 정도의 기숙생활을 하면서 자신의 인생을 어떻게 살 것인지 또 한번 점검할 수 있는 기회가 있다. 정부에서 학비를 절반 부담하고, 나머지는 대부분 학생들이 스스로 벌어서 마련한다.

이뿐 아니라 직장인이 되어 한 직장에 오래 다니다가 전직을 하고 싶을 때에는 또 다른 평생교육기관을 선택해 다시 한번 자신의 인생 항로를 점검한다. 우리나라의 평생교육기관에서 자격증을 취득하거나 취업을 목적으로 훈련받는 개념을 넘어서는 인생에 대한 점검을 하는 것이다. 우리나라의 자유학기제라는 개념도 사실 덴마크를 비롯한 북유럽의 이러한 제도를 벤치마킹한 예겠지만 가치와 기본에 대한 이해 없이 겉만 따라하는 제도가 되어서는 안 되겠다.

오연호 대표는 여러 번 덴마크를 오가며 이들의 삶과 문화를 살펴보다가 한국에 돌아와 덴마크의 '에프터스콜레'와 비슷한 개념의 인생학교를 만들기로 결심한다. 그리고 인천 강화도에 꿈틀리 인생학교라는 기숙학교를 만든다. 이 학교는 '중3 졸업생에게 1년간 옆을 볼 자유를 허하라.'는 모토 아래 한눈팔지 말고 공부하라고 강요받던 학생들에게 한눈을 실컷 팔 자유와 옆을 볼 자유를 주려고 한다.

앞만 보고 달리고, 남들과 똑같이 살려는 인생이 아니라 '나는 누구인지, 무엇을 좋아하는지, 행복을 위해 시간적 여유를 가지고 어떤 선택을 해야 하는지'를 탐험하도록 돕는다. 꿈틀리 인생학교에 1년 동안 다니려면 자기 또래들이 1년 앞서 고등학교와 대학을 들어가고, 사회생활을 먼저 하겠지만 그런 불편과 손해까지도 감수하고 부모를 떠나 자신을 탐색해 보겠다는 이들이 참여하고 있다.

어떤 특정한 시기에 진로를 결정해야 한다는 것은 '당연한' 기준이 아니다. 앞서 진로의 개념을 설명할 때 한번 언급했지만 진로를 선택하고 결정한다는 것은 평생토록 선택하는 과정이다.

아프리카엔 스프링벅이라는 동물이 있다. 이 동물의 독특한 특성은 식탐인데 이 식탐이 다른 녀석들보다 더 많은 풀을 뜯어먹기 위해 지속적으로 초원을 더 앞서 나가려고 달리게 만든다. 결국 시작과 달리 모든 무리가 목적을 상실하고 무작정 달리다 절벽에 떨어져 죽는 경우가 있다고 한다. 이렇게 살지 않으려면 결국은 '남들과 같거나 더 빠른 속도'가 아니라 '나에게 맞는 방향'을 찾아 나서야 한다.

진로의 선택에서 '당연한' 기준이 있다면, 시기(time)가 아니라 자기이해여야 하고, 경험과 훈련의 시간이 버무려진 나다움이어야 한다.

2.5 꿈과 비전은 동사다

[오해 : "네 꿈이 뭐야?", "의사요"]

"꿈이 뭐야?"

"의사요."

"저는 기자인데요."

"음... 저는 아직 없어요."

이런 질문과 답은 일상적인 상황뿐만 아니라 진로프로그램과 강의 중 질의응답에서도 거의 다를 바 없이 들을 수 있는 내용이다. 많은 사람들이 꿈뿐만 아니라 비전까지도 하나의 직업으로 말하기도 한다. 그러나 앞서 진로의 개념을 설명하였듯이 꿈이나 비전은 직업명이 아니다. 꿈과 비전을 직업명으로 보게 되면, 진로의 개념이 축소된다. 그럼 꿈과 비전이 직업명이 아니면 무엇이란 말인가? 꿈과 비전은 직업명으로 표현되는 명사이기보다 오히려 동사에 가깝다. 직업명이 아니라 왜 그 일을 하고 싶은지에 대한 동사형 대답이다.

나는 진로프로그램을 할 때마다 자신의 꿈을 말해보도록 하고, 직업명으로 표현된 꿈과 비전을 다른 언어로 바꾸는 작업을 한다. 직업명인 명사형 꿈을 동사형으로 바꾸는 작업이다.

한번은 진로프로그램에 참여한 학생들에게 꿈을 물었다. "저는 기자에요. 예전부터 기자가 되고 싶었고, 지금도 기자가 되려고 공부하고 있어요.", "저는 아직 꿈이 없어요." 이런 대답을 하던 학생들에게 왜 그 직업을 가지고 싶은지, 그리고 꿈이 없다는 것은 어떤 뜻인지 물었다. 직업을 꿈으로 생각하고 답해 온 이들에게 '왜?'라는 질문은 다음 단계로 가게 만드는 징검다리 역할을 한다. 그러나 많은 학생들이 답을 쉽게 하지 못한다. 이런 이들을 위해 직업을 동사 형태로 풀어 낸 '동사형 꿈' 목록을 많이 사용한다.

프로그램을 하면서 기자가 되고 싶다고 했던 학생은 단어 목록에서 '(사회를) 변화시키다'라는 단어를 골랐고, 꿈이 없다고 했던 학생은 '정리하다'라는 동사를 골랐다. 목록에서 고른 동사형 꿈을 마인드맵 기법을 활용해 동사와 관련되면서도 자신이 관심을 가질만한 직업들을 적도록 하였다.

'사회를 변화시키다'라는 단어를 고른 학생은 기자를 비롯해 정치인 등 다양한 직업명들을 적었지만 이 학생에게는 다양한 직업명보다 더 중요한 변화가 있었다. 이 학생은 완성한 마인드맵을 설명한 후 "선생님. 사실 저는 어릴 때부터 기자가 되는 게 꿈이었고, 주위의 사람들도 모두 그렇게 알고 있어요. 하지만 다른 사람들에게 말을 하지는 않았지만 '혹시나 기자가 되지 못하면 어떡하지'하는 두려움과 불안이 있었어요. 그런데 기자라는 직업명을 동사형 꿈인 '사회를 변화시킨다'라고 바꾸고 나니 꼭 기자를 하지 않더라도 사회를 변화시키는 직업은 얼마든지 있다는 생각이 들었어요. 훨씬 더 마음이 편안해 졌어요."라고 자신의 속마음을 표현했다.

그리고 꿈이 없다고 했던 학생은 '정리하다'라는 동사형 꿈을 마인드맵으로 표현하더니 그 중에서 '법원서기보'라는 직업을 찾아냈다. 법원서기보라는 직업이 '정리하다'는 동사형 꿈과 관련성이 있어 연결시킨 것이다. 그러더니 일주일 후 과제로 부여하지도 않은 숙제를 해왔다. 일주일 동안 법원서기보 외에 '정리하다'와 관련된 직업을 찾아보다가 그 중에서 자신의 흥미를 끄는 직업을 하나 골라온 것이었다. 바로 '등기소 직원'이었다. 사실 법원서기보라는 공무원이 일하는 곳 중에 하나가 등기소가 될 수도 있어 같은 직업으로 볼 수 있겠지만 그 사실보다 더 중요한 것은 스스로 동사형 꿈인 '정리하다'의 개념을 자신에게 적용해 확장했다는 점이었다.

이들이 마인드맵에 기록한 직업을 가질 수도 있고, 그렇지 않을 수도 있다. 하지만 그것보다 더 중요한 사실은 명사형 직업명을 자신의 꿈과 비전으로 알고 선택하는 것이 아니라 동사형 꿈과 비전을 이루기 위해 그 직업뿐만 아니라 다른 직업을 통해서도 성취할 수 있다는 것을 알게 된다는 것이다. 오로지 원하는 직업이 꿈인 것 마냥 달려가며 불안해 할 것이 아니라 그 꿈을 실현할 수 있는 도구가 직업이고, 그 직업이 꼭 하나일 필요가 없다는 사실을 아는 것이 중요하다.

현재까지 나의 동사형 꿈은 '가르치고, 성장을 돕고, 관계를 맺는다.'라는 세 개의 동사가 조합된 문장이다. 가르치는 일이 꼭 교사라는 직업을 가져야만 할 수 있는 것이 아니며, 다른 사람의 성장을 돕는 일도 심리상담사여야 가능한 것도 아니다. 현재의 동사형 꿈은 경험이 추가되고 시간이 지나면서 얼마든지 수정되거나 다른 동사가 추가될 수 있다. 향후 진로와 관련된 선택을 해야 할 때 이 동사형 꿈은 방향성을 제시해 주는 좋은 도구가 될 수 있다.

동사형 꿈 목록은 진로와 관련된 여러 책[32]에서도 제시하고 있다. 이들 책에서는 동사들을 하나의 목록으로 제시하고 있으나, 이 책에서는 홀랜드 흥미유형을 접목해 6가지 유형으로 동사들을 분류하여 동사형 꿈 목록을 만들어 보았다. 홀랜드 흥미유형은 대표적인 직업흥미유형으로 사람마다 6가지 성격유형으로 나눌 수 있고, 직업환경도 동일하게 6가지 유형으로 나눌 수 있다. 이 여섯 가지 유형은 현실형(현장형, R) - 탐구형(I) - 예술형(A) - 사회형(S) - 진취형(사업가형, E) - 관습형(사무형, C)으로 개인의 성격유형과 직업의 환경유형이 일치하면 만족도가 높다는 이론이다. 이는 개인의 성격유형과 직업의 환경유형을 매칭시키는 것으로 예를 들어, 검사결과 사회형(S)이 가장 높게 나왔다면, 사회형의 특성이 높은 직업인 간호사, 사회복지사, 상담사, 성직자 등의 일을 하면 만족도가 높을 수 있다는 이론이다. 이는 개인의 특성과 직업의 요인 사이의 관계를 연구해 서로 연결시켜 주는 이론이다.

홀랜드 흥미유형은 심리검사를 통해서 보통 알게 되지만 이 책에서는 동사형 꿈 목록을 통해 자신의 동사형 꿈도 확인하고, 가장 많은 동사가 체크된 유형을 확인해 자신의 홀랜드 흥미유형도 짐작해 볼 수 있도록 하였다. 먼저 홀랜드 유형에 대한 간단한 설명은 다음 표와 같다.[33]

구분	흥미특성	자기평가	타인평가
현실형 (R)	분명하고 질서정연하며, 체계적인 것을 좋아함. 연장이나 기계를 조작하는 활동과 기술, 외부활동에 흥미	사교적 재능보다는 손재능 및 기계적 소질이 있다고 평가	겸손하고 솔직하지만 독립적
탐구형 (I)	관찰적, 상징적, 체계적이며 물리적, 생물학적, 문화적 현상의 창조적인 탐구를 수반하는 활동에 흥미	대인관계 능력보다는 학술적 재능이 있다고 평가	지적이고 현학적이며 독립적이지만 내성적
예술형 (A)	예술적 창조와 표현, 변화와 다양성을 선호하고 틀에 박힌 것을 싫어하며 모호하고, 자유롭고, 상징적인 활동에 흥미	사무적 재능보다는 혁신적이고 지적인 재능이 있다고 평가	유별나고 혼란스러워 보이며 예민하지만 창조적
사회형 (S)	타인의 문제를 듣고, 이해하고, 도와주고, 치료해주고, 봉사하는 활동에 흥미	기계적 능력보다는 대인관계적 소질이 있다고 평가	이해심 많고 사교적이고 동정적이며 이타적
진취형 (E)	조직의 목적과 경제적인 이익을 얻기 위해 타인을 지도, 계획, 통제, 관리하는 일과 그 결과 얻어지는 명예, 인정, 권위에 흥미	과학적 능력보다는 설득력 및 영업능력이 있다고 평가	열정적이고 외향적이며 모험적이지만 야심이 있는 사람
관습형 (C)	정해진 원칙과 계획에 따라 자료를 기록, 정리, 조직하는 일과 체계적인 작업 환경에서 사무적, 계산적 능력을 발휘하는 활동에 흥미	예술적 재능보다는 비즈니스 실무능력이 있다고 평가	안정을 추구하고 규율적이지만 유능한 사람

구분	선호활동	적성	가치	대표직업
현실형(R)	기계나 도구 등의 조작	기계적 능력	눈에 보이는 성취, 물질적 보상	기술자, 기계 및 항공기 조종사, 정비사, 농부, 엔지니어, 전기・기계기사, 군인, 경찰, 소방관, 운동선수 등
	회피활동	**성격**		
	타인과의 상호작용	현실적이고 신중함		
탐구형(I)	**선호활동**	**적성**	지식의 개발과 습득	언어학자, 심리학자, 시장조사분석가, 과학자, 생물학자, 화학자, 물리학자, 인류학자, 지질학자, 경영 분석가 등
	자연・사회현상의 탐구, 이해, 예측, 통제	학구적 능력		
	회피활동	**성격**		
	설득 및 영업활동	분석적이고 지적		
예술형(A)	**선호활동**	**적성**	아이디어, 정서, 감정의 창조적 표현	예술가, 작곡가, 음악가, 무대감독, 작가, 배우, 소설가, 미술가, 무용가, 디자이너, 광고, 기획자 등
	문학, 음악, 미술활동	예술적 능력		
	회피활동	**성격**		
	틀에 박힌 일이나 규칙	경험에 대해 개방적		
사회형(S)	**선호활동**	**적성**	타인의 복지와 사회적 서비스의 제공	사회복지사, 교육자, 간호사, 유치원 교사, 종교지도자, 상담가, 임상치료사, 언어치료사 등
	상담, 교육, 봉사활동	대인지향적 능력		
	회피활동	**성격**		
	기계 기술적 활동	동정심과 참을성		
진취형(E)	**선호활동**	**적성**	경제적 성취와 사회적 지위	기업경영인, 정치가, 판사, 영업사원, 상품구매인, 보험회사원, 판매원, 연출가, 변호사 등
	설득, 지시, 지도활동	경영 및 영업능력		
	회피활동	**성격**		
	과학적, 지적, 추상적 주제	대담하고 사교적		
관습형(C)	**선호활동**	**적성**	금전적 성취와 사회/사업/정치 영역에서 권력획득	공인회계사, 경제분석가, 세무사, 경리사원, 감사원, 안전관리사, 사서, 법무사, 의무기록사, 은행사무원 등
	규칙을 만들고 따르는 활동	사무적 능력		
	회피활동	**성격**		
	명확하지 않은 모호한 과제	현실적이고 성실함		

이러한 홀랜드 흥미유형의 특성을 정리하여 동사형 꿈 목록을 만들었으며, 각 유형이 정확하게 독립적으로 정의되지 않기에 각 유형마다 반복되는 동사들도 있다. 유형마다 반복되는 동사더라도 유형과 상관없이 모든 동사들 중 내가 좋아하고, 하고 싶고, 설레게 만드는 단어를 모두 고르도록(보통 동그라미) 한다. 다음은 동사형 꿈 목록이다.34

현장형(R)

(도구/기계를) 사용하다. 고치다. 수리하다. 수선하다. 만들다. 활동하다.
모험하다. 작동하다. 도전하다. 개조하다. 사냥하다. 낚시하다. 등반하다.
캠핑하다. 만들다. 문제를 해결하다. 운동하다. 조립하다. 훈련하다.
조작하다. 조종하다. 운전하다. 기르다. 감독하다. 격투하다. 경작하다.
경호하다. 경쟁하다. 건축하다. 강하게 하다. 경주하다. 게임하다.
구조하다. 날다. 명령하다. 모형을 만들다. 방목하다. 성취하다. 숙달하다.
심판하다. 손질하다. 오르다. 양식하다. 정비하다. 제작하다. 제조하다.
지도하다. 재배하다. 채집하다. 측량하다. 토목하다. 항해하다. 탐사하다.

탐구형(I)

분석하다. 사고하다. 생각하다. 연구하다. 비판하다. 읽다. 조직화하다.
문제를 해결하다. 수집하다. 발명하다. 가르치다. 계산하다. 설계하다.
개발하다. 공부하다. 관찰하다. 밝히다. 실험하다. 프로그래밍하다.
고안하다. 논의하다. 조사하다. 진료하다. 추구하다. 판결하다. 추론하다.
예측하다.

예술형(A)

만들다. 조각하다. 듣다. 그리다. 촬영하다. 글쓰다. 수집하다. 춤추다.
노래하다. 맛보다. 연주하다. 디자인하다. 장식하다. 전시하다. 표현하다.
즐기다. 연기하다. 건축하다. 연출하다. 게임하다. 광고하다. 구상하다.
공연하다. 꾸미다. 내레이션하다. 만지다. 홍보하다. 메이크업하다. 모형을
만들다. 번역하다. 사진찍다. 상상하다. 설계하다. 스타일링하다. 연출하다.
요리하다. 워킹하다. 인쇄하다. 인테리어하다. 염색하다. 작곡하다.
전시하다. 조립하다. 지휘하다. 집필하다. 창작하다. 출판하다. 카피짓다.
코디하다. 통역하다. 홍보하다.

사회형(S)

성장하다. 교육하다. 봉사하다. 돕다. 가르치다. 책임지다. 협동하다.
돌보다. 이야기하다. 관계를 맺다. 의사소통하다. 격려하다. 상담하다.
훈련시키다. 촉진하다. 문제를 해결하다. 서비스하다. 판매하다. 지지하다.
참여하다. 만나다. 설명하다. 대접하다. 간병하다. 간호하다. 감동시키다.
강의하다. 거래하다. 공유하다. 구제하다. 내레이션하다. 동기화시키다.
들어주다. 멘토링하다. 묵상하다. 믿다. 보호하다. 사랑하다. 설교하다.
섬기다. 세일즈하다. 살리다. 여행하다. 영업하다. 영향을 미치다.
웃게하다. 육성하다. 이어주다. 이해하다. 조언하다. 지시하다. 지도하다.
지지하다. 촉진하다. 치료하다. 치유하다. 칭찬하다. 포용하다. 협력하다.
향상시키다. 회복하다. 휴식하다. 안내하다.

진취형(E)

설득하다. 컨트롤하다. 성취하다. 주장하다. 모험하다. 판매하다.
이끌다. 토론하다. 연설하다. 발표하다. 통솔하다. 영향을 주다.
참여하다. 만나다. 달성하다. 구매하다. 대접하다. 관리하다. 흥정하다.
모험하다. 도전하다. 감독하다. 강의하다. 기획하다. 거래하다.
경영하다. 결정하다. 경쟁하다. 게임하다. 논의하다. 동기화시키다.
명령하다. 멘토링하다. 무역하다. 보도하다. 변호하다. 변화시키다.
성취하다. 세일즈하다. 승인하다. 영업하다. 영향을 미치다. 외교하다.
웃게하다. 지시하다. 주장하다. 지도하다. 진료하다. 진행하다.
취재하다. 칭찬하다. 컨설팅하다. 투자하다. 판결하다. 활발하게 하다.
향상시키다. 협상하다. 회의를 이끌다. 홍보하다. 광고하다. 마케팅하다.

사무형(C)

정확하다. 보존하다. 조직하다. 회계하다. 준비하다. 작업하다.
관리하다. 작성하다. 기록하다. 수집하다. 예측하다. 정리하다.
수집하다. 계산하다. 안내하다. 감정하다. 강의하다. 기획하다.
기억하다. 기안하다. 검사하다. 검토하다. 논의하다. 분류하다.
산출하다. 완수하다. 유지하다. 제조하다. 지시하다. 점검하다.
조사하다. 청소하다. 출판하다. 테스트하다. 통계를 내다. 판독하다.
판정하다. 편집하다. 해설하다.

반복되는 동사들이라도 모두 골랐으면, 그중 10개, 5개, 3개 정도로 점점 좁혀 자신의 동사형 꿈을 찾아가도록 한다. 단어를 마지막에 하나만 남기는 것이 아니라 최종적으로 3~5개 정도 남기도록 한다. 그 동사들이 자신의 동사형 꿈이다. 그리고 가장 많이 체크된 그룹의 유형이 자신의 흥미유형일 가능성이 높다. 물론 이렇게 유형으로 묶으면, 시선이 분산되고, 다른 유형의 칸에 의도적으로 체크하지 않을 수도 있어 유형을 무시하고 동사들을 모두 함께 묶어 작업할 수도 있다.

직업명이 아니라 동사가 꿈과 비전의 출발이 될 때 진로를 바라보는 관점이 확장된다. 같은 동사를 자신의 꿈으로 골랐더라도 그것을 실현하는 방법으로서의 직업명은 달라질 수 있다. '사회를 변화시키는' 직업이 꼭 기자만 있거나 '정리하는' 직업이 법원서기보만 있는 것이 아니듯 동사형 꿈을 성취할 수 있는 분야는 다양하기 때문이다. 이 분야들을 동사형 꿈과 연결해 하나의 문장을 만들면 가장 기초적인 형태의 비전선언문이 만들어진다. 아래는 여러 분야들을 목록으로 만들어 둔 것으로 이 단어들도 앞서 동사들을 골랐던 방법처럼 내가 좋아하고, 몰입하도록 하며, 설레게 하는 명사들을 모두 고르도록(동그라미) 한다. 그리고 모두 고른 명사들을 3~5개 정도로 최종적으로 선택하도록 한다.

책(출판), 신문, 법, 철학, 논리, 심리, 상담, 종교, 통계, 경제, 사회문제, 정치, 행정, 안전, 법, 교육, 국방, 군사, 수학, 물리, 화학, 천문, 우주, 생명과학, 동물, 식물, 의료, 농업, 원예(과수, 조경), 건축, 토목, 인테리어, 기계, 전기, 통신, 전자, 예술, 조각, 공예, 미술, 음악, 악기, 사진, 연극, 영화, 공연, 스포츠, 게임, 오락, 레크리에이션, 언어, 문학, 역사, 지리, 독서, 컴퓨터과학, 프로그램, 문헌정보, 도서관, 기록학, 금융, 기업경제, 경영, 교통, 금융, 보험, 재정, 사회복지, 언론, 외교, 무역, 특수교육, 인류학, 해양, 기후, 지질, 농업, 임업, 수산업, 축산(낙농), 토목, 철도, 위생, 자동차, 항공우주, 제조, 의류, 육아, 가정, 식품, 주택, 디자인, 만화, 번역(통역), 방송, 발명, 환경, 에너지, 문화, 로봇, 보안, 보건, 노동, 영유아, 어린이, 청소년, 청년, 대학생, 장년, 부부, 노인, 가정, 공동체, 정신건강, 성, 한의학, 수의학, 약학, 재정, 세무(회계), 국제 활동, NGO, 행사(이벤트), 특허, 무역, 연예, 음향, 패션, 건강, 여행, 미용, 음식(요리), 물류, 운송, 레저, 공기업, 공공기관, 유통, 은행, 홈쇼핑, 조선, 제약, 정비, 학원, 소프트웨어, 반도체, 모바일, 부동산, 항공, 캐릭터, 가구(목재), 호텔, 애니메이션, 자연, 자원, 귀금속, 악기, 가구, 섬유(의류), 신발, 웹, 환경, 영상, 직업, 국제 관계

앞에서 제시된 동사형 꿈 목록과 분야 목록에 실린 단어들 외에도 자신이 평소에 생각하고 있던 동사와 분야가 있다면 얼마든지 추가해 만들 수 있다. 나의 경우 동사형 꿈과 분야를 간단하게 한 문장으로 만든다면

'나는 상담, 진로, 책(출판), 독서 분야에서 가르치고, 성장을 돕고, 관계를 맺으며 살아갈 것이다'

라고 정리할 수 있을 것이다. 앞서 최종적으로 골랐던 3~5개 동사들과 분야들을 이렇게 한 문장으로 만들면 아주 기초적인 비전선언문이 나온다. 이 문장을 성취하기 위해 가질 수 있는 직업이 하나뿐일까? 얼마든지 확장되고, 직업이 아니더라도 취미와 봉사로, 그리고

그 취미와 봉사가 또 다른 직업으로 발전된다. 이 문장은 얼마든지 바뀔 수 있다. 사람의 흥미와 능력, 그리고 가치는 경험과 시간에 의해 얼마든지 바뀔 수 있기 때문이다.

'꿈이 뭐야?'라는 질문에 이제는 직업명이 아니라 그 직업을 왜 가지고 싶은지에 대한 답이 꿈과 비전이 되도록 해야 한다. 지금은 중학생인 첫째 딸은 초등학교 3학년이었을 때 많은 꿈을 가지고 있었다. 간호사, 항공기 승무원, 수의사, 소방관, 문방구 사장님.

나는 직업명 하나 하나마다 왜 그 직업을 가지고 싶은지 되물어 보았다. 문방구에서 판매하는 모든 문구류와 장난감이 자신의 것이 되니 문방구 사장님을 하고 싶다고 했었다.(지금은 꿈 목록에서 이 직업명은 사라졌고, 둘째 딸이 '다이소' 운영으로 이어받았다.) 아픈 동물들을 도와주고 싶어 수의사가 되고 싶으며, 다치거나 불이 났을 때 다른 사람을 도와주고 싶어 소방관이, 비행기를 많이 타니 항공기 승무원이 되고 싶다고 했다. 바로 이 '왜'에 대한 답이 동사형 꿈의 시작이 될 수 있다.

선교사가 되고 싶어했던 여자아이의 이야기가 떠오른다. 한 여자아이가 학교에서 돌아오자마자 할아버지에게 달려가 자신은 선교사가 되고 싶다고 했다. 그러자 할아버지는 이내 손녀의 마음을 알아차리고, 선교사가 되지 않아도 얼마든지 오지에서 차를 타고 다닐 수 있다고 말해 준다. 할아버지의 말을 들은 손녀는 '그럼 선교사 되지 않을래요.'라고 대답한다. 지금도 여전히 오지에서 차를 타고 다니고 싶어 선교사가 되길 원하는 아이와 같은 생각을 하는 이들에게 말해 주고 싶다.

꿈과 비전은 명사(직업명)가 아니라 동사다.

제3부

포트폴리오 인생

'미래에는 한 사람이 평생
20개 정도의 직업을 가질 것이다.'
- 박영숙, 제롬 글렌

진로 관련 강의나 프로그램을 하다 보면 '미래 유망직종'이 무엇이냐는 질문을 받을 때가 있다. 그러면 "유망직종의 기준이 무엇이라고 생각하세요?"라고 나는 다시 질문한다. 미디어에 자주 노출되는 기사 중 하나인 미래 유망직종의 기준이 무엇인가? 대부분 연봉이거나 사회에서의 구인 수요일 것이다. 기왕 직업을 선택할 것이면 미래 유망직종을 선택하거나 사라질 직업은 선택하지 않겠다는 생각이 깔려 있는 질문이다. 이 질문은 자기이해 뿐만 아니라 직업세계에 대한 이해 모두 제대로 가지고 있지 못하기 때문에 하게 된다.

아무리 미래 유망직종이라 하더라도 그것이 자신의 흥미나 능력, 가치와 크게 관련이 없을 때 어떻게 할 것인가? 돈만 많이 벌면 그만이다? 미래 유망 직종에 대한 대표적인 오해가 돈을 많이 벌 수 있거나 취업이 잘 될 것이라는 생각이다. 그러나 평균의 함정에 빠지면 안 된다. 미래 유망 직종이라는 허상을 좇을 때 많은 것을 놓칠 수 있다. 그리고 '유망'이라는 기한은 언제까지인가? 아무도 예측하지 못한다. 갈수록 빠르게 변화하는 미래의 직업세계는 '유망'이라는 기준으로 선택하기에 위험부담이 너무 크다. 과거 유망하다고 예측했던 직종들이 얼마 지나지 않아 다른 직종으로 바뀌는 기사를 얼마나 자주 보아 왔는가. 오히려 '유망직종'을 따라가기보다 변화하는 직업세계를 이해하고, 그 변화에 대처할 수 있는 역량을 키우는 것이 중요하다.

변화하는 직업세계에 대한 다양한 예측들이 있지만 이 장에서는 그 내용들을 전반적으로 담아볼 수 있는 찰스 핸디의 포트폴리오 인생 개념과 전문직의 미래방향을 큰 틀에서 살펴 볼 것이다. 진로 선택에 있어 자기이해와 직업세계의 이해가 어떻게 서로 관련이 있는지 확인하고자 한다.

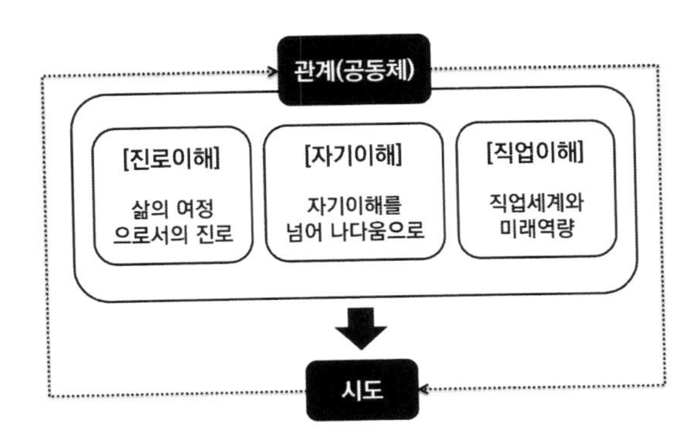

또한 평생직업이 아니라 이제는 어떻게 평생 배울 것인가를 고민해야 하는 이유를 다룰 것이다. 그리고 마지막으로 직업세계에서 구직자가 일자리를 구하는 방식과 구인자(고용주 혹은 조직)가 사람을 구하는 방식의 차이를 통해 전반적인 직업세계를 다룰 것이다. 유망직업, 학과, 직업시장 등에 대한 세부적인 부분보다 직업세계에 대한 큰 그림과 흐름을 보고자 한다.

3.1 어떻게 평생 배울 것인가?

직업의 세계는 계속 변화한다. 4차 산업혁명을 이야기하고, 미래의 유망직업을 예측하는 기사와 책들이 쏟아지고 있다. 마치 천지개벽이 일어날 듯하고, 그 시류에 편승하지 못하면 한참 뒤쳐진 듯한 느낌이 들 정도다. 그러나 미래에도 여전히 직업은 있고, 그곳에서 일하기 위해 구직하는 사람이 있다는 사실은 변하지 않는다.

인간이 그저 먹고 살기 위해 하는 일이나 가업을 잇는 수준의 일을 넘어 소위 직업을 '선택'해서 일하기 시작한 이후 중요한 여러 변화들이 있었다. 그 중요한 변화들 중 하나가 일을 바라보는 관점의 변화다. 과거에는 평생직장이라는 개념으로 직업을 보았다. 학교에서 배운 지식으로 취업을 하고, 그 지식에 더해 직장에서 배운 지식으로 특별한 일이 없으면 한 직장에서 퇴직하는 것을 당연하게 받아들였다. 혹여나 직장을 옮기게 되더라도 경제성장 속도가 빨라서 일자리도 많았고, 비교적 업무들이 단순한 직업도 많았기에 봉제공장이 문을 닫아도 전자공장에 가서 일하는데 4~5주 재교육받으면 되었다. 그러나 지금은 어떠한가? 철강, 조선 산업에서 일자리를 잃은 노동자들이 바로 반도체 생산라인에 투입될 수 없을 정도로 기술과 지식이 고급화되는 영역이 많아졌다.[35] 단순 노동은 사람에서 기계로 대체되고 지식의 변화 주기만큼이나 자연스럽게 이직도 잦아지고 있다.

평생직장이라는 개념은 사라진지 오래며, 평생직업이라는 개념도 이제는 거의 옅어지고 있다. 평생직장이나 평생직업을 가지고 일하더라도 기대수명이 늘어나면서 은퇴하거나 그 기술을 가지고 더 이상 일을 하지 못하게 될 경우 남은 인생의 후반기에는 다른 직업을 가져야 될 가능성이 상당히 높아졌다.

이는 나의 개인적인 의견이 아니라 2006년에 이미 고용노동부 장관이 한 신문의 기고문을 통해 이렇게 밝혔다. "평생직장뿐 아니라 평생직업이라는 말도 사라질 처지에 놓여 있다. 이 시대 청년들은 평생 세 번 직업이동을 하고, 열 한번 직장이동을 한다."[36]고 구체적인 수치로 평생직장과 평생직업의 개념이 사라지고 있음을 이야기했다. 거기에 더해 미래학자들은 미래에는 한 사람이 평생 20개 정도의 직업을 가질 것이라고 예측하고 있다.[37]

이러한 흐름에 지기라고 하는 듯 언론들은 '미래 유망 직종'을 열심히 예측하고, 여러 보고서들을 토대로 나름 유망하다는 일을 나열

하고 있다. 그런데 아이러니한 것은 평생직장과 평생직업의 개념이 사라지고 있다고 하면서 유망하다는 직종을 추천한다. 미래에 유망하다는 직종을 추천하는 이유는 무엇일까? 그 직업을 가지면 돈과 명예를 얻을 수 있고 더 중요한 것은 오래 살아남을 수 있다는 생각이 깔린 것이 아닌가?

'평생'이라는 용어가 직업의 세계에서는 사라지고 있는데, 오히려 '미래 유망 직종'을 통해 '평생'까지는 아니더라도 '더 오래' 버틸 수 있는 일을 추천하고 있다. 진로의 개념에 대한 이해가 없는 발상이다. 자기이해를 통해 접근하는 방식의 진로선택이 아니라 유망하다는 직업을 미리 정해두고 진로를 선택해 가는 거꾸로 가는 접근방식이다. 미래 유망 직종에 자신을 끼워 맞추겠다는 것이나 다름없다. 지금 유망하다고 해서 청소년들이 성인이 된 10년 후에도 유망할 것이라는 보장은 누가 할 수 있나? 유망의 기준은 도대체 무엇인가? 돈인가? 명예인가? 소비자의 수요인가? 그 유망의 기준은 개인의 가치에 따라 얼마든지 달라질 수 있다. 정말 어리석은 접근 방식이다.

우리는 '평생직장'이나 '미래 유망 직종'을 따질 것이 아니라 '어떻게 평생토록 배우고 훈련할 것인가?'를 질문해야 한다. 지식의 주기는 점점 짧아지는데 수명은 점점 늘어난다. 은퇴 이후에 배워야 할 것들이 더 많아질 수도 있다. '그럼 공무원 하면 되지요. 평생직장이고, 평생직업이잖아요. 공무원 연금도 있는데'라고 말하는 이들이 있다. 그들에게 나의 아버지에 대한 예를 들려주면 좋겠다.

아버지는 고등학교 졸업 후 기한부(현재 기간제)로 시작해 면장에 이르기까지 평생을 공무원으로 일하셨고, 정년을 앞두고 조금 이른 퇴직을 하셨다. 아버지가 공무원 연금을 받는다고 하루 종일, 1년 내내 소위 놀기만 하셨을까? 어림없는 이야기다. 인간은 일을 통해 자신을 드러내고, 인정을 받으며, 타인의 필요를 채우며 성취감과 보람을 느끼고 싶어한다. 재정적인 수입을 넘어 세상의 필요를 채우고 싶어하고, 자신이 어딘가에 기여하고 있다는 만족감을 느끼길 원한다.

아버지도 마찬가지였다. 이미 퇴임 전부터 시를 전문적으로 배우시더니 신문사 공모전에 당선되어 등단을 하셨고, 퇴임 후 여러 권의 시집을 내며 시인으로 활동하신다. 더불어 퇴임 후 1년 과정의 숲 해설가 프로그램에 등록하시더니 지금까지 숲 해설가로 여러 기관과 학교에서 활동하고 계신다. 공무원 시절부터 산과 나무를 좋아하시더니 지금까지 그 방향으로 지속적으로 배워 하나의 직업으로 확장시켰다. 몇 년 전에는 칠순을 앞두고 페이스북에 가입하시더니 홀로 페이스북 사용법을 배워 일상을 포스팅하고 계신다.

이 예가 아주 특별한 경우일까? 그렇지 않을 것이다. 재정적인 필요 때문에 어쩔 수 없이 퇴직 후 일을 하든, 성취감과 만족감을 위해 직업을 가지든, 아니면 또 다른 이유로 일을 하든 인간은 평생토록 진로의 선택을 두고 고민한다. 소위 말하는 평생직장이라는 공무원이라도 예외가 아닌 것이다.

2020년에 태어난 아이들은 남녀 모두 평균수명이 80세를 넘을 것이라고 예측한다.[38] 공무원이라 할지라도 퇴임 후 20여 년이 남는데 평생직장과 평생직업의 패러다임에 갇히는 순간 주변에서 일어나는 직업세계의 변화에 당혹감을 금치 못할 것이다. 이제는 어떤 관점을 가지고 평생을 배우고 스스로를 훈련할 수 있을 것인가를 고민해야 한다. 미래학자들은 이렇게 평생 배우고 스스로 훈련하는 사고방식을 '성장 마인드셋(the growth mindset)'이라 부른다.[39] 우리나라 말로는 성장 사고방식(태도)이라고 할 수 있겠다. 성장 마인드셋은 계속해서 새로운 것을 배우는 평생교육이 당연하다는 사실을 인정하는 사고방식이며, 이 성장 마인드셋은 미래 교육의 목표가 되어야 한다고 이들은 주장한다.

평생 배워야 한다고 하니 학교를 다니고, 학위를 얻고, 자격증을 취득하는 것만을 생각할 수 있는데 꼭 그런 것은 아니다. 제도권의 교육뿐만 아니라 개인적인 학습과 취미까지도 여기에 포함된다. 박문호는 개인적인 평생학습의 중요성을 뇌과학을 통해 제시하고 있는데, 인간은 평생을 살아가면서 세 가지의 기억체계를 가지고 살아간다고 했다.[40] 이 세 가지 기억은 절차기억, 학습기억, 신념기억으로 나뉜다. 절차기억은 우리가 배우지 않고 선험적으로 가지고 태어나는 것을 뜻하며, 예로 갓 태어난 아이가 어머니의 젖을 찾아 빠는 행동이 있다. 학습기억은 문자를 해독하고, 책을 읽고, 경험을 쌓으면서 후천적으로 습득한 기억을 뜻한다. 마지막으로 신념기억은 한 개인이 정치적, 종교적, 사회적으로 옳다고 믿는 기억을 의미한다.

그런데 많은 성인들이 학교를 졸업하고, 사회에 진출한 이후 개인적인 학습행위가 줄어들면서 세 가지 기억 중 학습기억은 거의 바닥 수준으로 줄어들게 된다. 그렇게 줄어든 학습기억 대신 신념기억이 그들의 인생을 주도한다. 학습기억 없이 신념기억만으로는 위험한데 이는 학습기억을 통해 얻을 수 있는 비판적 사유에 굉장히 취약하게 되기 때문이다. 이렇게 될 경우 대중이나 집단이 제시하는 검증되지 않은 정보나 미디어에서 제시하는 모든 정보를 거름망 없이 그대로 흡수하여 쉽게 조종될 수 있다. 나이가 들면서 다양한 학습을 통해 학습기억을 증가시키지 않을 경우, 자연스럽게 외부에서 제공하는 정보를 비판적 사유 없이 그대로 받아들여 타인에 의해 신념기억이 조종될 가능성이 높아진다.

절차기억이나 신념기억과 달리 학습기억은 개인의 학습노력과 훈련 없이 그대로 지속되기 어렵다. 다음 그림41에서 보는 바와 같이 학교에서 학습하는 시기를 마무리 한 이후 학습이 없으면, 신념기억이 주도하기 때문에 완고하게 되고, 자기가 알고 있는 몇 가지 고정된 신념기억이 생각의 유연성을 가로막는다. 이러한 경직성과 완고함은 변화하는 직업세계에 적응할 수 있는 유연성을 떨어뜨리고, 의미 있는 비전을 품는 것을 가로막는 장애물로 작용한다.

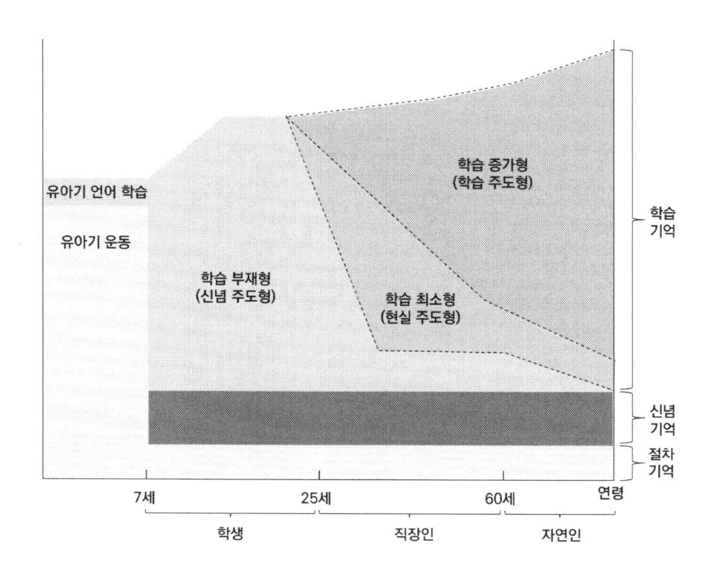

세상의 필요를 볼 수 있으려면 정보가 필요하고, 그 정보를 비판적으로 사유하기 위해서는 학습이 필요하다. 그러하기에 평생학습은 비전과도 관계가 있다. 비전은 고정된 것이 아니라 평생토록 발전되기도 하고, 또 수정되기도 하기 때문에 평생학습은 비전의 발견, 유지와 수정에도 아주 중요한 영향을 끼치게 된다.

박문호는 평생학습과 비전의 상관관계를 이렇게 설명한다.

> 오픈 시스템, 즉 유연한 사고를 가진 사람들의 기억을 보면 학습기억이 큰 비중을 차지합니다. 이 세 가지 기억의 비율이 생각의 유연성에 관한 인간형을 결정합니다. (…) 새로운 학문을 끊임없이 공

부해야만 우리 뇌가 학습기억이 우세한 상태로 동작하여 유연하고 창의적인 인간이 됩니다. (…) 오픈 시스템을 향해 살고 있는 이 사람들(학습증가형 또는 학습주도형)의 학습기억은 가파르게 올라갑니다. 융통성과 판단력, 비전이 탁월해집니다.[42]

현실의 변화는 많은 부분 외부에서 발생한다. 즉 현실과 미래의 변화를 예측하고 대비하려면 외부의 상황과 환경이 어떻게 변화하고 있는지 이해해야 한다는 것이다. 이것은 학습으로만 가능하다.

그러면 '평생을 학습해야 한다는 마인드로 미래를 준비해야 한다는 말은 충분히 이해하겠다. 그런데 어떤 방식으로 학습하고, 학습기억을 높이라는 말인가?' 하는 질문을 할 수 있다. 나는 여기에서 두 가지 정도를 제안하고 싶다. 바로 문해력(리터러시)과 독서다. 평생교육이나 평생학습이라는 단어를 사용하면 많은 사람들이 평생교육기관이나 문화센터, 또는 도서관을 떠올리거나 자격과정이나 다양한 교육을 생각한다. 그러나 내가 말하고 싶은 평생학습은 그러한 범위를 넘어선다. 오히려 이러한 다양한 평생학습을 가능하게 하는 기본적인 역량에 대해 이야기를 해 볼 것인데, '평생학습을 하도록 하는 원동력은 무엇인가?'라는 질문에 대한 답이라고 보면 될 것 같다. 나는 평생학습을 가능하도록 만드는 동기이자 원동력이 문해력(리터러시)과 독서에 있다고 본다.

'리터러시'라도고 불리는 문해력이 무엇인가? 문해력은 문자를 해독해 내는 능력으로 글을 읽지 못하는 문맹과는 다른 의미이다. 문해력이 낮은 사람들은 글을 읽을 수 있더라도 그것을 깊이 있게 이해하거나 자신의 언어로 표현(이를 비판적 이해라고 말하고 싶다)하고, 자신의 문제해결에 적용하는 것이 어렵다.

이를 쉽게 이해하려면 초등학교 저학년 학생들의 읽기를 살펴보면 된다. 이들은 교과서나 책을 읽을 수는 있으나 읽은 후 그 내용의 의미를 질문하면 기본적인 내용만을 답할 수 있거나 아니면 자신이 읽은 문장의 의미 자체를 이해하지 못하는 학생들이 있다. 즉 글은 읽을 수 있는데 그 의미를 이해하지 못하는 것이다. 이러한 낮은 문해력은 날이 갈수록 심각한 사회적 문제로 대두되고 있다. 특히 영상에 길들여진 학생들의 경우 글을 읽고 그 의미를 이해하는 훈련이 어린 시절부터 되어 있지 않아 초등학교 저학년뿐만 아니라 고학년이 되어서도 글을 읽을 수는 있으나 그 의미를 파악하지 못하는 일들이 벌어지고 있다.

문해력이 낮은 이들은 독서뿐만 아니라 일상적인 대화에서도 깊은 수준으로 이해하지 못하기도 한다. 이러한 문해력은 어린 시절부터 훈련되어야 하는 부분으로 자연스럽게 습득되는 능력이 아니다. 우리나라의 경우 문맹률은 낮으나 최근 초등학생들의 문해율에 대한 문제가 지속적으로 제기되고 있으며 이는 초등학생뿐만 아니라 청소년과 성인에게까지 고스란히 연결된다.

이 문해력이 평생학습과 무슨 상관이 있는가? 글을 읽고 이해하는 것은 학습의 기초다. '미래는 글보다 영상으로 더 많이 지식을 습득하지 않을까요?' 하고 반문하는 사람들도 있을 것이다. 그러나 이러한 반문은 '읽고 이해'하는 능력이 영상과는 전혀 관련 없는 능력이라고 생각하기 때문에 질문한다. 영상을 본다고만 생각하지 영상을 읽는다고 생각하지 않는데 실제 영상을 보고, 이해하기 위해서는 읽기 능력이 필요하다.

이게 무슨 말인가? 이는 읽기 능력이 비판적 사고와 관련이 있음을 이해할 필요가 있다. 외부의 정보를 받아들여 자신의 것으로 만들기 위해서는 비판적 사고 능력이 필요하다. 앞에서 학습 기억이 사라지면 절차기억과 신념기억만 남게 되고, 외부의 정보를 비판적 사유 없이 받아들인다고 했었다. 같은 맥락인데 글이든 영상이든 이미지든 외부의 정보를 받아들여 나의 기존 지식체계에 편입시키려면 어떤 방식이든 비판적인 사고능력이 필요하다. 여기서 '비판적'이라는 말이 단순히 삐딱하게 무엇을 본다는 의미가 아니라 외부의 정보를 자신만의 방식으로 해석하고 이해한다는 의미다. 이 비판적 사고는 어디에서부터 출발하고 훈련될까?

바로 읽기다. '아니 영상을 보면서는 비판적 사고가 안 되나요?'라고 질문할 수 있는데 나는 그렇다고 대답한다. 여러 학자들의 연구결과들이 있지만 여기서 굳이 연구결과들을 제시하지 않더라도 우리들의 경험을 한번 떠올려 보자.

같은 내용을 담고 있는 책과 영상이 있다고 하자. 책을 읽을 때와 영상을 볼 때 같은 방식으로 받아들이는 듯 하지만 사실은 받아들이는 방식이 다르다. 영상은 클릭해서 보는 순간 눈 앞에 펼쳐지는 이미지와 소리들을 쫓아 우리의 눈과 귀가 집중한다. 잘 떠올려보라. 이때 우리의 사고영역은 어떠하던가? 영상을 보면서 고민하는가? 영상을 보면서 전후 어떤 맥락으로 연결되는지 맞추어 보는가? 영상을 보다가 궁금해 일시 정지 버튼을 누르고 다른 자료를 찾아본다든지, 다른 사이트를 열어 본다든지, 앞의 내용으로 다시 돌아가서 들춰보는가? 아니다. 그냥 영상의 흐름에 자신을 맡긴다.

그러나 같은 내용이라 하더라도 읽을 때는 어떠한가? 이해되지 않는 문장은 여러 번 다시 읽고, 앞의 내용과 지금의 내용이 어떤 관련이 있는지 읽기를 멈추고 앞장으로 다시 되돌아갈 때도 있다. 글을 읽다가 자신의 과거 경험이나 지식과 연결지어 생각해 보고, 저자의 의견에 동의할 수 없어 나의 의견을 적어보거나 마음 속으로 제시해 보기도 한다. 이것이 무엇인가? 바로 비판적 사고이고 비판적 사유다. 영상을 통해서는 얻을 수 없는 읽기만의 능력이고, 이것이 바로 문해력이다.(물론 영상을 본 후 이 과정을 거친다면 비판적 사고는 가능하다. 그러나 이 과정에도 읽기와 쓰기는 존재한다.)

그렇기 때문에 읽기를 통한 문해력은 삶의 모든 학습에 기초가 된다. 읽는다는 것이 글만 읽는 듯 하지만 읽기가 정보영역으로, 미디어영역으로, 문화영역으로 확장되기 때문이다. 바로 이러한 이유 때문에 평생학습의 가장 기초적인 능력 중에 하나가 문해력이다.

문해력 다음에 자연스럽게 따라오는 것이 바로 독서다. 읽기 능력의 향상은 독서를 통해 가능하기 때문이다. 앞서 절차기억, 신념기억, 학습기억을 이야기했던 박문호도 100명 중 한두 명 있을까 말까 한 학습주도형의 사람들이 대부분 독서를 통해 학습한다고 하였다. 향후 독서가 아닌 영상으로 학습을 하는 시대가 오더라도 마찬가지다. 영상을 보더라도 비판적으로 사고하는 능력은 문해력에서 출발하기 때문이다. 독서라는 읽기를 통해서 다져진 문해력이 있어야 학습에 자신감이 생긴다.

새로운 영역으로 비전을 확장시키고, 변화시키기 위해서는 바로 읽기 능력인 문해력이 필수적이다. 그저 읽을 수 있는 능력이 아니라 읽은 내용을 나의 것으로 만드는 능력. 이 능력이 없으면 새로운 영역으로 확장이 불가능하다. 젊다고 해서 문해력이 뛰어난 것도 아니며, 늙었다고 해서 문해력을 새롭게 습득하지 못할 것도 아니다. 이것은 전적인 노력이 필요하며, 독서로부터 출발한다.

여기에서 독서법을 설명할 것은 아니기에 어떻게 독서하는 것이 문해력을 훈련할 수 있는가 하는 부분까지 다루기는 힘들다. 하지만 첫 출발은 관심 있고, 호기심이 가는 영역부터 독서를 시작해야 한다. 독서의 출발은 지식습득이 아니라 재미다. 그리고 깊이 있는 독서를 한다는 것은 그저 책을 읽는 것이 아니라 펜을 들고 끊임없이 질문하고, 저자의 의견에 나도 동의하는지, 다른 의견이 있는지 스스로에게 물어보며, 저자가 주장하는 바가 사실에 기반하는 것인지 조사해 볼 수도 있어야 한다. 이해가 되지 않는 내용의 책을 읽다가 중단해도 상관없다. 새로운 영역의 책은 배경지식이 없기 때문에 단어나 개념에 대한 이해가 없으니 누구나 마찬가지다. 이 책을 읽다가 저 책을 읽을 수도 있고, 한권을 여러 번 읽을 수도 있다. 하지만 상관없다. 정말 중요한 것은 집중해서 독서에 투자하는 시간이다. 관심 있는 주제 영역의 독서모임도 권해본다. 독서모임은 책을 도구삼아 삶의 다양한 주제를 배우고, 나와 다른 생각과 경험을 마주할 수 있는 좋은 기회다. 책을 끝까지 읽지 못했더라도 독서모임을 통해 다른 참여자의 독서방법을 배울 수 있고, 지속적인 독서의 동기를 얻을 수 있다. 또한, 독서모임은 자신을 표현할 수 있는 좋은 기회로 비전을 점검하고, 새로운 비전을 발견하는 장을 제공하기도 한다. 독서모임을 주변에서 찾지 못하겠다면 당장 스마트 폰을 꺼내 인근 동네책방이나 도서관을 검색해 보라. 대부분의 동네책방과 도서관에서는 여러 독서모임들이 진행되고 있다. 이런 삶의 경험들이 쌓여 자신만의 독서방법이 생기고, 자신만의 비판적 해석 방법이 생긴다. 독서에 기반한 이 문해력이 평생학습의 승패를 결정지을 것이라고 나는 본다. 그리고 이 평생학습이 평생 여정으로서의 진로를 가능하게 한다.

향후 다가올 미래는 한번 학습한 학습기억으로는 평생토록 살아갈 수 없는 시대가 될 것이다. 평생을 배우지 않으면 '나'가 아닌 '외부'의 신념으로 살아갈 가능성이 높아지며, 이는 직업의 세계에서도 마찬가지가 될 것이다. 한번 훈련받고 배운 지식으로 평생을 한 직장이나 한 직업군에서 일하며 살아가겠다는 생각은 더 이상 어디에도 통용되지 않으며, 미래의 직업세계에서는 더욱 더 어려워질 가능성이 높다. 배우지 않고, 지나간 과거의 '학습기억'으로 직장과 직업을 찾겠다는 이들이 있다면 이들은 타인과 상황에 의해 휘둘리는 삶을 살 가능성이 높다.

평생 학습하고자 하는 동기와 원동력은 문해력과 독서에서 출발한다고 제시하였다. 학습의 밑바탕에는 읽기 능력이 있고, 그 능력이 문해력으로 확장된다. 우리는 '어떻게 평생 학습할 것인가?'라는 질문 이전에 '평생 학습하도록 만드는 원동력은 어디에서 나오는가?'라는 질문을 먼저 해야 한다.

3.2 포트폴리오 인생

7년 전, 다니던 회사를 그만두고 대학시절부터 하고 싶었던 서점과 함께 상담센터를 운영하기 위해 살던 아파트를 처분했다. 2층 주택을 매입해 1층을 상가로 리모델링하여 '공간 나다움'이라는 북카페 겸 상담센터를 오픈하였다. 모험이었다. 그럼에도 40세를 넘어서면서 내 안에 무엇인가 이제는 시도해야 한다는 꿈틀거림이 있었다. 부산의 대형 서적도매업체 대표를 찾아가 직접 책을 받아와 판매하고 싶다고 말했다. 누구의 소개가 있던 것도 아니고 서점 운영 경험도 없는 사람이 대뜸 찾아와 이런 이야기를 하니 대표는 한번도 없던 경우라며 '소형 서점'은 절대 성공하지 못한다고 엄포를 놓았다. 이 엄포는 그 전에 집 인근의 서점 대표에게도 동일하게 들었던 내용이었다. 그러나 지금하지 않으면 죽기 전에 후회할 것 같다고 진지하게 말했더니 '그럼 뭐든 시작해 보라.'는 답을 받고 책을 가져오기 시작했다.

커피를 내리고, 책을 팔고, 심리상담을 하고, 강의와 프로그램을 하면서 하나씩 일들이 확장되기 시작했다. 그러면서 대학 강의 요청이 들어오고, 한 과목에서 시작된 강의가 매 학기 3~4과목 출강을 하면서, 여러 프로그램과 외부 강의로 1층 공간을 비우는 날이 많아지는 지경까지 되었다. 7년 전 첫 계획과는 결이 많이 다른 방향으로 나의 진로는 확장되고 수정되었다. 어머니는 이런 나를 보면서 회사를 그만두고 이 일을 시작한 첫해부터 "니 하는 일이 도대체 뭐고?" 하고 물으셨다. 그러면 나는 "강의하고, 프로그램도 진행하고, 상담도 하며, 책을 통해 서로 성장"하는 공간을 운영한다고 구구절절 설명했다. 그러나 이해하지 못하고 물으시는 어머니의 마지막 한마디. "그래서 그럼 니 도대체 무슨 일 하는데?"

이 질문과 답은 그 후 지금까지도 가끔 같은 레퍼토리로 이어진다. 어머니의 직업에 대한 개념으로는 내가 현재 하는 일의 개념이 도무지 머리에 그려지지도 않을뿐더러 정상적이지 않다고 생각하시기 때문이다. 처음 어머니와 이런 대화를 한 후 기분이 많이 상했다. 그러다 나의 찜찜함을 다른 관점으로 보게 만든 책을 만나게 된다.

"포트폴리오 인생"43

영향력 있는 매니지먼트 사상가이자 경영 컨설턴트인 찰스 핸디는 포트폴리오(자신의 실력을 보여줄 수 있는 작품이나 관련 내용 등을 모은 자료 수집철)의 정의처럼 조직에서 독립해 일하면서 다양한 요소로부터 생활을 영위하는 사람들에 대해 '포트폴리오 노동자'라는 이름을 붙였다. 이제는 회사가 노동자를 끝까지 책임지고, 노동자가 회사에 자신의 인생을 바치던 시대는 지나갔다고 말한다. 자본주의가 심화될수록 기업은 이윤을 극대화시키려 하기에 예전과 같이 직원을 고용하지 않고, 고용된 직원들은 더 불안정한 상황에 노출된다는 것이다.

찰스 핸디가 포트폴리오 인생이라는 말을 만들어 냈을 당시 영국에서는 노동자의 실업률은 높아지고 있었고, 기업은 내부의 일을 아웃소싱으로 해결하려 했기 때문에 미래에는 조직이 없는 상태에서 일하는 사람들이 많아질 것이라고 예측하였다. 더욱이 미래는 산업사회보다 지식정보사회로 나아갈 것이기 때문에 포트폴리오 생활방식이 자리를 잡을 것이며, 부가가치를 생산해 내는 각종 소규모 기업과 프리랜서들로 이루어진 '벼룩경제'를 만들어 낼 것이라고 하였다.

'포트폴리오'의 개념은 '프리랜서'와는 다르다. 프리랜서는 자신이 한 일에 대해 이용자에게 수수료를 청구하여 돈을 받는 것이라면, 포트폴리오 생활은 일과 생활을 분리하는 것이 아니라 대가를 받는 일, 대가와 무관한 봉사활동, 공부, 집에서 하는 집안일이라는 4가지 영역 모두를 포트폴리오의 개념 안에 포함시킨다. 즉 포트폴리오 노동자는 대가를 받는 일만 중요한 것으로 보는 것이 아니라 일상생활도 일의 한 부분으로 보고 계획하는 사람을 말한다. 저자 자신도 집필(대가를 받는 일), 자료를 읽고 연구하는 일(공부), 적당한 집안일(쇼핑, 요리) 등을 적절하게 계획하여 삶을 살아가고 있다고 하였다.

그러나 이러한 생활이 저자에게도 처음부터 쉬웠던 것은 아니었다. 조직을 떠나 집필에 중심을 두고 삶을 살아가려는 저자에게 주변에서는 반대하는 이들이 많았고 특히 조직이 주는 명확한 정체성의 상실은 그를 더욱 불안하게 만들었다. 찰스 핸디는 집필만으로는 가족을 부양할 수 없다는 사실을 알았고, 나의 경험과 같이 기가 죽는 여러 경험을 하게 된다. 그러면서 집필과 함께 강사로 기업의 직원교육이나 세미나에 나가기도 하고, 그곳에서 자신의 책과 자신을 소개하기도 하며, 여러 다양한 경험을 통해 포트폴리오 생활을 경험한다.

그러면서 저자는 포트폴리오 노동자가 되려는 이들에게 안정적인 일감이 들어올 때까지 7년 정도의 시간이 걸릴 수도 있다고 조언한다. 그만큼 경험과 인내, 그리고 시간이 필요하다는 것이다. 찰스 핸디는 초기 7년 동안 거주할 집이 절박했고, 수입 관리, 물리적인 생활공간의 관리, 10대 아이들의 교육 등 많은 근심거리들이 있었다. 그러나 '어디에 초점을 두고 일을 해야 하는가'라는 근본적인 질문을 늘 스스로에게 던지며 '왜 자신이 일하는지, 삶의 목표는 무엇인지'를 고민해야 했다.

찰스 핸디의 글을 읽으면서 나의 7년여의 경험이 '포트폴리오 인생'을 향해 나아가는 여정 가운데 있음을 알아차리게 되었다. 그 여정에 뛰어든 사람이라면 누구든 어김없이 거쳐야 하는 과정을 나도 거치고 있으며, 중요한 것은 대가를 받는 일에만 집중하는 삶뿐만 아니라 대가와 무관한 봉사활동(나는 세상의 필요에 기여하는 활동이라고 보고 싶다)과 공부, 그리고 집안일까지 포트폴리오 인생의 중요한 조각이라는 부분에서 많은 힘이 되었다. 대가를 받는 일을 하지 못하게 시간만 빼앗는 활동들로 인해 조급해지거나 화가 날 때가 많았지만 그것마저도 일의 한 부분이며, 일의 완성을 위해서는 중요한 조각들이라는 점이다.

나는 찰스 핸디가 포트폴리오 인생의 4가지 요소에 '공부'를 포함시켰다는 것에 주목한다. 이는 포트폴리오 생활을 하는 이들이라면 누구나 공감할 부분인데, 그는 다른 저서44에서도 나이와 상관없이 포트폴리오 인생을 살아가려면, 지속적인 '배움'이 아주 중요한 요소라고 적고 있다.

여기에서 말하는 '공부'는 앞서 말했듯이 굳이 학위를 따거나 학교에서 하는 좁은 의미의 공부를 넘어 독서, 경험과 관계, 주제가 있는 진지하고 다양한 모임, 자격과정, 프로그램과 워크숍 참여 등 여러 방면을 통해 학습하는 모든 배움의 장에 자신을 평생토록 열어놓겠다는 의미다. 조직이 평생토록 나의 삶을 책임져 주지 못한다. 자의든 타의든 언젠가는 조직을 떠나야 할 때가 오고, 향후 다가올 미래의 삶은 더더욱 이러한 방향이 가속화될 것이다. 그렇기 때문에 향후 직업의 세계는 포트폴리오 인생을 향해 나아가는 이들이 많아질 것으로 보인다.

그러나 사회생활 첫 출발부터 모든 이들이 포트폴리오 인생을 살아가는 것은 아니다. 다만 평생직장과 평생직업이라는 개념의 틀 안에 있으면 조직을 절대 떠날 수도 없고 인생의 후반기에도 여전히 나를 보호해 줄 조직만을 찾아다닐 수 있다. 그런 이들은 절대로 포트폴리오 인생을 살 수 없고, 그렇게 살아가며 누리는 만족과 의미 있는 불안과 도전을 이해조차 할 수 없다. 포트폴리오 인생이 찰스 핸디나 나의 개인적인 경험을 일반화시키는 주장 같겠지만 4차 산업혁명과 미래의 직업세계를 연구하는 이들을 통해서도 '전문직의 미래'가 그러한 방향으로 가고 있음을 볼 수 있다.

3.3 전문직의 미래

우리는 대부분 전문직을 가지고 싶어한다. 상식이 있는 사람이라면 회계사, 의사, 변호사, 약사, 교수 등이 전문직에 속한다는 데 일반적으로 동의한다. 그런데 전문직을 어떻게 구분하고 정의할 것인가? 합의된 정의는 없으나 일반적으로 전문직을 "일반인들이 갖지 못한 고도의 전문적 지식이나 기술을 갖추고 일반인이 수행할 수 없는 일을 처리하는 직업"으로 보고 있다.45 이러한 정의에 따라 어떤 직업이 전문직이 되려면 몇 가지 요건을 갖추어야 한다고 여러 학자들이 다음과 같이 주장하였다.

첫째, 직업을 수행하기 위해 고도의 전문적 지식을 가져야 하며, 그 지식과 기술에는 이론적 · 교육적 체계가 따라야 한다. 둘째, 엄격한 기준에 의해 규제된 자격증이 있어야 한다. 셋째, 이러한 자격증을 관리하며 공동의 목표를 이루기 위한 전문적인 집단조직(학회, 협회 등)을 가져야 한다. 넷째, 법적이고 윤리적인 기준을 통해 행위가 규제되고, 권한을 얻는 것으로 정리해 볼 수 있다.46

그러나 지식정보사회로 진입하며, 인터넷을 통해 세계 어디서든 축적된 정보와 지식을 공유해 문제를 해결할 수 있는 시대가 되었다. 이로 인해 현재의 전문직이 미래에도 과연 전문직으로 대우받을 수 있을지에 대한 의문을 진지하고도 깊은 통찰력으로 분석한 이들이 있다. 이들은 '다양한 지식을 획득하고 적용하는 행위를 왜 특정한 직업군이 통제해야 하는가?'라는 근본적인 질문을 던지며, 전문가들이 독점하고, 통제하는 지식과 이익이 미래에도 그대로 통용될 수 있는지 답을 찾아 나선다.47

이 두 명의 저자들은 전문직의 대안이 있다고 주장하며, 미래에 전문직 중 일부는 사라지거나 대체될 것이라고 한다. 그렇다고 이들이 '앞으로 없어질 전문직 몇 개', 혹은 '미래 유망한 대체 전문직'이라는 허울 좋은 답을 제시하지는 않는다. 그들은 전문직을 직업이라는 한 덩어리로 보지 않고 여러 개의 '작업'으로 분리한다.

최소한 지금은 전문가 업무를 수행하는 데 있어 인간이 반드시 필요하다. 그런데 지금 전문가가 하는 **모든 작업**은 자격을 갖춘 전문가만이 할 수 있다는 결론은 항상 옳을까? 전문가의 작업을 분해해 더 기본적인 작업들로 나누어 보면 오늘날 전문 서비스(전문가 서비스)라는 이름으로 수행되는 대부분의 작업이 사실 일상적으로 반복되는 일들로 구성되어 있음을 알 수 있다. 이런 일을 왜 전문가에게만 허가하는지 수긍하기 힘들 정도다.48

저자들은 현재의 전문직이 여러 개의 작업으로 분리되어 앞으로는 새로운 노동 분야가 출현할 것으로 예측한다.

전문직에서도 분해와 멀티소싱(다수 공급자에게 외주하는 것)의 추세가 보인다. 전문가의 업무는 이제 한 덩어리라 분리할 수 없는 행동으로 취급되는 것이 아니라, 분해('해체'라고 표현하는 사람도 있다)되고 부속 작업으로 나뉘어 서비스에 요구되는 품질과 본질을 충족하는 한도에서 되도록 낮은 비용에 가장 잘 수행할 다른 사람 또는 시스템에 각각 위임된다.49

앞으로는 전문직을 신비화할 수 없을 것이다. 전문가 업무를 기본적 작업 요소들로 분해하면 관련 활동을 이해(전문직들이 하는 **모든 업무**가 꼭 전문직들이 할 필요가 없다는)하는 사람이 훨씬 늘어날 것이다. 전문가 서비스는 이제 비전문가가 투입과 산출만 볼 수 있는 블랙박스가 아니다. 이제 상자의 내용 자체가 분석의 대상이 될 것이며, 전문가 업무의 실체는 훨씬 손쉽게 드러날 것이다. 그 결과, 불가사의와 신비는 전문가 업무의 특징에서 제외될 것이

다.[50]

비싼 수수료, 그로 인해 소수에게만 공급되는 전문성(특히, 법률, 세무, 회계 등), 독점하는 지식으로 인해 발생하는 도덕과 관련된 문제, 그리고 전문직의 모든 업무를 전문적으로 보아야 하는지 등의 전문직에 대한 불편한 시선은 향후 어떤 식으로든 전문직의 미래를 바꿀 것이라는 예측이다. 저자들은 전문직의 미래가 어떻게 바뀔지 상상해 보려면 우리의 사고방식이 바뀌어야 한다며, 이런 예를 들고 있다.

> 세계에서 손꼽히는 전동공구 제조사가 새 임원을 위해 개설한 회사 소개 과정 첫 시간에 (강사가) 반짝반짝한 전동 드릴 사진을 스크린에 띄웠다. 그리고 스크린에 나온 물건이 회사가 파는 제품이 맞느냐고 신참 임원들에게 물었다. 임원들은 조금 놀란 눈치였지만, 모두 함께 용기를 내 회사가 파는 제품이라고 답했다. 강사는 틀렸다고 말하며 페이지를 넘기자 화면에는 드릴로 벽에 깔끔하게 뚫은 구멍이 나타났다. 강사는 바로 이 구멍이 고객이 정말 원하는 것이고 그렇기 때문에 이것이 회사가 파는 것이라며, 신임 임원의 일은 고객이 원하는 것을 제공하기 위해 상상력을 동원해 더욱 창의적이고 경쟁력 있는 방법을 찾아내는 것이라고 설명했다.[51]

저자들은 이 예를 전문직에 적용한다. '전문직에게 '벽에 뚫은 구멍'은 무엇인가?'라는 근본적인 질문을 던지며, 소비자는 벽에 구멍을 뚫는 전동공구를 원하는 것이 아니라 벽에 구멍이 뚫리는 것을 원한다는 것이다. 즉 소비자들은 문제의 해결을 원한다. 벽에 전동드릴로 구멍을 뚫든, 다른 방식으로 구멍을 뚫든, 자신이 원하는 위치에 원하는 크기로 제대로 구멍만 뚫으면 된다. 사람들이 전문직의 도움을 구하는 것은 자신이 모르는 것을 전문직이 알기 때문이고, 자신이 할 수 없는 것을 전문직이 할 수 있다고 믿기 때문이다. 즉 전문직들은 특정한 문제에 있어 다른 이들보다 더 잘 알고 있기에 자연스럽게 지식의 불균형 또는 비대칭성이 존재한다. 그런데 전문적 지식과 기술의 비대칭성을 해결할 수 있다면, 다른 말로 자신이 원하는 위치에 원하는 크기로 어떤 방식으로든 스스로 벽에 구멍을 뚫을 수 있다면, 현재 전문직은 지금과 다른 방식으로 기능하게 될 것이다.

저자들은 이를 '문고리 우회' 현상이라고 부른다. 문고리를 잡고 문을 열지 않더라도 집 안으로 들어갈 수 있다면 굳이 문고리를 잡을 필요가 없다. 전문가를 통하지 않고도 다양한 문제 해결이 점점 더 많이 가능해지고 있기에 이 '문고리 우회' 현상은 전문직 곳곳에서 발생할 것이라 예측한다.

소위 경험커뮤니티라고 하는 다양한 동호회와 모임, 인터넷 카페와 SNS, 유튜브 등과 같은 인터넷 정보가 매우 세분화되고 다양해져 가고 있다. 그리고 회계와 법률 영역을 시작으로 범위를 넓히고 있는 여러 자동화 프로그램들은 완벽하지는 않더라도 전문직을 통하지 않고서도 문제를 해결할 수 있는 기반을 마련해 가고 있다.

가까운 예로 이제는 1인이나 소규모 기업가들은 회계사무실을 통하지 않고도 국세청 홈택스 사이트를 통해 연말정산 신고, 부가세 신고와 납부, 원천세와 종합소득세 신고를 스스로 해가는 추세다. 또한 여러 국가기관 사이트들을 통해 4대 보험 신고와 납부, 등기업무, 다양한 국가지원금 신청과 혜택 등을 보고 있다. 비전문가가 인터넷이나 SNS의 힘을 이용해 전문가들이 독점하듯 구축해 두었던 시스템을 다른 방식으로 이용하고 있는 것이다. 국가기관들이 제공하는 사이트나 시스템을 넘어 이제는 저렴하게 이런 시스템을 이용할 수 있도록 프로그램 사이트를 제공하는 민간업체들도 생겨나고 있다. 이러한 '문고리 우회' 현상은 부동산, 법률, 회계, 세무 등 그 영역을 계속해서 넓혀 가고 있다. 사람들이 원하는 것은 문고리를 잡는 것이 아니라 문을 열고 안으로 들어가기만 하면 되기 때문이다.

이러한 방향으로 흘러가게 되면 전문직은 살아남기 위해 어쩔 수 없이 그들의 업무 중 일부를 준전문가나 일반인들에게 떼 내어 맡기고, 자신들은 핵심작업에만 관여하게 될 수 있다. 이것이 바로 전문직의 미래, 즉 전문직 자체가 다른 일로 아예 대체되기보다 전문직을 이루는 업무들이 세부 작업들로 쪼개져 대체될 수 있는 작업들은 대체된다는 의미다. 전문가들은 아주 핵심적인 세부 작업 몇 가지에만 관여하게 되며, 이는 전문직의 직업 명칭까지도 바꿀 수 있을 정도로 파급력이 생길 것이라고 예측한다. 물론 전문직이 이 단계에 접어들면 단순, 반복적인 작업들로 이루어진 직업들은 거의 대부분 기계나 인공지능, 준전문가나 일반인들이 스스로 할 수 있는 작업들로 대체

되어 사라질 것이다. 전문가의 비용을 들이지 않고도 동일한 효과를 내는데 누가 전문직을 찾아 비싼 수수료를 내며 문제를 해결하려 할 것인가.

전문직 세부작업의 대체 현상은 앞에서 언급한 포트폴리오 인생을 더욱 가속화 시키게 된다. 대니얼 핑크는 『프리에이전트의 시대』52에서 현재의 회사라는 조직 내에서 근로자-고용주라는 관계는 향후 일상적으로 처리해야 하는 업무 외에 프로젝트나 필요할 때만 계약하는 일련의 거래관계로 바뀔 것이라고 예측하였다. 그리고 클라우스 슈밥53은 향후 다가올 미래는 단순반복적인 일상적 업무는 인공지능이나 로봇, 그리고 자동화에 의해 인간을 대체할 것이며, 인간이 핵심적으로 다루어야 할 업무들은 세부적으로 분해되어 소위 포트폴리오 생활을 하는 1인 기업가나 프리랜서들에게 맡겨져 기업이 운영될 것이라고 보았다.

노동의 패러다임 변화가 올 것이다. 그 패러다임이 4차 산업혁명이라는 이름으로 오든 다른 이름으로 오든 상관없이 앞으로는 전문직마저도 현재의 패러다임을 넘어 일의 기준이 '직업기준'에서 '개별작업기준'으로 재정립될 것이라고 예측한다. 의사, 회계사, 변호사라고 불리는 전문직들이 앞으로는 개별작업기준으로 세분화되면서 직업 명칭마저도 바뀔 것이라는 미래를 예견하는 이들도 있다.

이러한 직업세계의 변화에 어떻게 대처해야 할까. 자기이해만 한다고 해서 자연스럽게 직업세계의 변화를 이해하고 대처할 수 있는 것은 아니다. 가장 중요한 지점은 사고방식의 전환이 있어야 한다. 과거 직업세계를 바라보던 관점을 완전히 바꾸어야 한다. 한 조직에서, 아니면 같은 직종의 여러 조직에서 평생을 몸담고 있다가 퇴직을 생각하고 있는 이들이 있다면 미래의 직업세계의 관점에서 볼 때 참으로 순진한 생각이 아닐 수 없다. 물론 일부는 그런 삶을 살 수 있을 것이다. 그러나 직업의 세계가 조직을 그렇게 두지 않는다.

기업의 첫째 존재 목적은 이윤의 추구다. 더 많은 이윤을 남겨야 하는 조직의 목적상 효율적이고, 효과적인 조직 운영 방식을 끊임없이 찾아갈 것이며, 이는 더 이상 직원들을 평생 껴안고 함께 갈 수 없는 구조로 만들 것이다. 이제는 나를 알아봐 주고 평생 함께 할 조직을 찾을 것이 아니라 자신이 우위에 있는 **작업**을 어떻게 찾고 평생 만들어 갈 것인지 그 일에 집중해야 한다.

3.4 구직자와 구인자는 서로 다른 꿈을 꾼다

현재의 직업세계는 과거의 직업세계와 다르며 미래의 직업세계는 현재와는 또 다를 것이다. 그러나 일할 사람을 구하는 조직은 언제나 존재할 것이며, 일을 구하는 사람도 언제나 존재할 것이다. 이 사실은 미래에도 변함이 없을 것이다. 그렇다면 일할 사람을 구하는 조직과 일을 구하는 사람을 연결해주는 이 과정 또한 여전히 존재할 가능성이 높다. 소위 이 과정은 구직자들에게는 '구직활동'으로, 조직에서는 '구인활동'으로 여겨진다. 그런데 '구직활동'을 하는 이들이 이 과정 자체에 대한 오해를 많이 가지고 있다. 이 오해는 미래 직업세계에 변화가 있더라도 구직활동이라는 과정이 사라지지 않는 한 지속될 것인데 바로 구직자와 구인자(조직)가 서로 다른 꿈을 꾸고 있다는 것이다.

미국의 유명한 직업탐색 컨설턴트이자 커리어카운슬링 전문가인 리처드 볼스는 이러한 구직활동 방법에 대한 오해를 통찰력 있게 책을 통해 이야기하고 있다.[54] 그는 구직자들이 자기만의 독특한 소질, 스킬, 흥미를 어떻게 발견할 수 있는지, 그리고 그러한 자기이해를 토대로 어떻게 적합한 직업을 선별하고, 직접 접촉(면접이나 연락 등)을 할 것인지 구직의 전체적인 흐름과 오해를 잘 짚어주고 있다. 실제 활용 가능한 다양한 워크시트와 함께 다방면에 걸친 주제를 풀어내기 때문에 약간 산만함을 느낄 수 있는 책이다. 그러나 우리나라 저자들의 진로 관련 책에서는 볼 수 없는 결이 사뭇 다른 워크시트와 함께 구직활동에 대한 통찰력을 엿볼 수 있는 책이다.

이 장에서는 리처드 볼스가 직업세계와 관련하여 구직자가 오해하고 있다고 제시한 부분을 나의 경험과 함께 이야기해 볼 생각이다. 이 장의 소제목처럼 구직자들은 구인자들과 서로 다른 꿈을 꾸고 있는데 이는 다른 말로 구인자(조직)들이 선호하는 방식과는 다르게 구직자들이 구직활동을 하고 있다는 뜻이다. 즉, 구직자들이 직업세계에 대해 오해하고 있는 부분이 있는데 리처드 볼스는 이를 7가지 비밀55이라는 말로 풀어내고 있으며, 구직게임의 게임규칙과도 같다고 했다.

이 7가지 비밀 아닌 비밀은 크게 두 가지로 정리될 수 있는데 **첫째 비밀은** 경기가 호황일 때나 불경기일 때나 일자리는 항상 있다는 것이다. 그렇기 때문에 불황기든 호황기든 언제나 일자리가 있으므로 구직자들은 불황인지 호황인지에 신경 쓰지 않아도 된다. 오직 고민해야 하는 것은 내가 어떻게 해야 항상 비어있는 일자리에 앉을 수 있을까하는 부분이다. 연일 미디어에서 쏟아지는 불경기에 대한 소식은 사회 전체적인 문제이지 구직자 개인의 문제와 구분시킬 필요가 있다. 사회 전반의 실업자 통계를 개별 구직자인 자신의 문제로 착각하고 위축되기보다 나는 나의 직업을 찾으면 되고, 사람을 구하는 빈 일자리는 불황이든 호황이든 언제나 기다리고 있다는 마인드가 필요하다는 것이다. 그러면서 자연스럽게 구직에 대한 마인드뿐만 아니라 실제적인 방법을 소개하고 있는데 이것이 저자가 이야기하는 두 번째 큰 비밀이다. 이 두 번째 큰 비밀은 나의 경험으로도 아주 중요한 구직 성공 요인이며, 미래 직업세계에서도 여전히 적용가능한 방법으로 남아 있을 가능성이 높아 보인다.

이 **두 번째 비밀**은 바로 구직자들은 구인자(조직)의 입장에서 직업을 구해야 한다는 것이다. 구직자 대부분은 한 두가지 초보적인 구직방법을 사용하는데 주로 구직사이트를 보고 이력서를 작성해 보낸다. 또는 헤드헌터가 볼 수 있는 정보를 구직사이트에 올린 후, 다행히 연락이 오면 면접을 어떻게 받을 것인가에만 집중한다. 그러나 향후 다가올 직업세계와 취업시장에서는 이러한 초보적인 방법만으로는 구직하기가 점점 더 어려워지게 될 것이며, 바로 이 지점이 구직자가 일자리를 찾는 방식과 조직에서 사람을 채용하려는 방식이 엇갈리는 지점이다.

리처드 볼스는 정확히 정반대의 방법이 필요하다고 말한다. 구직자들은 되도록 적은 노력으로 더 많은 구인자에게 접근하고자 하는데 이는 자연스럽게 인터넷 구직사이트를 통해 이력서를 제출하려는 행동으로 이어진다. 이에 반해 구인자들(조직)의 주된 목표는 채용 위험을 줄이는 데 있다. 사람을 뽑는데 시간과 비용을 최대한 줄이려 하고, 잘못 채용했을 때의 위험부담을 줄이고 싶어한다. 조직의 입장에서 사람을 잘못 채용하게 되면, 해고하기 전까지 그 사람에게 들어간 시간과 비용, 그리고 다른 사람을 찾아야 하는 시간과 비용과 새로운 사람을 뽑더라도 그를 훈련시키기 위한 시간과 비용이 또 들어가게 된다. 때문에 구인자들은 자신이 이미 알고 있어서 신뢰가 가는 방법들을 선호한다.

가장 많은 방법이 조직 내부에서의 이동이나 승진이며, 그 다음 방법이 다른 직장에서 비슷한 일을 하고 있는 사람을 채용하거나 지인을 통해 소개를 받는 방법이다. 특히 지인을 통해 소개를 받는 방법은 업무나 대인관계에서 신뢰가 가는 내부 직원이나 임원이 추천하는 사람이라면 구인자들의 신뢰도는 높아질 수밖에 없다. 여기에서 지인은 조직 내부의 직원이나 임원뿐만 아니라 구인자 주변의 인물까지 모두 포함된다. 구인자가 신뢰를 보내는 주변의 인물들이 소개하는 사람이라면 인터넷 구직사이트를 통해 접하게 되는 이력서보다 훨씬 더 안전하고, 신뢰가 가기 때문이다.

물론 이 방법은 공채를 하는 대기업이나 국가기관의 경우에는 적용되기 어렵지만 그 외의 기업체라면 훨씬 더 선호하는 방식이다. 이처럼 구직자와 구인자가 전혀 다른 방법으로 서로를 찾아가는데 구인자(조직)들이 그들의 방식을 바꾸길 기다리기보다 구직자가 구인자들의 선호방식을 알아차리고 그에 맞게 자신의 구직방식을 바꾸어야 한다.

개인적으로 비영리법인의 사무국장과 심리상담 북카페 사장으로서의 경험을 떠올려 보더라도 리처드 볼스의 이 의견에 심히 동의하게 된다. 물론 나의 개인적인 경험이 일반화될 수는 없겠지만 조직의 구인자들이 어떤 방식을 선호할 수밖에 없는지 그 행동패턴을 들여다볼 수 있었다. 비영리 사단법인의 사무국장으로 근무하면서 몇 번의 채용업무를 주도한 적이 있다. 직원이 이직을 하게 되고, 그 자리에 사람을 채용해야 하는 상황에서 협회장님이 사무국장인 나에게 채용과 관련해 내린 첫 지시는 이전에 근무했던 아르바이트생이나, 단기근무자, 자원봉사자 중에 눈여겨보고 있던 이들에게 연락해 보라는 것이었다. 전혀 모르는 새로운 사람을 채용하기보다 이미 알고 있으며, 업무에 대한 이해까지 하고 있는 이를 선호하는 것은 당연한 것이다.

이렇게 채용된 직원도 있었으며, 다른 경우에는 이 방법이 통하지 않아 그 다음 방법인 '주변에 아는 사람 중에 이 자리에 적합한 사람이 있는지 알아보라'는 지시도 있었다. 이러한 지시는 협회장님이 주변의 여러 지인이나 전문가들을 통해 1차적으로 알아보았지만 적합한 사람을 찾지 못하자 사무국장인 나에게로 넘어온 것이었다. 이러한 지시를 받은 나는 어떻게 행동했을까? 지인을 떠올려 보는 것이 귀찮으니 바로 인터넷 구인구직사이트에 구인정보를 올려 사람을 찾았을까? 아니다. 나는 지인들 중에 현재 구직 중이거나 직장이 있더라도 다른 자리를 찾고 있는 이들을 떠올려보게 되고, 이 일에 잘 맞을 수 있는 사람들을 찾아 연락하였다. 구직활동은 소문을 내면 낼수록 좋다는 말이 틀린 말이 아닌 이유가 여기에 있다.

구인자의 위치에 있는 사람들은 공채로 사람을 채용하지 않는 이상 자연스럽게 주변에서 일차적으로 찾아보게 되어 있다. 나의 경우 연락을 해보고 알아보아도 일해 보고 싶다는 사람을 찾을 수 없어 마지막 방법으로 인터넷 구직사이트에 구인공고를 내고 이력서를 받고, 그 중에 몇 명을 면접해 최종적으로 사람을 뽑았다.

심리상담 북카페 사장으로 있을 때 시작단계의 1인 기업이라 직원이 필요 없는 시점에 한 청년이 찾아왔던 적이 있었다. 매장 바로 앞 아파트에 살고 있다며 평소에 커피에 관심이 많아 직접 집에서 원두를 볶아 커피를 내리기도 하고, 당시 학원에서 바리스타 자격증을 준비하고 있다고 했다. 집 앞에 북카페가 생기니 신기하기도 하고, 혹여나 '사람을 채용하지 않을까' 하는 마음으로 직접 나를 찾아온 것이었다. 이 청년은 처음부터 채용에 대한 이야기를 한 것이 아니라 몇 번을 방문하면서 자신이 좋아하는 것이 무엇인지, 현재 무엇을 준비하고 있는지, 앞으로 무엇을 하고 싶은지 지속적으로 이야기했으며, 심지어 자신이 집에서 직접 볶은 원두까지 가져와 시음을 권하기도 했다. 만약 그 시기에 북카페에 아르바이트생을 채용해야 하는 필요가 있었다면 아마 채용 1순위였을 것이다.

그 후 한참 시간이 흘러 아르바이트를 할 사람이 필요했는데 아쉽게도 그 청년과 연결되지 못했다. 그렇다고 바로 아르바이트 채용사이트에 구인광고를 내었을까? 아니다. 나의 주변에서 카페에서 일한 경험이 있고, 이 일을 하고 싶은 사람을 먼저 찾아 채용했다. 아주 큰 규모의 기업체가 아니라면 구인자(조직)들은 이러한 과정을 주로 거친다. 물론 모든 조직이 이렇다는 것이 아니다. 그러나 구인자들은 구직자들과 서로 다른 꿈을 꾼다.

구직자들이 주로 가장 먼저 사용하는 방식이 무엇인가? 바로 인터넷 구인구직사이트에 이력서와 자기소개서를 올리거나 자신에게 맞는 구인공고를 검색하는 것이다. 그러나 그 방식은 구인자(조직)들이 가장 나중에야 이용하는 방식이다. 이처럼 구직자들이 일자리를 찾는 방식과 구인자가 사람을 채용하는 방식이 전혀 다름을 리처드 볼스는 다음의 그림56으로 잘 표현하고 있다.

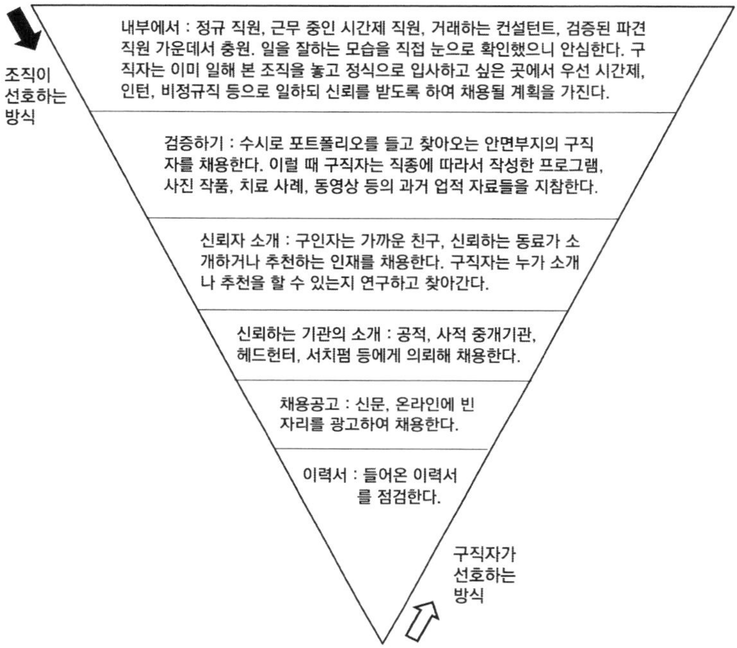

조직이
선호하는
방식

내부에서 : 정규 직원, 근무 중인 시간제 직원, 거래하는 컨설턴트, 검증된 파견 직원 가운데서 충원. 일을 잘하는 모습을 직접 눈으로 확인했으니 안심한다. 구직자는 이미 일해 본 조직을 놓고 정식으로 입사하고 싶은 곳에서 우선 시간제, 인턴, 비정규직 등으로 일하되 신뢰를 받도록 하여 채용될 계획을 가진다.

검증하기 : 수시로 포트폴리오를 들고 찾아오는 안면부지의 구직자를 채용한다. 이럴 때 구직자는 직종에 따라서 작성한 프로그램, 사진 작품, 치료 사례, 동영상 등의 과거 업적 자료들을 지참한다.

신뢰자 소개 : 구인자는 가까운 친구, 신뢰하는 동료가 소개하거나 추천하는 인재를 채용한다. 구직자는 누가 소개나 추천을 할 수 있는지 연구하고 찾아간다.

신뢰하는 기관의 소개 : 공적, 사적 중개기관, 헤드헌터, 서치펌 등에게 의뢰해 채용한다.

채용공고 : 신문, 온라인에 빈 자리를 광고하여 채용한다.

이력서 : 들어온 이력서를 점검한다.

구직자가
선호하는
방식

구인자(조직)가 선호하는 방식은 조직 내부에서 시작하여 자신의 능력을 검증하기 위해 자료를 들고 찾아오는 이들과 신뢰할만한 이들로부터 추천을 받는 방식 순이며, 구직자가 선호하는 방식은 채용공고를 찾아보고 자신이 원하는 일자리가 있는 곳에 이력서를 보내는 방식이다. 그림에서도 볼 수 있듯이 서로 정반대의 방법으로 시작해 일자리를 찾거나 사람을 찾는다. 구직을 하려면 구직자의 입장이 아니라 철저하게 구인자(조직)가 어떤 방식을 선호하는지 분석해서 행동해야 한다.

가끔 앞의 그림으로 진로프로그램을 하다보면 이런 질문을 하는 이들이 있다. "주변의 지인을 통해서 추천을 받아 취업한다는 것은 불법 아닌가요?" 여기에서 말하는 신뢰할만한 사람으로부터의 소개는 공개채용이나 시스템화 되어 있는 채용 과정을 무시하라는 것이 아니다. 지금 이야기하는 방식은 그런 조직에 지인 추천으로 대가를 주고 불법으로 들어가라는 말이 아니다. 구인자의 권한으로 얼마든지 채용할 수 있는 그런 조직을 의미하는 것이며, 이런 일자리는 얼마든지 있다. 구직 시에는 자신의 노력만으로 취업할 생각을 하지 말고, 자신의 흥미와 관심, 그리고 경력들을 주변에 신뢰할만한 사람들에게 지속적으로 알리는 것도 의미 있는 방법이다.

리처드 볼스가 주장한 구직자와 구인자의 선호방식 차이는 이론이 아니라 실제 조사[57]를 통해서도 그대로 드러나고 있다. 미국의 경우 인터넷 잡포스팅업체를 통해 구직에 성공할 확률은 4~10%로 나타났다. 아무리 인터넷 시스템이 발전한다 하더라도 수많은 이력서를 확인해 결정해야 하고, 그 중에서 신뢰할만한 구직자를 채용한다는 것이 쉽지 않기에 미래의 직업세계나 채용방식에 있어서도 구인자의 선호방식이 쉽게 바뀌지 않을 것이다.(인공지능을 통해 이력서를 분석하거나 구글이나 SNS 등 웹에 있는 지원자의 방대한 정보를 검색해 신뢰도를 높일 수는 있겠지만 결국 최종적으로 결정하는 사람은 인공지능이 아니라 고용주다.) 다음으로 구직 성공확률이 높은 방법은 여기저기 이력서를 마구 뿌리거나 전문 분야 잡지의 구인공고를 보고 지원하는 방법으로 7% 정도의 성공률을 보인다. 그 다음으로는 5~24% 성공률을 보이는 신문의 구인공고를 보고 응답하는 방법과 5~28% 성공률을 보이는 민간 구직 알선기관이나 전문 서치펌의 도움을 받는 방법이 있다. 몇 가지 방식으로 나누긴 했지만 정리해 보면 대부분 인터넷 구인구직사이트나 신문, 잡지 등을 통해 정보를 얻은 후 이력서를 보내는 방식이다. 구직자들이 가장 많이 사용하고 있는 이 방식의 성공률이 4~28% 정도라는 것이다.

이와 반대로 구인자들이 선호하는 방식의 실제 취업 성공률을 보자. 가족, 친인척, 친구, 아는 사람, 자신이 속한 멤버들을 통해 일자리의 단서를 잡을 경우 성공률은 무려 33%로 올라간다. 이 방법은 복잡한 부탁이 아니라 그들이 일하고 있는 곳에서 혹시 사람을 구하고 있지는 않는지, 아니면 사람을 구하고 있는 다른 곳이 있는지 간단하게 물어보는 것이다. 이 방법은 앞서 보았던 구직자들이 선호하고 가장 많이 활용하는 방식보다 몇 배나 성공률이 높다.

이 방식보다 더 높은 구직 성공률을 보이는 방법은 자신의 관심분야나 원하는 조직을 정한 다음 구인자, 공장, 회사를 직접 방문해 문을 두드리는 것으로, 이때 사람을 구하고 있는지 여부는 상관없다. 이는 중소 기업체에 적용해 볼 수 있는 방법인데 직접 고용의 권한을 가지고 있는 구인자를 찾아가 대면하는 방법으로 47~ 65%의 성공률을 보였다.

구인자를 직접 찾아가 대면하는 방법과 관련해서는 개인적인 경험이 있다. 첫 직장을 나는 바로 이런 방식으로 구직하는데 성공했다.

독서치료에 관심이 많았던 나는 석사논문을 쓰다가 부산에 소재하고 있는 독서 관련 비영리연구소를 발견하게 되었다. 관련 전문가 인터뷰를 하기 위해 심도 있게 자료를 찾고 있었기에 그 연구소의 활동과 앞으로의 방향(이후에 사단법인이 된다)을 눈여겨봐 두었고, 논문을 마무리하고 졸업할 즈음 나는 이력서를 들고 그 연구소를 찾아갔다.

직원을 구한다는 채용공고도 없었고, 연구소 소장님과의 개인적 만남도 이전에 없었다. 조금 당돌한 듯 연락하여 찾아갔지만 제법 긴 시간 나의 관심과 연구소를 알게 된 배경, 그리고 이 곳에서 한번 일해 보고 싶다는 이야기를 하고 돌아왔다. 그리고 며칠 후, 연구소 소장님에게서 전화가 왔다. 연구소에 재정적인 지원을 해주고 있는 중견기업 사장님이시자 소장님의 남편 분이 나를 보고 싶다는 내용의 연락이었다. 한번 더 찾아간 연구소에서 소장님과 남편 분이신 사장님을 함께 뵙고 긴 시간 면접을 보았고, 그렇게 3개월 인턴으로 시작해 정식 연구원이 되었다. 이후 박사과정으로 인해 직장을 그만둘 때까지 일을 했다. 회사를 그만두었지만 박사과정 내내 등록금의 절반을 장학금으로 주셨던 소장님은 지금도 잊을 수가 없다.

사람을 구한다는 인터넷 구인공고를 보거나 무작위로 이력서를 보낸 것이 아니라 내가 관심이 가고 일해보고 싶은 조직을 찾고 연구한 후 전화를 걸어 인사권자와 면담했던 것이다. 성공률이 무려 47~65% 방법이었으며, 단순히 이력서를 제출해 취업에 성공할 확률의 2~10배에 해당하는 확률이었다. 이 첫 구직 성공의 경험은 이후 내가 다른 직장을 얻는 데에도 동일한 방법을 사용하도록 만든 아주 성공률이 높은 방법이었다.

그런데 앞의 방식보다 더 높은 성공률을 자랑하는 구직 방법이 있다. 놀라지 마시라. 리처드 볼스의 연구에 따르면 무려 86%의 성공률을 자랑하는 방법인데 바로 구직자 자신에 관해 철저히 연구하는 것이다. 구직 활동 전에 자신을 먼저 이해하고 연구하는 것이다. 이 부분은 이미 이 책의 앞부분에 가장 먼저 할애할 만큼 중요함을 이야기했는데 리처드 볼스의 조사에서도 자기이해가 구직에 얼마나 큰 영향을 미치는지 보여주고 있다. 자기연구와 자기이해는 자연스럽게 일자리를 발견하게 만든다. 전에는 보이지 않았던 곳이 자기이해를 통해서 취업하고 싶은 곳이 보이기 시작하고, 자신감을 가지고 과거와 다르게 부딪혀 볼 수 있도록 만들어 준다. 자기이해를 토대로 비전이 생겨나며, 이 비전이 자신이 원하는 자리를 알게 해주고, 발견하도록 만들며, 도전해 볼 수 있도록 용기를 불어넣어 준다.

내가 누구인지, 무엇을 잘하고, 어디에 관심이 있는지 아는 사람이 전혀 그렇지 못한 사람과 맞붙었을 때 구인자는 누구를 선택할 것 같은가? 그들의 눈은 반짝이고, 일하고 싶어하는 욕구가 있으며, 에너지로 차 있다. 이러한 자기이해와 구인자에게 직접 연락하거나 찾아가는 방식이 서로 만났을 때 취업의 성공률은 얼마나 올라갈까? 리처드 볼스의 조사에는 나타나지 않았지만 아마도 엄청난 시너지를 일으킬 것이다. 이러한 방식은 미래의 직업세계가 아무리 바뀔지라도 아마 쉽게 바뀌지 않을 것 같다.

구직자들은 구인자들이 왜 자신을 먼저 알아봐주지 않는지 의아해하거나 자신의 진가를 드러내고 발휘하게 해 줄 누군가를 기다리는 경우가 많다. 하지만 일반적으로 구인자들은 구직자들이 먼저 찾아와주기를 바란다. 그러나 많은 구직자들이 너무나 반대 방향으로 접근한다. 이 부분은 다음 장에서 이야기되는 '시도'와도 관련이 있다.

제4부

출발하면 보인다

'꿈은 머리로 꾸는 것이
아니라 온 몸으로 꾸는 것이다.'
- 유영만

진로, 자신, 직업세계에 대한 이해가 있더라도 항상 좋은 선택을 할 수 없다. 누구나 시도는 할 수 있다. 그러나 의외로 많은 사람들이 시도 전에 의사결정을 함에 있어 비합리적인 생각을 많이 가지고 있다. 완벽하게 준비된 다음에 시도해야 한다든지, 더 많은 정보를 모아 내가 만족할 때까지 기다렸다가 그때 움직이겠다든지, 내 능력이 이 정도 수준밖에 되지 않으니 적어도 준전문가 정도 되어야 행동으로 옮길 수 있다든지 이런 다양한 비합리적인 생각들을 하며 시도를 주저한다.

3부까지 진로, 자기, 직업세계에 대한 이해를 다루었다면 4부는 이 세 가지 이해를 기초로 어떻게 행동할 것인가 그리고 시도와 관련하여 우리는 어떤 다양한 비합리적인 생각들을 가지고 있는지 다루어 볼 것이다.

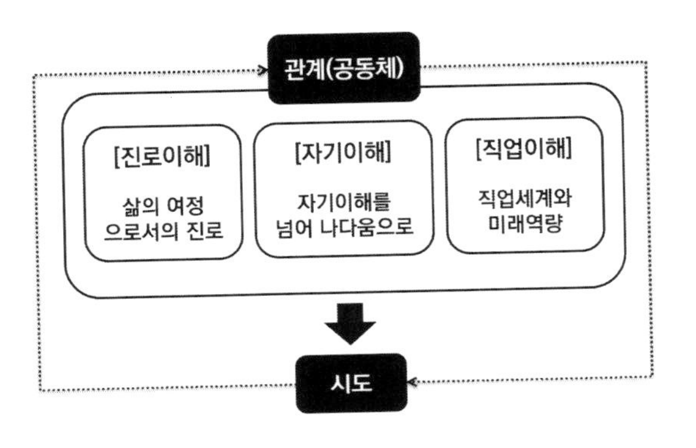

4.1 계획된 우연

삶의 여정으로서의 진로를 이해하고, 자신을 연구하고 발견하며, 현재와 미래의 직업세계를 이해한다고 해서 일이나 취업의 문제가 해결되는 것이 아니다. 아주 중요한 단계가 남았는데 바로 행동하는 것이다. 시도와 행동이 없는 이해는 아무런 쓸모가 없으며, 시도되지 않은 이해는 오히려 독이 될 수 있다. 생각으로만 머문 이해는 현실에서 전혀 적용되지 않거나 다른 방향의 결과를 가져올 수 있다. 앞에서도 한번 언급했던 나의 경험처럼 대학생 때부터 서점을 하고 싶다고 생각했지만 실제 서점계에 몸담고 일을 해보니 내가 책을 판매하는 서점을 운영하고 싶어했던 것이 아니라는 것을 알게 되었다. 내가 정말 하고 싶었던 일은 책을 통해 사람들을 만나고, 그들의 성장을 돕고, 좋은 책을 소개하고, 그리고 그 경험을 서로 나누는 것이었다. 진로, 자기, 직업세계에 대한 이해는 출발에 불과하다. 이 세 가지 영역의 이해가 현실적이려면 이처럼 지속적인 시도가 있어야 가능하다.

진로상담계에서는 오래 전부터 지금까지 큰 변화 없이 받아들여지는 진로이론이 하나 있다. 바로 직업지도 운동의 선구자라고 불리는 파슨스(Parsons)가 만든 특성-요인이론이다.

파슨스의 특성-요인이론은 개인에게 적성, 흥미, 가치, 성격 등의 개인적 '특성'들이 있다고 보았다. 그리고 직업에는 보상, 기회, 전망, 요구되는 지식 등의 직업과 관련된 '요인'이 있다고 보았다. 이 개인적 특성과 직업의 요인이 적절하게 연결될 때 합리적인 직업선택이 될 수 있다고 하였다. 이 이론은 개인의 특성과 직업의 요인이 서로 적절하게 연결되는 이론이기 때문에 매칭이론이라고 하기도 한다.

파슨스의 특성-요인 이론이 중요한 의미가 있는 것은 개인의 특성을 이해하고, 직업의 요인을 알아야 가장 합리적인 선택을 할 수 있다는 부분이다. 이는 자신에 대한 이해와 직업에 대한 이해가 잘 어우러져야 가장 합리적이고 적절한 직업선택을 할 수 있다는 이론적 배경을 만들었다. 즉 주먹구구식으로 닥치는 대로 직업을 선택할 것이 아니라 과학적으로 개인과 직업을 분석하고 그 분석을 토대로 직업을 선택하도록 한 것이다.

2부 '꿈과 비전은 동사다'에서 표로 언급했던 홀랜드의 흥미유형도 바로 개인의 특성(6가지 유형)과 직업의 요인(6가지 유형)을 분석해 같은 유형끼리 연결되면 그 직업에 대한 만족도가 높다는 특성-요인 이론을 기초로 한다. 이 파슨스의 특성-요인 이론은 진로상담 영역에 공헌한 바가 큰데 개인의 특성을 과학적으로 분석하기 위해 다양한 표준화된 검사도구들이 개발될 수 있는 이론적 토대를 마련해 주었다. 현재 우리나라에서 실시되고 있는 많은 개인 및 집단 진로상담과 프로그램은 파슨스의 특성-요인이론에서 출발했다 해도 과언이 아니다.

그러나 이러한 흐름을 벗어난 진로상담 이론이 2000년대에 등장하게 되는데, 기존의 매칭이론과 전혀 다른 존 크럼볼츠의 '계획된 우연(Planned happenstance)'이론(혹은 우연학습이론)이라는 개념이 등장한다. 이 이론은 존 크럼볼츠가 자신의 개인적 경험과 여러 연구와 조사를 통해 정립한 이론이다. 이 이론은 기존의 매칭이론과 같이 체계적인 준비와 계획을 따라 직업을 선택한 사람뿐만 아니라 우연한 기회를 적극적으로 잡아 현재 자신의 직업을 가진 이들도 많더라는 연구에서 출발한다. 그렇다고 이 이론이 직업의 선택을 그때 그때마다 일어나는 우연한 운에 맡기거나 체계적인 과정이 필요 없다고 주장하는 것은 아니다. 우리의 삶과 직업의 선택이 항상 체계적인 분석과 계획한 대로만 이루어지는 것이 아니라 우연히 일어나는 사건을 얼마나 적극적이고 긍정적으로 이해하고, 인내심을 가지고 시도해보는가에 따라 더 많은 기회를 가질 수 있다는 것이다. 이는 예기치 않은 사건들조차도 개인의 노력에 따라 진로에 긍정적으로 작용할 수 있음을 말한다. 계획되지 않은 사건들이 개인의 노력에 의하여 기회가 될 수도 있으며, 우연을 기회로 만들기 위해서는 사건을 바라보는 태도와 기술이 필요하다는 이론이다. '계획된 우연 이론'은 우리가 살아가면서 무심하게 지나쳤던 수많은 우연의 영향을 인식하고, 소극적으로 행운이 찾아오기를 기다리기보다 찾아오는 우연을 기회로 만들기 위해 탐색하고, 끊임없이 시도해야 한다는데 초점을 두고 있다.

앞서 미래 직업의 세계에 대한 부분에서도 이야기했지만 날이 갈수록 기술의 발달로 인해 일하는 직업의 환경과 고용의 방식이 바뀌고 있고, 직업의 영역에 많은 변화들이 찾아올 것이다. 이러한 때에 매칭이론과 같이 체계적으로 계획하고 준비하는 방식만으로는 미래 직업시장의 불확실성을 쫓아가기에는 점점 더 힘들어진다. 이런 상황에서 전통적인 특성-요인 이론 방식만을 고수하여 직업을 선택하기가 상당히 어려워졌으며, 더더욱 특성-요인 이론은 개인의 특성과 직업의 요인이 어긋나는 직업선택에 대해서는 갈등을 유발하기도 한다.

예로 청소년들에게 홀랜드 흥미검사를 하고 나면 늘 빠지지 않고 물어오는 질문이 있다. '선생님. 저는 교사가 되고 싶은데 흥미검사 결과에 제 유형은 교사가 아예 없는데요. 교사가 맞지 않은 거 아니에요?'라고 불안한 마음으로 물어온다. 특성-요인 이론은 주먹구구식 선택을 막아주는 자기이해의 좋은 틀이기도 하지만 반대로 한 개인을 어떤 유형의 틀 안으로 묶어버리기도 한다. 이 경우 검사 결과 매칭을 벗어나는 직업선택을 하려는 이들을 불안하고 당황하게 만들기도 하며, 새로운 사건과 상황을 직업선택의 기회로 보기보다 자꾸만 예측 가능한 수준으로 축소시켜 이해하려고 한다.

존 크럼볼츠는 기존의 매칭이론을 통한 '맞춤형 커리어'의 한계를 여러 가지 이유를 들어 설명하고 있다.

- 관심사는 항상 변동한다. 오늘 즐기는 일이라도 10년, 5년, 심지어 6개월 안에 변할 확률은 상당히 높다.
- 세상은 끊임없이 진화하며 새로운 직업들이 계속 생겨나고 있다.
- 당신은 다양한 특성으로 이뤄진 개성 강한 사람이다. 어떤 직업이나 직업군에만 맞을리 없다.
- 진정한 기쁨은 자신만의 삶의 방식을 만들어내는 데서 온다. 당신의 '유형'을 특정 직업에 맞춘다는 것은 스스로를 제한하는 일이다.
- 어떤 하나의 계획만 고수하면, 살면서 생기는 변화에 적응해가기 힘들다. 또한 예기치 못한 기회가 와도 활용하지 못한다.[58]

존 크럼볼츠는 이러한 매칭이론의 한계를 개인적으로 경험하기도 했고, 연구와 조사를 통해서 현재 자신의 일에 만족하는 많은 이들이 체계적으로 계획된 진로의 과정이 아닌 우연한 기회를 호기심과 적극성을 가지고 놓치지 않고 잡았다는 것을 발견한다.(매칭이론 자체를 부정하는 것이 아니다.) 존 크럼볼츠는 이러한 연구를 토대로 '계획된 우연' 이론을 만들었는데 이 이론에서는 다음의 표와 같이 진로 선택의 과정에서 몇 가지 중요한 태도이자 기술이 필요하다고 보고 있다.59

태도(기술)	내용
호기심	진로의 방향과 직업을 선택했다 하더라도 예상치 못한 새로운 상황과 기회를 탐색하고 학습하기
인내심	계획과 다른 변화가 발생한다 하더라도 지속적으로 시도하고 노력을 기울이기
유연성(융통성)	이미 명확한 계획과 결정을 내리고 가장 좋은 선택을 내렸다 하더라도 계획과 다른 환경과 상황의 변화를 유연하게 대하기
낙관성	새로운 기회가 올 때 긍정적이고, 달성 가능한 것으로 보기
위험감수	불확실한 결과가 예측되거나 직면할 때에라도 완벽할 때까지 기다리기보다 행동을 취하기

이러한 5가지 태도와 기술은 전통적인 진로이론에서도 다루는 태도일 수 있으나 결이 사뭇 다르다. 전통적인 매칭이론에서는 개인의 특성과 직업의 요인을 분석한 후 선택안을 좁혀가며 적절한 결정을 내리도록 한다. 그 후 논리적이며 체계적인 과정을 하나씩 거쳐 자신에게 최적의 직업을 파악하고 그 영역에서 커리어를 개발해 나가는 것을 권한다. 이러한 매칭이론에서는 진로의 방향과 관련하여 예측

하지 못한 새로운 상황과 사건을 하나의 기회로 보기보다는 극복해야 할 장애물로 보거나 심지어 자신의 진로와 전혀 관련 없는 일로 넘겨버릴 가능성이 높다. 이러한 전통적인 매칭이론은 자신이 계획했던 진로 방향과 현장의 모습이 다르거나 자신이 생각했던 일이 아닐 경우, 불확실한 미래를 위해 움직이려하거나 새로운 상황과 사건을 기회로 인식하고 시도하고자 하는 행동을 상당히 줄어들게 만든다.

시도와 관련된 장에서 계획된 우연 이론을 이야기하는 이유는 이 이론이 특성-요인이론보다 탁월하다고 말하고 싶은 것이 아니다. 특성-요인이론이나 매칭이론을 기본으로 하는 진로상담에서도 자기이해와 직업에 대한 이해를 바탕으로 의사결정을 하고 그 선택대로 행동할 수 있도록 지원한다. 그러나 그 과정 가운데 처음 의사결정하고 정했던 진로의 방향과 전혀 다른 사건과 상황이 발생되면 어떻게 대처할 것인가에 대해서는 '계획된 우연' 이론보다 유연성이 떨어지는 것이 사실이다. 그리고 자신이 이미 결정한 방향이 있기 때문에 새로운 기회를 호기심을 가지고 실제 행동으로 옮기려하기 보다 지나가는 우연으로 치부하고 넘어가기 쉬워진다. 진로를 평생동안 선택하고 결정해야 하는 과정으로 본다면 이는 경직된 사고일 수밖에 없고, 향후 도래할 미래의 직업세계를 보더라도 시대를 앞서가기는커녕 과거에 머무르는 방식일 수밖에 없다. '특성-요인 이론을 벗어던져 버리자.'가 아니라 우리 삶에서 일어나는 수많은 사건과 상황까지도 진로선택의 하나의 기회로 만들어 시도해 보자는 것이 '계획된 우연' 이론의 핵심이라 할 수 있으며, 그 이유 때문에 바로 시도와 관련된 4부에서 이 이야기를 하고 있다.

이 시대의 진로교육은 '목표를 정하고, 그 목표를 향해 준비하고 달성하라.'고 가르친다. 그러나 계획된 우연 이론은 목표직업에 스스로를 묶어두지 말라고 말한다. 목표 직업을 미리 정하고 확실하게 그것을 이루기 위한 행동에 매진하는 것이 성공을 가져다 주기도 한다. 그러나 하나의 목표만을 향해 달려가는 것만큼 좁은 시야도 없다. 그 목표가 정말 자신에게 맞는 목표인지는 확인해 봐야지만 알 수 있다. 만약 목표를 달성했는데, 혹은 목표를 달성해 나아가고 있는 과정에 있는데 그 목표와 내가 맞지 않는다면 어떻게 할 것인가? 미리 목표를 정했다고 해서 나에게 찾아오는 기회를 우연으로 치부하고 거부하지 말아야 할 이유이다. 처음에 정한 목표보다 우연하게 다가온 기회가 나에게 훨씬 더 잘 맞을지 누가 아는가?

존 크럼볼츠는 자신의 책에서 여러 가지 사례를 제시한다. 그 중에 목표 직업에 스스로를 묶어두다가 결국 거기에 갇혀버리는 사례를 알려준다.

> 댈러스로 이사한 후 나는 에어로빅 교실의 파트타임 일을 시작했다. 무료로 운동할 수 있다는 장점이 있었기 때문이다. 거기서 일하면서 내가 진짜 원하는 일, 즉 광고 회사의 아트 디렉터 자리를 찾아보기로 했다. 에어로빅 교실에서 일하는 중에 신발 회사에 다니

는 여성을 우연히 알게 되었다. 그녀의 소개로 나는 신발의 겉면 바닥 모양을 디자인하는 프리랜서로 일하게 되었다.(신발 바닥도 누군가가 디자인한다는 사실을 처음 알았다!)

신발 디자인 팀장이 나를 마음에 들어 했고, 내게 그 회사의 디자인 팀에 들어와 일해보지 않겠냐고 제안했다. 퍽 괜찮은 직장이었다. 내 디자인 재능도 발휘할 수 있었고 연봉도 괜찮은 수준이었다. 하지만 나는 평소에 늘 광고 회사의 아트 디렉터가 되겠다고 말하고 다니지 않았던가. 그래서 나는 입사 제안을 거절했다(물론 나중엔 후회하게 되었지만).

나는 이미 정해놓은 목표를 포기하는 것이 두려웠다. 아직 광고업계로부터 채용 제안을 받은 적이 한 번도 없음에도 말이다. 디스플레이 관련 일자리나 몇몇 인터넷 회사의 일자리도 제안받았지만, 잘 모르는 일을 덥석 하겠다고 수락하기가 왠지 두려웠다. 지금 뒤돌아보면 내가 리스크를 감수하길 두려워했기 때문에, 또 처음에 목표를 세운 것 이외의 다른 일을 하길 두려워했기 때문에 결국 이렇다 할 경력도 쌓지 못하고 발전도 하지 못한 것 같다. 나는 지금도 구직 중이다.60

존 크럼볼츠는 이 사례를 이렇게 분석한다. 에어로빅 교실에서 파트타임 일자리를 시작하고 그곳에서 만난 사람들과 적극적으로 친분을 쌓아 신발 디자인 프리랜서 일자리를 수락한 것은 긍정적이었다. 그러나 반드시 아트 디렉터가 될 거라고 주변에 이야기했기에, 좋은 경력을 쌓을 수도 있는 채용 기회들을 여럿 거절했다. 낯선 일이라는 이유로 또, 관련 경력이 전무했음에도 목표로 한 일을 당연히 할 수 있을 줄 알고 제안받은 다른 일자리를 거절했다. 이는 많은 구직자들이 오해하고 있는 부분을 드러내는데 자신에게 맞는 최상의 직업 한 가지를 찾아내려고 자꾸 애쓴다는 것이다. 미안하지만 그런 직업은 없다. 어떤 일이든 오픈 마인드로 접근하고 기회가 오면 과감하게 시도해 보겠다는 마음이 필요하다.

> "꼭 의사가 될 거야."라고 선언하지 말고 이렇게 말하라. "의학 분야의 직업을 고려해 봐야겠어. 의과대학원에 들어가도록 최선을 다해 노력해야지. 하지만 도중에 다른 더 좋은 아이디어가 떠오르면 융통성을 갖고 판단해 볼 거야." 또한 "내 꿈은 완전히 무너졌어." 라고 포기하는 대신 이렇게 생각하라. "이제 상황이 변했으니 어떻게 하면 내게 더 잘 맞는 새로운 기회를 찾을 수 있을까?" 계획을 수정하는 것은 결코 실패가 아니다. (…) 시도할 수 있는 다른 대안들을 탐색하라. 우리가 아는 어느 중년 신사는 이렇게 말한다. "내가 뭐가 되어야 할지 아직도 결정하지 못했습니다." 그는 인생이란 끊임없는 시도의 연속이라고 믿는 사람들 가운데 한 명인 것이다![61]

상황이 변하면 우선순위를 재검토해야 한다. 직업과 진로선택과 관련하여서는 언제나 하나의 목표에 스스로를 묶어두지 않아야 한다.

나는 잘 다니던 회사(사무국장이라는 관리자였다)를 그만두고 상담센터와 서점을 함께 하기 위해 살던 아파트를 팔고 40년이 넘은 2층짜리 주택을 매입해 1층은 상가로, 2층은 주택으로 리모델링했다.

계산기를 열심히 두드려도 상담과 강의, 프로그램, 그리고 책을 판매한 돈으로는 이전에 다니던 회사의 월급을 맞출 수 없었다. 그래서 센터의 분위기를 사람들이 쉽게 드나들도록 하자는 아내의 제안과 함께 수입도 좀 더 올릴 수 있을 것 같아 북카페 기능까지 갖추었다. 공교롭게도 회사를 그만두기 1년쯤 전에 커피에 대한 단순한 호기심이 생겨 근로자 배움카드로 무료로 바리스타 과정을 수강하고 자격증을 취득했었다. 그 자격증이 이렇게 사용될 줄은 전혀 몰랐다. 이렇게 해서 상담센터, 서점, 카페라는 세 가지 기능이 복합적으로 기능하는 공간이 만들어졌다. 그렇지만 초점은 어디까지나 상담과 그와 관련된 프로그램이었다.

그런데 이렇게 준비하고 시작했지만 방향은 전혀 엉뚱한 곳으로 흘러갔다. 지속적으로 상담자로 내담자를 만나온 것이 아니었기에 상담센터를 시작했지만 상담을 받으러 오는 사람들이 많지 않았다. 예상은 하고 있었지만 시간이 너무 많이 걸렸다. 그리고 프로그램을 계획해 홍보도 했지만 브랜드 자체가 없는 기관의 프로그램이나 강의는 참석자를 확보하기가 힘들었다. 불행 중 다행인 것은 궁여지책으로 급하게 시작했던 카페가 목이 좋아 인근 아파트와 학교 학부모들이 계속 이용하기 시작했고, 상담이나 프로그램의 매출을 뛰어넘어갔다.

이 와중에 뜻밖의 전화가 한통 걸려왔다. 대학원 석사과정 때 만났던 박사과정 선배였는데 본인이 교수로 있는 대학교에서 독서치료 과목을 강의해 줄 수 있느냐고 연락이 왔다. 사실 석사 졸업 후 많은 시간이 흘렀고, 그 사이에 어떤 연락이 있었던 것도 아니었다. 공공도서관 사서인 석사 과정 후배에게 그 교수님이 먼저 연락했다가 나의 소식을 듣고 최종적으로 나에게 제안을 했던 것이다.

회사를 그만두고 사업을 시작할 때 대학 강의는 아예 계획의 범위 밖에 있었다. 상상조차 하지 않았다. 또한 북카페의 매출도 올라오고 있었고, 처음 계획했던 상담과 프로그램을 위한 계획도 있었다. 대학에 강의를 하러 가게 되면 다른 도시에 있었기 때문에 하루는 거의 문을 닫아두고 다녀야 하고, 그렇게 되면 카페와 서점의 기능은 하루 사라지는 셈이다. 공간을 중심으로 사업을 하는 사람이라면 하루 문을 닫는다는 것이 얼마나 큰 일이라는 것을 잘 알 것이다.

고심하다가 나의 원래 목표가 카페가 아니었고, 상담과 프로그램도 나의 원래 계획과는 현실이 다르다는 것을 인정하고 강의를 수락하게 되었다. 그런데 대학 강의를 수락한 후 재미난 경험을 하게 된다. 대학생들을 만나고 그들을 가르친다는 것이 나를 너무 즐겁게 만들었다. 특히 한 과목으로 시작했던 강의가 학기를 거듭할수록 하나씩 늘어나더니 한 명의 교수가 할 수 있는 최대의 강의를 매 학기마다 하게 되었다. 그런데 그 강의가 힘든 것이 아니라 성장과 가르침의 기쁨을 내가 즐기고 있다는 것을 발견했다. 내가 '가르친다'라는 열정 동사를 지금껏 가장 소중하게 여기게 된 출발이었다. 나는 가르치는 일을 내가 이렇게 즐기고 있다는 사실에 놀랐고, 또 학생들이 그들의 지적, 정서적 필요를 채울 수 있어 감사하다는 피드백에 대학에서 가르치는 일이 나의 즐거움을 넘어 세상의 필요를 채워주는 자리임을 깨닫게 되었다.

만약 첫 대학 강의 제안을 내가 거절했더라면, 대학생들을 가르칠 능력이 안된다고, 또는 그 멀리까지 가서 한 과목 강의하기 위해 공간을 하루 비워야 하기 때문에 안된다고, 더 많이 벌어야 하고, 차를 타고 1시간 넘게 가는 것이 귀찮다고, 내가 원래 계획했던 바가 아니기에 그 즉시 거절했다면 어떻게 되었을까? 나는 그 당시 호기심과 유연함을 가지고 그 기회를 잡았다. 두려움도 있었지만 하나의 목표만을 머릿속에 넣어두고 있지 않았기에 의도하지 않은 사건을 그냥 흘려보내지 않고 잡았다.

물론 나의 흥미와 강점을 미리 알고 있었기에 그 영역을 벗어나지 않는다고 생각해 결정할 수 있었다. 무턱대고 그냥 그 상황을 잡았다는 것이 아니다. 지금은 일주일에 거의 대부분을 강의 준비와 대학 강의로 시간을 할애하고 있다. 자주 공간을 비우는 탓에 지금은 카페를 접었다. 현재는 상담과 프로그램보다 대학이나 학교, 기관의 외부 강의 등으로 더 많은 시간을 할애하고 있다. 이후의 방향은 또 어떻게 변화될지 알지 못한다. 그러나 긴장과 기대가 함께 있는 것은 사실이다.

존 크럼볼츠의 '계획된 우연' 이론은 머리에서만 나온 이론이 아니다. 현장에서 수많은 사람들이 직업선택에서 경험했던 사례들을 모아 일반화시켰다. 특히 '계획된 우연' 이론은 시도를 중요하게 여긴다. 진로선택의 태도이자 기술인 5가지 요소인 호기심, 인내심, 유연성, 낙관성, 위험 감수 모두 시도와 관련된 요소들이다. 실패와 실수가 뒤따를 수 있을지라도 우연을 우연으로 흘려보내기보다 기회로 만드는 것은 바로 시도를 통해서다.

> 나는 유럽 대륙에서 얼마간 일을 하다가 런던으로 갔다. 재정적으로 쪼들린 나는 일자리를 알아보기 시작했다. 어떤 종류의 일을 해야 할지 막막했다. 그러다 어느 게시판에서 손으로 적은 작은 광고문을 발견했다. 스포츠 매장의 판매 보조원을 구한다는 내용이었다. 스포츠 매장이라면 내 성향에 딱 맞는 곳이었다.
>
> 나는 거기에 적힌 번호로 전화를 걸었다. 전화를 받은 여직원은 스키, 등산, 캠핑 등과 관련된 경험이나 경력에 대해 내게 몇 가지 질문을 한 뒤, 스포츠 매장 일을 간략히 설명해 주었다. 그리고 직접 찾아와 면접을 봤으면 좋겠다면서 런던 시내의 작은 거리에 있는 그 매장의 주소를 알려주었다.
>
> 나는 그녀가 알려준 거리를 쉽게 찾아냈다. 그리고 입구에 "직원 구함. 매장 안쪽으로 문의해 주세요."라고 적힌 스포츠 매장을 곧 발견했다. 나는 안으로 들어가서, 어떤 여직원(이름을 잊어버렸다)과 통화를 한 후 면접을 보러 왔다고 설명했다.
>
> "아, 아마 저희 매장 부매니저인 줄리랑 통화하신 모양이군요. 지금 점심 식사하러 나갔어요. 일단 따라오세요. 매니저님을 만나게 해 드릴게요."
>
> 나는 매니저를 만나 다소 민망한 면접을 봤다. 우리가 나눈 대화는 이랬던 것이다.
>
> 매니저 : 우리 회사에 대해 아는 걸 말씀해보시겠어요?

나 : 리즈와 브리스틀에 매장들을 갖고 있는 걸로 알고 있습니다.

매니저 : 아닙니다. 우리는 맨체스터와 카디프에 매장이 있어요.

나 : 귀사는 등산 장비를 주로 취급하시는 걸로 알고 있습니다.

매니저 : 아닌데요. 우리 회사는 등산 장비는 많이 팔지 않아요. 대신 캠핑 용품이 주력 상품이죠.

이런 식의 대화가 흘러갔다. 나는 바보가 된 기분이었다. 하지만 궁금한 것들도 물어보고 내 경력도 열심히 설명했다. 다행히 함께 일해보자는 대답을 들었고, 나는 기분 좋게 매장 문을 나섰다.

매장에서 나와 길 건너편을 보니 또 다른 스포츠 매장이 있었다. 나는 주머니에서 주소를 적어놓은 수첩을 꺼내 확인해보았다. 그런데 수첩 속의 주소는 길 건너편 매장이 아닌가! 두 스포츠 매장이 모두 직원을 구하고 있었던 것이다. 하지만 알고 보니, 내가 면접을 본 곳이 더 좋은 회사였고 보수도 더 높았으며 근무조건도 더 나았다. (…) 나는 그곳을 그만둘 무렵에야 면접날 실수로 엉뚱한 주소를 찾아왔었다는 이야기를 매니저한테 털어놓았다. 매니저 역시 '뭐 이런 지원자가 다 있어?' 하는 생각이 들었었다면서 유쾌하게 웃었다.[62]

그냥 실수로 우연하게 취업에 성공한 사례 정도로 볼 수도 있다. 하지만 많은 사람들이 이런 우연을 기회로 잡지는 못한다. 이 사례의 주인공은 당황스러운 상황을 적극적이고 진취적인 태도로 자신의 기회로 만들었다. 아무런 연고도 없는 곳에서 어느 게시판에 프린트된 것도 아닌 손으로 적은 구인 공고문을 보고 쉽게 연락할 수 있겠는가? 또한 이 사례의 주인공은 자신의 성향을 알고 있었고, 그 성향에 잘 맞는 구인공고를 찾아 직접 연락했다. 전혀 엉뚱한 매장에 가서 면접을 보았지만 '바보가 된 기분'을 경험한 채 면접장을 뛰쳐나온 것이 아니라 궁금한 것들을 매니저에게 물어보고 자신의 경력을 설명했다. 이 모든 과정이 호기심, 유연성, 낙관성, 위험 감수라는 '계획된 우연' 이론의 태도를 고스란히 담고 있다.

나의 대학교 학과선택 실패와 그 이후의 대학원 선택, 그리고 독서치료와 현재 상담 영역에서 일하게 된 과정을 앞서 짧게 이야기했었다. 그 이야기를 조금 더 길게 해본다면 우연히 교회 후배를 통해 들었던 문헌정보학과라는 학문의 존재에 대한 정보를 그냥 흘려보내지 않고 호기심을 가지고 붙잡아 문헌정보학을 공부할 수 있는 여러 방법들을 조사하였다. 그리고 여러 가지 대안을 두고 고민하다가 부산의 한 국립대학 문헌정보학과에 후반기 대학원 석사과정으로 지원하기로 결심했다. 그러나 기쁨도 잠시 문헌정보학에 대한 지식도 없을뿐더러 더더욱 공대 출신의 졸업생을 누가 받아주겠는가 하는 두려움이 나를 압도하기 시작했다. 그러나 더 좋은 선택지가 없었기에 일단 지원하고, 대학원 면접을 보게 되었다.

세 분의 교수님이 여러 가지 질문을 했고, 마지막으로 내가 하고 싶은 이야기를 할 기회를 얻었다. 나는 내 삶에서 경험했던 책읽기의 즐거움과 책이 사람을 어떻게 변화시킬 수 있는지, 그리고 그 변화를 나 혼자가 아닌 다른 누군가와 공유하고 싶다는 이야기를 풀어 놓았다. 도서관이라는 기관에 대한 지식은 거의 없었으나 책을 통해 다른 사람과 함께 성장하는 일을 하고 싶다는 나의 욕구와 간절함을 신나게 풀어내었다.

앞서 이야기했던 최진석 교수가 대학원 면접에서 만났던 청년처럼 말이다. 면접을 마치고 문을 열고 나오면서 그렇게 기뻤던 적이 없었다. 그 자리에서 합격 통보를 받았기 때문이 아니었다. 책으로 인한 나의 성장과 변화, 그리고 다른 사람들과 함께 이 경험을 나누고 싶다는 나의 말을 면접관 교수님들에게 나누었을 때 그분들이 미소지으며, 집중하여 나의 말을 경청하고 있다는 느낌이 들었다. 나의 경험이 나 혼자만의 경험이 아니라 이미 그것을 앞서 경험한 사람들과만 공유할 수 있는 그런 기쁨이었다. 불합격하더라도 마음은 아프겠지만 나의 경험이 누군가와 공유되고 있다는 기쁨은 나의 진로방향이 그만큼 의미 있다는 증거였기 때문에 그 뿌듯함은 뭐라고 설명할 수 없었다.

만약 나에 대한 이해와 흥미에 대한 이해가 없었더라면 교회 후배의 책 읽는 모습에 호기심을 가지고 질문할 수 있었을까? 거기에 더해 후배가 문헌정보학과에 대한 정보를 주었더라도 기계공학과 출신의 공학도가 가능하기나 하겠냐는 지레짐작으로 발을 뺐더라면 현재 나는 어느 위치에 서 있었을지 가늠이 되지 않을 정도다. 서점을 하고 싶다는 막연한 동경과 그게 아니면 출판사에 취직하고 싶다는 취업목표만으로 문헌정보학이라는 새로운 정보를 내치지 않고 호기심과 유연성을 가지고 모험해 본 것. 그것이 기존의 매칭이론과 다른 '계획된 우연'의 힘이다.

나는 진로결정에 있어 실패한 사람이었다. 어쩌면 그 실패 때문에 지금 다른 사람들에게 진로에 대해 강의하고, 프로그램 진행과 상담을 하고 있는 것일 수 있다. 나는 결코 긍정적이거나 적극적인 성향의 사람이 아니다. 내가 시도할 수 있었던 것은 나의 즐거움이 나를 어떻게 끌고 가는지 잘 관찰했고, 그 즐거움이 나에게만 머무는 것을 넘어서 다른 누군가와 공유하고 싶은 지점을 찾고 싶었기 때문이었다. 시도의 선행 조건은 자신에 대한 이해다. 자신의 즐거움과 기쁨의 영역을 이해하지 못한 채 한 시도는 쉽게 주저앉는다. 하지만 자신에게 즐거움과 기쁨을 가져다주는 것이 무엇인지 이해하기 시작했다면 이제는 시도할 때다.

주변에서 일어나고 있는 일에 대한 호기심, 그리고 그 사건을 우연으로 넘기지 아니하고 잡아보는 유연성, 안될 것 같다는 두려움을 버텨내고 꾸역꾸역 앞으로 밀고 나가보는 인내심, 실패하더라도 나를 더 이해할 수 있는 기회가 될 것이라는 낙관성, 해 보지 않고 후회하는 것보다 차라리 해 본 다음에 아파하자는 위험 감수.

이제는 출발할 때다. 출발하고 나면 멈추어 있을 때 보이지 않던 것들이 서서히 그 모습을 드러내 보이기 시작할 것이다.

4.2 출발하면 보인다

진로상담을 하다 보면 완벽한 답이 나올 때까지 기다렸다가 선택하고 움직이겠다는 생각을 하는 사람들을 자주 만난다. 완벽한 답? 그런 답은 없다. 완벽한 답이 나올 때까지 기다리겠다가 아니라 '지금 여기'에서 내가 그 답을 향해 출발할 수 있는 행동은 무엇인지 찾아보고 그것부터 시작해야 한다. 즉, 앉아서 기다리지만 말고 현재 내가 할 수 있는 일부터 시작해야 한다. 잠깐. 그런데 오해하면 안된다. 무턱대고 출발하라는게 아니다. 이 책의 앞에서 언급했던 자기이해, 진로에 대한 이해, 직업세계에 대한 이해를 바탕으로 한 출발을 지금 말하고 있는 것이다. 출발해야 그 다음이 보인다. 출발해야 그 목표가 나에게 잘 맞는지 아닌지 확인해 볼 수 있다. 그리고 없던 목표가 어렴풋이 그려질 수도 있다.

신동열은 출발하면 보인다는 이 주제를 아주 적절한 그림으로 제시하고 있다.[63] 다음 첫 번째 그림은 출발하기 전 나의 시야이자 관점이라고 생각하면 된다. 나는 완벽한 목표와 나에게 맞는 직업이 무엇인지 아직 잘 모른다. 그런데 어느 날 나의 시야에 B라는 일이 보인다. B는 나의 마음을 사로잡는 일은 아니지만 자기이해와 맞아떨어지는 범위 안에 어느 정도 들어오고, 현재 내가 선택할 수 있는 최선의 일이다. 나에게 완벽하게 맞는 일인지 잘 모르겠고, 준비가 덜 된 듯하니 B를 하기보다 그냥 계속 기다리는 행동을 선택할 수 있다. 아니면 마음에 완벽하게 드는 일은 아니지만 그래도 현재 선택할 수 있는 가장 좋은 안이라는 생각에 B를 임시 목표로 삼고 시작하자는 선택을 할 수도 있다.

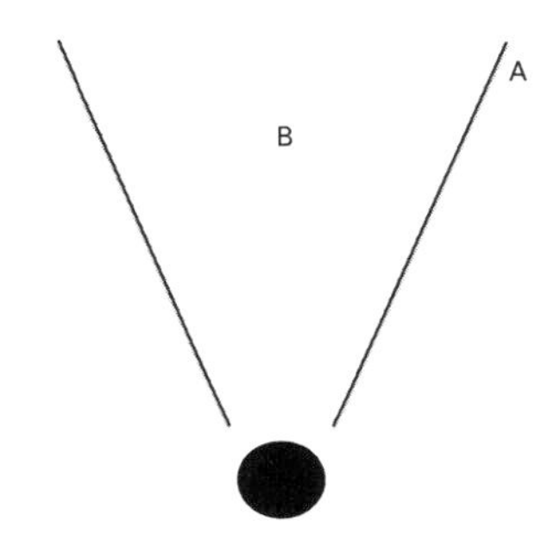

가장 완벽한 진로 목표가 생길 때까지, 내가 좋아하고 잘하는 일을 발견할 때까지 행동을 보류하기보다 임시 목표인 B를 향해 나아갈 때 나의 시야와 관점이 이전보다 확장되기 시작한다. 그 시야와 관점을 표현한 것이 다음 그림이다.

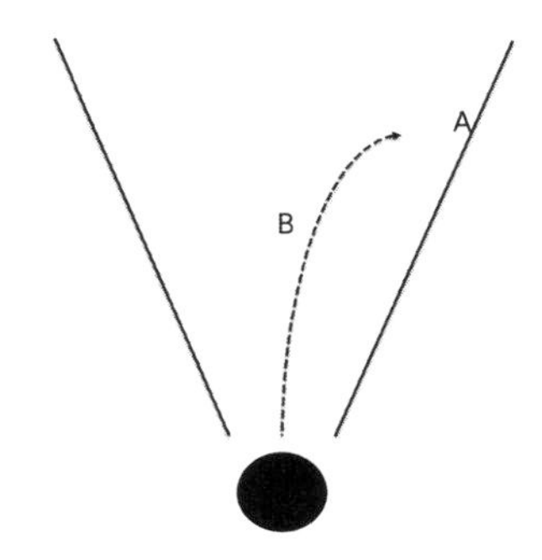

완벽한 목표가 아닌 임시 목표 B를 향해 출발했지만 이렇게 달려가다 보니 예전에는 그냥 지나쳤을 경험과 우연한 기회들이 눈에 들어오게 되고 다양한 경험으로 인해 관점과 인식의 폭이 넓어지게 된다. 머리로만 생각하던 것들이 다시 재정리되고, 전에는 '나에게 저런 일은 맞지 않을거야.'라고 생각했던 일이 재미와 즐거움을 가져올 수 있다. 그리고 '나는 이런 일 좋아하지 않아'라고 생각했던 일이 긍정적인 결과와 보람을 가져올 수 있다는 것을 경험하게 된다. 그러면서 B를 향해 움직이기 전에 보이지 않았던 A를 발견하게 된다. 임시 목표 B를 향해 달려갔더니 이전에 나의 시야와 관점에서 보지 못했던 A라는 새로운 목표를 발견하게 된 것이다. B를 향해 출발하기 전에는 보이지 않았던 A가 B를 향해 나아갔더니 보이는 것이다.

앞에서 한번 언급했던 나의 경험 또한 이와 마찬가지였다. 회사를 그만두고 북카페와 상담센터를 운영하기 전에는 생각할 수도 없었던 대학 겸임교수라는 기회가 생기게 되고, 생각지도 않았던 즐거움과 의미까지 얻게 되었다. 또한 서점을 경영하는 것을 원한다고 생각했지만 서점경영이 아니라 책을 통해 사람들과 교류하고 공유하고 싶은 것을 원한다는 사실도 더욱 명확해졌다.

마음에 흡족한 일이 눈에 들어올 때까지 기다리자는 안을 선택한 이에게는 여전히 A가 보이지 않을 것이다. 그런데 완벽하지는 않지만 현재의 상황에서 선택(무턱대고 가능한 빨리 돈벌이가 되는 아무거나 선택하라는 것이 아니다.) 가능한 B를 향해 한걸음 떼었을 때 A뿐만 아니라 이전에 보이지 않던 것들이 하나둘씩 눈에 들어오기 시작한다. 머리로만 생각하던 자신의 모습이 말, 행동, 경험들을 통해 드러나게 되고, 긍정적이든 부정적이든 다른 사람들과의 관계로 인해 이전에 보이지 않던 자신의 모습을 관찰하게 된다.

인생의 많은 일들은 사전에 촘촘하게 계획하고 움직여야 성공할 수 있다고 말하기도 한다. 이러한 조언은 직업을 선택할 때에도 합리적으로 계획하고, 완벽하게 준비된 뒤에만 실행에 옮겨야 한다고 믿게 만든다. 이러한 생각은 징검다리의 첫 발을 떼지도 않으면서, 어떻게 하면 강의 저쪽 끝으로 건널 수 있을까 합리적인 계획을 고민하는 것과 다를 바 없다. 변화를 만들어내기 위해서는 한발을 떼야 한다. 내 앞에 있는 징검다리를 밟는 것이 맞는 방법인지, 아니면 다른 다리를 찾아야 하는 것인지, 그것도 아니면 두 발을 걷어붙이고 직접 물길을 헤쳐 나가야 하는지는 행동해 보아야 알 수 있다. 먼저 행동해 보고, 그 결과를 보고 고민해야 한다. 이런 말을 하면 앞뒤 가리지 않고 무작정 풍차를 향해 돌진했던 돈키호테와 같이 행동하라는 것인가 생각할 수 있다. 그런 것이 아니다. 특히 현재 직장에 다니고 있으면서 진로를 고민하는 이들에게는 더욱 그러하다. 현재 직업을 가지고 있는 이들이라면 바로 그만두지 않은 상태에서 자신을 실험해 보아야 한다. 굳이 돌아갈 수 있는 다리를 없앨 필요는 없다. 나는 실험해 보아야 한다고 했다. 생각해 보아야 한다고 말하지 않았다. 말장난 같아 보이지만 이는 아주 중요하고 큰 차이가 있다. 얼마간의 시간을 들여 단시간 근로나 견습, 자원봉사, 혹은 관련 강의를 듣거나 연수나 프로그램을 이수해 보는 것을 통해 발을 들여 볼 수 있다.

시도와 관련해 통찰력 있는 예화가 있는데, 선택을 두려워해 아무것도 하지 않는 이들을 향해 자동차의 내비게이션을 예로 든 이야기다.64 한번도 가보지 않은 목적지를 향해 갈 때 요즘은 대부분 내비게이션을 켜고 출발한다. 출발해서 가다보면 가끔씩 빠져나가야 하는 길을 놓치거나 왼쪽과 오른쪽을 헷갈려 엉뚱한 방향으로 갈 때가 있다. 이럴 경우 내비게이션에서 소리를 내며 '경로 재탐색'이라는 문구가 뜨거나 '경로를 재설정 중입니다.'라는 안내 목소리가 흘러나온다. 그러면 시간이 좀 더 걸리더라도 다시 제대로 된 경로로 안내해 준다. 완벽한 경로가 머리 속에 그려지지 않는다고 해서 출발조차 하지 않으면 어떠한 것도 얻을 수 없다. 잘못된 길로 들어서게 될지라도 그 길이 내가 의도했던 길이 아니라는 큰 수확을 얻게 된다.

시간이 조금 더 걸리고, 의도하지 않았던 길로 돌아가더라도 그것은 실패가 아니라 그 경험을 통해 이전에 몰랐던 새로운 길과 방법을 알게 된다. 그리고 나에게 맞지 않을 것이라 생각했던 의외의 길을 통해서도 내가 원하던 것을 발견할 수 있다는 사실을 배우게 된다. 실패와 실수를 통해서 내가 무엇을 원하는지 더 잘 알 수 있게 된다. 자기관찰과 자기이해를 머리로만 할 때에는 이러한 일이 일어날 수 없다.

제프 고인스는 "(내가 누구인지) 인식을 기르려면 행동하려는 의지가 있어야 한다. 일단 나서서 어떻게 되는지 보려는 마음이 필요하다. 목적이 당신을 찾아오는 것이 아니라 당신이 목적을 찾아 나서야 한다."고 했다.65 또한 시도와 행동이 어떤 결과를 가져오는지 다음과 같이 이야기 했다.

> 헌신(시도)하지 않는 위험이 잘못된 선택의 대가보다 크다. 실패하면 뭐라도 배운다. 하지만 시도하지 않고, 아무것도 선택하지 않고, 가만히 있으면 어떻게 되는가? 아무 일도 일어나지 않는다. 괜히 꾸물거리거나 두려워서 꼼짝도 하지 않으면 아무것도 배울 수 없다. 선택을 잘못 할 때마다 성품이 자라고 복원력이 강해져 앞으로 닥쳐올 일에 준비된다.66

선택하지 않는 것도 선택하는 것이다. 즉 선택하지 않기로 선택한 것이다. 자신에게 정말 중요하다고 생각했던 무엇인가를 행동으로 옮기지 못한 것만큼 강력한 후회는 없다. 해보지 않은 것에 대한 미련은 시간이 지날수록 점점 더 커져가고, 그 후회는 인생의 후반기에 더 많은 후회를 만들어 낸다. 해보고 후회하는 일은 그 결과를 경험해 보았으니 쉽게 단념할 수 있으나 저지르지 않은 일에 대한 생각은 두고 두고 남는다. 시간이 지난 후에는 이러지도 저리지도 못하는 어정쩡한 상태로 평생 마음 속에만 담아두는 것이다. 어느 후회든 둘 다 아프다. 그러나 인생의 말년에 두 가지 후회를 두고 어느 것을 더 아파하고, 더 애닯아 할까.

나는 다니던 회사를 조금 더 일찍 그만두고 사업을 시작하지 못한 것을 후회할 때가 있다. 머리로만 생각하던 것들은 실제로 해 보아야 명확해진다. 북카페와 심리상담센터를 시작한지 3년을 조금 넘기고 정말 내가 하고 싶었던 것이 서점이 아니라는 것을 알았다. 그리고 심리상담도 마찬가지다. 정말 하고 싶은 것이 개인 심리상담이 아니라 진로상담과 책과 진로를 접목시킨 다양한 강의와 프로그램을 '가르치는' 일이라는 것을 알았다. 이건 머리가 아니라 경험으로만 얻을 수 있는 것이다.

지금 서점 안에는 반품이 되지 않는 책들이 재고로 쌓여있다. 좁은 2층을 거주할 집으로 만들지 말고, 넓은 1층을 집으로, 2층을 상담센터로 만들자던 건축가의 말을 듣지 않고 거창하게 만든 1층 상담실과 홀은 지금에서야 보니 공간의 낭비였다. 책이든 공간이든 나의 잘못된 선택에 따른 후회스러운 결과다. 그러나 나는 오히려 이 낭비와 후회를 가져온 선택을 조금 더 일찍 행동으로 시작하지 못한 것을 아쉬워한다. 막연하던 것이 더욱 뚜렷해지고, 불안하게만 여겼던 것들이 한 꺼풀씩 벗겨진다. 이전에 내가 나를 이해한다고 여겼던 것들이 실상은 아니었고, 방향이 재수정되고, 더욱 세밀하게 나를 들여다보게 된다.

움직이고 시도한 만큼 얻을 수 있다. 시도한 만큼 실패하고, 시도한 만큼 성공하고, 시도한 만큼 자신을 이해한다. 출발했기 때문에 어딘가에 서 있는 것이다. 유영만은 이를 아주 짧으면서도 임팩트 있는 한 문장으로 표현했다.

꿈은 머리로 꾸는 것이 아니라 온 몸으로 꾸는 것이다.[67]

그렇다. 꿈은 머리로 꾸는 것이 아니라 온 몸으로 꾸는 것이다. 온몸을 사용해서 부딪쳐 보고, 경험해 보고, 행동해 봄으로써만 온전한 꿈이 될 수 있다. 머리로만 꾸는 꿈은 잠자면서 꾸는 꿈과 다를 바 없다. 그 꿈은 나를 설레게 할 수는 있겠으나 현실에서는 일어나지 않는다.

4.3 출발할 수 있는 용기

출발하면 보인다고 했지만 여전히 행동으로 발을 떼는 것이 어려운 이들이 있다. 진로상담이 진행되다가 행동해야 할 시점이 오면 미루거나 포기하는 사람들이 많다. 겉으로는 그렇지 않다고 말하거나 합리화를 시키지만, 목표가 뚜렷해졌음에도 두려움, 불안, 자신감, 능력, 대인관계 등 자신이 시도할 수 없는 다양한 장애물들을 언급하며 멈춰 선다. 보통 상담 장면에서 상담의 결과는 이 지점에서 결정된다.

앞서 2부에서 언급했던 것처럼 시도하고자 하는 용기가 자존감과 연결되어 있기 때문에 단순히 "해 보자.", "잘 될거야." 등의 마음먹기에 달린 것이 아니다. 소위 쏟아지는 자기계발서의 얄팍한 방법으로는 없던 자존감이 불쑥 솟아나지 않는다. 자존감이란 지금까지 살아오면서 만들어져 온 것이기 때문에 긍정적으로 바꾸는 데에도 시간이 필요하다. 혹시 이 책을 읽으면서 시도와 관련된 이 장에서 고개가 끄덕여지지만 전혀 행동으로 옮기지 못해 주저하고 있는 이들이 있다면 자기이해나 진로에 대한 이해 이전에 스스로의 자존감에 대해 들여다보아야 한다.

온전한 자기이해와 시도를 위한 용기의 가장 밑바닥에는 자존감이 있다. 용서하지 못함, 부모와의 부정적 관계, 트라우마(심리적 외상), 실패를 용납하지 않았던 어린 시절 양육방식, 주위의 부정적인 피드백, 인정받지 못함, 완벽함을 요구했던 부모님, 자신의 성향 등 낮은 자존감의 원인은 다양하다. 때문에 시작은 진로상담이지만 결국 낮은 자존감 등을 다루는 심리상담이 이루어진 후에야 온전한 진로상담으로 연결되는 경우가 많다. 그렇다고 '나는 자존감이 낮은 것 같으니 다 포기하고 먼저 상담부터 받고 시작하자'는 말이 아니다. 부단한 노력에도 불구하고 시도와 행동으로 연결되지 않는다면 자신의 자존감부터 점검해 보아야 하며, 그 중에서도 특히 선택하는 연습이 필요하다.

어린 시절부터 스스로 선택해서 실패해 본 경험이 많지 않은 이들에게는 선택할 수 있는 용기나 출발할 수 있는 용기를 바라는 것은 쉽지 않다. 자신의 선택에 대한 실패의 결과만 떠오르거나 선택해서 실패해 본 경험이 없기 때문에 선택의 실패가 몰고 올 미래에 대한 두려움과 불안이 출발 자체를 하지 못하도록 발목을 잡아 버리기도 한다. 실패해보지 않은 사람들은 작은 실패라도 그 실패가 마치 인생 전체를 집어 삼켜버릴 듯 큰 두려움으로 다가온다. 그렇기 때문에 지레 겁을 먹고 선택하는 것을 포기하고, 출발조차 하지 않는 것을 선택한다. 원래 가보지 않은 길이 불안해 보이는 법이다. 내가 무엇을 좋아하는지, 무엇을 잘하는지, 나는 어떤 사람인지 전혀 모르겠다고 말하는 이들 중에 이런 실패의 두려움을 안고 있는 이들이 많다.

출발할 수 있는 용기를 가지지 못한 이들을 향해 그저 낮은 자존감의 소유자라고만 말하기보다 좀 더 구체적으로 들여다보았으면 싶다. 상담을 하다보면 이들은 과거부터 크게 두 가지 영역에 결핍을 자주 경험한 것을 보게 된다. 하나는 **스스로 선택해서 실패해 본 경험의 결핍**이며, 다른 하나는 **스스로 계획을 세워 그 '과정'(결과라고 하지 않았다)을 통해 맞본 성취감의 결핍**이다.

어린 시절부터 스스로 선택해서 실패해 본 경험을 하지 못했던 이들이 후에 성인이 된다고 자연스럽게 선택하는 방법을 습득하는 것이 아니다. 선택하는 방법은 훈련을 통해 얻을 수 있지만 아쉽게도 정답은 없다. 다른 사람이 선택한 방법이 성공했다고 나에게도 동일하게 맞을 것이라는 보장은 없다. 그 사람에게는 그 사람다움이 있는 것이고, 나에게는 나다운 독특함이 있기 때문이다. 나에게 가장 좋은 선택지가 다른 사람에게는 최악의 선택지가 될 수 있다. 결국 나에게 가장 맞는 선택을 할 수 있는 유일한 방법은 나에게 맞지 않는 방법을 더 많이 선택해 보는 것이다. 즉 선택해서 실패해 볼수록 나에게 더 잘 맞는 선택을 할 가능성이 높아진다. 우리는 이것을 배워야 하고, 자녀와 학생들에게도 이것을 가르쳐야 한다.

학부모들이 자녀들에게 하는 많은 말들 중 틀린 말들이 몇 가지 있다. "나중에 대학가서 하면 된다.", "지금은 공부만 하고, 나중에 가서 해라." 아쉽게도 이 말들은 틀렸다. 지금 하지 못한 것은 나중에 할 수 없다. 청소년기에 시작할 수 있는 일이 있고, 성인이 되었을 때 시작할 수 있는 일이 있다. 인간의 발달은 '나중에'를 기다려 주지 않는다. 한번 지나가면 그 후에 더 많은 시간과 노력을 기울여야 성취 가능한 것이 있다. 스스로 선택할 수 있도록 격려하고, 기다려 주며, 그 선택에 대한 책임을 지도록 하며, 필요할 때에는 언제든 부모가 지지해 줄 것이라는 믿음을 주는 것. 이러한 경험이 어린 시절부터 쌓여 왔다면 잘못된 선택을 하지 않을까하는 불안함에 이러지도 저러지도 못해 아무것도 선택하지 않고 행동하지 않는 일들은 훨씬 줄어든다.

이러한 선택의 경험은 스스로 계획을 세워 그 과정을 통해 맛본 성취감의 결핍과 연결된다. 선택의 결과가 실패였다고 그 과정까지 전부 실패였다고 본다면 누구도 쉽게 새로운 선택을 하기가 꺼려질 것이다. 부모로부터 혹은 권위자로부터 자신이 계획하고 선택한 것에 대해 결과만 두고 평가받는다면 누가 스스로 계획하고 선택하겠는가? 자신이 선택해서 결과에 책임지기보다 부모나 권위자가 선택해 주고, 지시해 줄 것만을 기다릴 것이다. 행여나 결과가 좋지 않더라도 자신이 계획하고 선택하지 않았으니 그 책임도 덜할 것이라 생각하게 된다.

계획과 선택에 대한 평가를 할 때에는 결과만이 아니라 과정에 대해서도 충분히 다루어야 한다. 그 선택을 하게 된 이유가 다른 친구를 그냥 따라서 한 것인지 아니면 충분히 본인의 의사가 반영된 것인지 아니면 충동적인지, 합리적인 의사결정을 따른 것인지, 어느 정도의 노력을 기울였는지, 실패한 결과라 하더라도 이를 통해 자신의 어떤 부분들을 새롭게 발견할 수 있었는지를 확인해야 한다.

성공한 결과만이 성취감을 가져오는 것이 아니다.(성공했더라도 기준을 높게 잡았다면 그 성공한 결과를 통해서도 성취감을 얻지 못한다.) 실패한 경험이라 하더라도 그 과정을 통해 자신을 더 이해하고, 통찰을 얻을 수 있는 경우도 많다.

성취감을 이야기하니 마치 거창한 일에 대한 성취만을 생각할 수 있는데 오히려 그 반대다. 일상의 소소한 계획과 선택부터 시작해 그 결과가 자신에게 어떤 기쁨과 즐거움, 그리고 실패하더라도 그것을 통해 자신의 어떤 부분을 이해했는지를 경험할 수 있다면 이 또한 성취감을 맛볼 수 있다. 이런 작은 성취들을 경험하면 자기 효능감이 생기기 시작하고, 이후에 더 큰 계획과 선택들도 좀 더 자신 있게 결정할 수 있게 된다.

실패가 어떤 성취와 자기이해를 만들어 낼 수 있느냐 되물을 수 있겠지만 실패를 통해 자신이 정확하게 무엇을 원하고, 무엇을 잘하는지 발견할 수 있다. 성공뿐만 아니라 실패를 통해서도 흐릿했던 자신에 대해 더욱 뚜렷하게 관찰하고 이해할 수 있다. 경험을 통한 자신에 대한 관찰과 이해가 성공을 통해서만 오는 것이 아니라 오히려 실패를 통해서 더욱 명확해지기도 하며, 실패의 결과가 이전에는 생각하지 못했던 새로운 아이디어를 만들어 내는 경우도 있다. 이러한 이유 때문에 결과의 성공을 통해서만 성취감을 누리는 것이 아니다. 결과가 실패했더라도 그 과정을 통해서 어떤 성취를 이루었는지를 발견하는 경험을 지속적으로 할 수 있다면 선택의 두려움은 줄어들고 나아가 자존감을 높이는 좋은 방법이 된다.

선택경험의 결핍과 성취감의 결핍을 해결하는 것이 낮은 자존감을 높이는 유일한 방법은 아니다. 그러나 선택경험과 성취감은 진로 선택에 있어 출발할 수 있는 용기, 행동할 수 있는 용기를 부여하는 적절한 방법들 중에 하나다.

진로상담을 진행하면서 만난 청년 중에 오래 전부터 소설 작가를 꿈꾸던 이가 있었다. 상당히 많은 소설을 읽고, 글도 써보고, 애니메이션도 보았지만 지금껏 한번도 제대로 된 소설을 써보지 못한 청년이었다. 출발할 용기가 나지 않는 것이었다. 소설을 써서 공모전에 투고도 하고 싶고, 어떤 주제와 스토리로 쓸지 머릿속에 정해 두었지만 시작을 하지 못하고 있었다. 상담을 통해 자신은 무엇을 좋아하고, 어디에 몰입하는지, 그리고 어떤 일에 의미와 보람을 느끼는지 이전보다 더욱 명확하게 이해하게 되었지만 상담사의 어떤 동기부여에도 행동하지 못하고 주저하고 있었다. (상담실을 방문하는 대부분의 내담자들이 이러할 것이라 생각할 수 있는데 의외로 한번 선택하고 나면 주저하지 않고 밀고 나가는 내담자들도 많다는 사실을 알고 있으면 좋겠다.)

진로상담이 진로상담만으로 해결될 수 없는 영역이 바로 이 지점이다. 이 청년이 제대로 된 글쓰기를 주저하게 된 가장 큰 장애물이 바로 실패에 대한 두려움과 낮은 자존감이었다. 자신의 선택이 잘못된 선택은 아닌지, 글쓰기를 시작하고 나면 과연 끝까지 쓸 수 있을지, 막상 글을 다 썼는데 자신의 글을 사람들이 읽고 어떤 평가를 할지, 출판되지 않을 책이면 그 시간 동안의 노력이 아무 의미가 없는 것은 아닌지 온갖 생각들이 소설쓰기를 막고 있었다. 어떤 작가가 실패 없이 한번 만에 완벽한 소설을 쓸 수 있겠는가. 이처럼 자기관찰과 자기이해가 되고 방향을 잡는다고 해서 자연스럽게 행동으로 옮겨지는 것이 아니다.

나는 이 청년을 진로상담하기 전에 심리상담으로 계속 만나오고 있었기에 이러한 출발할 수 있는 용기의 부재가 어디에서 비롯되었는지 알고 있었다. 어린 시절 부모의 지지를 적극적으로 받을 수 없는 재결합 가정(새어머니와의 관계에서 상당한 트라우마를 경험했다.)으로 얼마간의 시간을 보낸 경험이 있었고, 자신이 어떤 일을 선택하고 계획했던 경험이 거의 없으니 자신의 선택을 믿지 못하고, 선택을 했다 하더라도 그 결과가 두려운 것이었다. 또한 결과뿐만 아니라 과정을 통한 성취감을 경험해 본 적이 별로 없었기에 자신의 행동(글쓰기)이 소설 출판이라는 최상의 결과가 나오지 않는다면 의미가 없다고 생각하고 있었다. 즉 '소설을 쓰지 않거나, 쓴다면 무조건 출판해야 한다.'라는 두 가지 결과만을 들고 있기에 자신이 하고 싶은 일에 시작을 하지 못하고 있었다.

이 청년의 이런 비합리적인 신념은 낮은 자존감과 함께 버무려져 몇 주를 그렇게 보냈다. 이럴 땐 아무리 동기를 부여해 주어도, 원인을 발견하고도 행동으로 옮기는 용기가 바로 드러나지 않는다. 선택의 경험과 그 선택을 통해 실패든 성공이든 결과에 대한 긍정적인 피드백을 받지 못했기에 머리로 이해된다고 바로 시작할 수 있는 것이 아니다. 일단 청년의 '모 아니면 도'라는 비합리적인 생각을 다루면서 그와 함께 쓰고 싶은 소설에 대한 내용을 상담 중에 말로 표현해 보도록 계속 만들었다. 즉 하나의 덩어리와 같은 선택을 하위 행동으로 잘게 쪼개어 작은 것부터 선택해 가도록 만들었다. 장르, 등장인물, 전체 개요, 사건의 흐름과 대략의 결말을 이야기하도록 하고, 그 내용을 함께 정리하는 과정을 몇 번에 걸쳐 진행했다. 그리고 어느 정도 윤곽이 나오자 그 청년에게 우리가 함께 이야기한 내용으로 소설의 프롤로그 정도가 되는 내용을 시작해 보자고 권했고, 한 주 동안 청년은 소설의 프롤로그에 해당하는 내용을 글로 적어 오기 시작했다. 이렇게 시작한 글쓰기는 매주 반복되고, 한 주 동안 쓴 내용을 메일로 상담 전에 미리 보내주면 읽은 후, 피드백하는 과정을 거치면서 몇 달에 걸쳐 소설책 한 권 분량의 글쓰기를 마무리하였다.

의미 있는 것은 글쓰기를 하는 이 과정을 거치면서 이전에는 취업에 대한 의욕이나 행동이 별로 없던 이 청년이 아르바이트로 마트에서 일을 시작하게 되었다. 나는 이 행동이 그저 우연이었다고 보지 않는다. 몇 달 동안 글쓰기를 하면서 이 청년은 계속 작은 선택(어떤 글쓰기 흐름이 가장 적절한지, 이번 주는 어느 장까지 글을 마무리할지, 이 등장인물들 사이에 어떤 대화가 적절할지, 한 주 동안 계획한 분량대로 쓰려면 일주일 시간계획을 어떻게 세울지)들을 하는 과정을 거쳤고, 그 선택들이 가져오는 결과들을 보면서 나름 성취감을 경험했을 것이다.

자신의 선택과 그 선택이 가져오는 성취감은 자신감으로 되돌아온다. 이 자신감은 자신의 선택이 믿을만하고, 긍정적인 결과를 가져온다는 믿음으로 드러나며 자기효능감과 자기존중감으로 연결된다. 작은 선택들이 모여 성취감을 얻게 만들고, 그 성취감이 또 다른 영역의 선택과 행동으로 연결되도록 만든다.

이후 이 청년은 소설 한권 분량의 내용을 정리해 출판사 공모전에 투고하였다. 결과는 어떠했을까? 아쉽게도 연락이 오지 않았다. 결과만 보면 실패다. 이 청년이 어떻게 행동했을 것 같은가? 낙심하며, 글쓰기를 포기했을까? 아니다. 나의 어떠한 개입도 없이 놀랍게도 어느 영역에 보완이 더 필요한지 지인에게 내용을 보내주어 읽어보도록 하였고, 스스로 조사해 소설가에게 조언을 구하고, 또 다른 출판사와 웹 소설 영역까지 알아보고 있었다. 지금은 기존에 쓴 내용을 다시 수정하고 있고, 웹 소설로 꾸준히 글을 올리고 있다. 이 행동의 결과가 어떻게 끝날지 모른다. 그러나 분명한 것은 결과가 실패했다고 성취감을 얻지 못하는 것이 아니라는 것이다. 한 덩어리의 선택을 더 잘게 쪼개어 시작하기 쉬운 선택부터 출발하고, 그 선택의 긍정적인 과정을 체험하기 시작하면 그다음 선택을 하고, 결과까지 보게 된다. 그 결과가 처음 계획했던 것과 다르게 나올지라도 실패에 집중하는 것이 아니라 그 과정에서 어떤 성취감을 느끼는지에 집중할 때 성공만큼의 성취감도 경험할 수 있다.

여전히 이 청년은 글쓰기를 계속 하고 싶어한다. 그리고 작가라는 직업이 현실에서 재정적으로 얼마나 불안한지도 잘 알고 있다. 그러하기에 다른 일을 하면서 안정적인 재정을 어떻게 유지하면서 작가가 될 수 있을까를 끊임없이 고민하고 있다. 그럼에도 자신의 진로를 '글을 쓰며, 나의 글로 다른 사람들에게 위안을 줄 수 있으면 좋겠다.'는 동사형 꿈을 향해 나아가고 있다. 이 동사형 꿈을 상담을 통해 계속해서 확장해 나가는 방법도 고민해 보고 있다. 이 과정 가운데 불안, 두려움, 긴장과 염려가 여전히 남아있지만 글쓰기 전과 후의 차이가 있다면 출발할 수 있는 용기가 어디에서 시작되는지 이 청년은 분명히 경험했다는 것이다.

선택경험과 성취감만으로 모든 자존감이 회복되는 것은 아니지만 출발할 수 있는 용기를 부여해 주는 아주 좋은 원동력이 된다. 어린 시절부터 선택을 통한 성취경험과 만족감, 그리고 실패했더라도 그 실패를 견뎌내는 과정을 경험하지 못하고 성인이 된 이들은 지금부터라도 그 경험을 하나씩 해야 하며, 이 과정을 동일하게 거쳐야 한다. 그런데 중요한 부분이 있다. 홀로는 결코 가능하지 않다는 것을 인정해야 한다. 어린 시절 나의 선택과 실패에 대해 피드백해 주고, 지지해 줄 수 있었던 부모, 또래, 교사들과 같은 역할을 해줄 사람들이 지금도 필요하다.

모든 발달의 과정에는 때가 있다고 했듯이 그 시기가 지나고 난 다음에는 과거 그 시기의 역할을 해 줄 사람을 찾는다는 것은 쉽지 않다. 행여나 부모, 또래, 영향력 있는 누군가가 주변에 있다 하더라도 어린 시절의 그들과는 모든 것이 달라져 있다. 그러면 그 대안으로 누가 있는가?

나는 공동체를 제안하고 싶다. 나의 선택을 격려하고 성취와 만족감을 함께 누릴 수 있고, 실패했을 때 보완할 부분을 피드백해 줄 수 있고, 정서적이고 감정적인 부분까지 기댈 수 있는 관계의 공동체가 있어야 한다. 즉 어린 시절 나의 선택에 대한 피드백뿐만 아니라 잘못된 선택으로 인한 실패까지도 지지해 줄 수 있었을 부모의 역할을 할 수 있는 공동체가 필요하다. 사실 공동체는 이들에게만 필요한 것이 아니다. 자존감이 높든 낮든, 출발할 용기가 많든 적든 상관없이 삶의 여정으로서의 진로라는 개념을 이해한다면 공동체는 평생토록 필요하다. 누구나 선택에 실수하고 실패하기에 지속적으로 피드백과 격려를 받고, 정보를 공유하며, 성공에 따르는 성취감과 만족감을 나눌 수 있는 공동체가 필요하다. 시도는 공동체 안에서, 관계 안에서 경험할 때 안전하고, 의미 있다. 관계와 공동체는 출발할 수 있는 용기를 부여해 주고, 함께 꿈꾸고, 성공을 나눌 수 있게 한다.

제5부

누구도 홀로 이 길을 갈 수 없다

'하고 싶은 일은 다른
사람과의 관계 속에 존재한다.'
- 야마다 즈니

비전은 철저히 관계 안에서 만들어질 수밖에 없다. 누구도 홀로 존재하지 못하며, 관계 안에서만 제대로 된 자기이해와 시도가 가능하다. 관계 안에서 검증되지 않은 채 홀로 생각하는 자신에 대한 이미지는 현실에서 여지없이 무너지기 쉽다. 그러하기에 자기이해와 나다움은 철저하게 관계 안에서만 드러난다.

그리고 시도의 질(質)은 건강한 관계(공동체, 인적 네트워크)를 가지고 있느냐 그렇지 않으냐에 따라 영향을 많이 받는다. 왜냐하면 시도를 통해 나를 표현하고, 부딪혀 보지만 늘 결과가 좋은 것은 아니며, 이런 경우 다음 그림에서처럼 다시 진로, 자신, 직업세계에 대한 이해로 피드백되어 돌아와 다른 시도를 또 하여야 하기 때문이다.

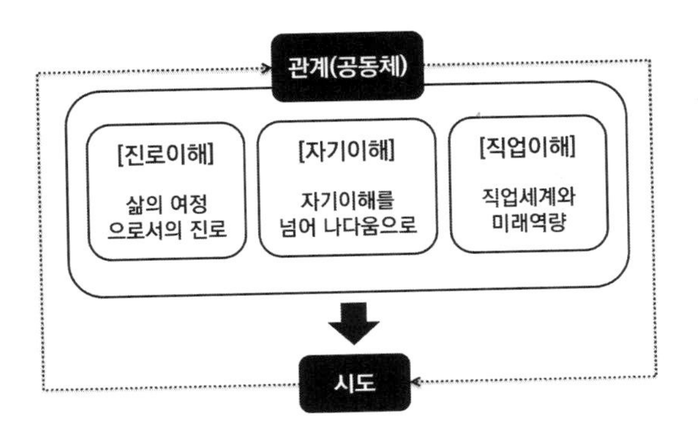

이때 건강한 관계(공동체, 인적 네트워크)가 없을 경우에는 자신의 실패 경험을 분석하고, 새로운 방향을 재설정하는 것을 전적으로 홀로 하여야 한다. 물론 가능하겠으나 관계 안에서 누리는 피드백보다 더 많은 시간과 노력과 시행착오를 경험해야 할 것이다.

2부에서 나다움을 이야기할 때 온전한 나다움은 자기관찰 - 자기이해 - 자기표현으로 가능하다고 하였다. 자신에 대한 내외부적인 관찰을 토대로 자신을 이해했다고 생각하지만 그 이해는 누군가에게 표현되어야지만 현실성을 가진다. 우리는 스스로를 잘 안다고 생각한다. 하지만 누군가에게 나를 표현할 때에야 비로소 머릿속에서 떠돌던 나의 이미지, 욕구, 이야기들이 뚜렷해진다. 우리는 얼마나 자주 내가 나를 잘 안다고 생각하며 살아가는가. 그러나 막상 다른 사람들에게 나에 대해 이야기할 때 '아~ 내가 생각하던 것이 이것이었구나.'라는 경험을 얼마나 많이 하는가. 나다움에 대한 이해는 자기표현을 통해서 온전해진다.

파커 J. 파머는 '무엇을 하고 싶은지 내 삶에 말할 수 있으려면 먼저 내가 누구인지 내 삶의 말부터 들어야 한다.'고 했었다. 내가 누구인지 내 삶의 말부터 들어야 한다. 그게 자기이해다. 그런데 그 지점에서 멈추면 안 된다. 더 나아가야 한다. 내가 들은 내 삶의 말을 다른 누군가에게 표현해야 한다. 그때서야 비로소 나에 대해 더욱 명료하게 이해하기 시작한다. 나다움을 발견하려면 우리는 우리 삶의 스토리를 계속해서 떠올리고 표현해야 한다. 내 삶의 스토리 안에 내가 있기 때문이다. 우리는 우리의 과거가 미래와 큰 관련이 없는 것처럼 생각할 수 있지만 우리의 과거 스토리는 미래의 진로를 결정하는데 있어 자기이해의 가장 좋은 바탕이 된다. 그 스토리 안에 나의 흥미, 원함, 욕구, 강점들이 여기저기 숨어있기 때문이다. 원석에 달라붙은 이물질로 인해 원석의 가치를 잘 발견하기 어려운 것처럼 과거 스토리에 덕지덕지 붙어 있는 감정, 실패, 기억의 왜곡으로 인해 스토리 안에 숨어있는 '나'를 발견하기 어렵다. 바로 이 스토리 안에 숨어있는 '나'를 발견할 수 있는 방법이 자기표현이다.

그런데 이 자기표현을 하기 위해서는 필수적인 것이 있다. 바로 나를 드러낼 때 반응해 줄 누군가가 있어야 한다. 일기장에 글을 적는 것도 표현이고, 혼잣말로 주절거리는 것도 표현이긴 하다. 그러나 여기서 말하는 자기표현은 나를 긍정적으로 수용해 줄 수 있는 누군가와의 대화와 행동을 통한 표현을 의미한다. 이 누군가는 개인일 수도 공동체일 수도 있다. 그러나 개인이든 공동체든 중요한 것은 진지하게 나의 스토리를 경청해 줄 만큼 긍정적이고 수용적인 자세를 가진

'의미 있는' 누군가 앞에서 표현하는 것이다. 바로 나를 표현할 수 있는 관계와 공동체를 만나야 온전한 진로선택의 마지막 퍼즐이 맞추어진다.

공동체라고 말하면 오해할 수 있는데 이 장에서 말하는 공동체는 거창한 공동체만을 이야기하는 것이 아니다. 오랜 기간 만난 사이가 아니더라도, 또 느슨하게 연결되어 있더라도 서로를 표현하고 경청하며, 피드백해 줄 수 있는 공동체로 이해하면 된다.

5.1 표현과 시도의 공간, 관계(공동체)

커뮤니티교육 전문가인 세실 앤드류스는 행복과 공동체를 다룬 책에서 행복해지기 위한 네 가지 요소로 관계, 소명, 유희, 통제를 이야기했다.[68] 관계란 가족, 친구, 시민활동을 포함하는 타인과 맺는 사회적 관계를 뜻한다. 소명은 우리 삶에 의미와 목적을 부여하는 일이며, 유희는 일상생활에서 즐거움과 기쁨을 느껴야 한다는 의미이다. 마지막으로 통제란 내 삶을 결정할 권리를 갖는 것이라 설명한다. 그런데 행복을 만들어내는 이 네 가지 요소가 따로 움직이는 것이 아니라 서로 영향을 주고받으며, 특히 사회적 관계와 소명(진로)은 연관성이 높다고 말한다.

> 자. 그럼 어떻게 해야 나의 소명을 찾을 수 있을까? 먼저 다양한 경험을 하고 새로운 사람들 앞에 자신을 내보여야 한다. (…) 사회적 관계는 당신의 소명을 찾는 데 있어서 중요하다. 우리는 종종 타인을 통해 자신을 깨닫는다. 예를 들어 나의 특별한 소명은 사람들을 작은 그룹으로 불러 모으는 것이다. 나는 끊임없이 새로운 그룹을 만드는 일을 반복한다. 그런 나를 보고 한 친구는 이렇게 말했다. "틀림없이 전생에 양치기 개였을 거야!"(저자 주-양치기 개들이 양들을 그룹으로 모아 모는 것처럼 새로운 그룹을 만드는 일을 반복하는 저자도 그러하다는 뜻) 그 말에 나는 이렇게 화답했다. "그래! 진짜 본성을 안다는 게 얼마나 멋진 일인지"69

나는 타인과 관계를 통해 그들 앞에서 나를 표현하고 내보이면서 나를 제대로 알아가는 경험을 자주 했다. 신뢰하는 이들과의 대화 도중 그들이 지나가듯 던진 한마디에 통찰을 얻기도 하고, 생각이 전혀 정리되어 있지 않은 채 두서없이 하던 말이 갑자기 풀려나가면서 내가 원하는 것이 무엇인지 알아차리기도 했다.

온전한 나는 타인을 통해서 드러난다. 나를 이해하는 것이 중요하다고 했으니 나에게만 집중하자고 할 수 있다. 그러나 자신에게만 집중할 때 우리는 더욱더 모호해지는 것을 경험하게 된다. 우리는 타인과의 관계 속에서 존재하고, 일이라는 것이 나의 필요뿐만 아니라 타인의 필요를 채워주는 공헌감과 관련 있는 것이기 때문에 그렇다. 야마다 즈니는 이러한 생각을 자신의 경험과 함께 소개하며 잘 표현하고 있다. 야마다 즈니가 자신의 진로와 관련해 갈팡질팡하고 있을 때 자신이 바라던 것이 무엇이고, 자신이 누구인지 흐릿해졌을 때, 그녀를 잘 알던 누군가가 그녀에게 한 가지 제안을 한다. 바로 그녀에게 지금 하고 있는 편집이라는 일이 아니라 직접 글을 써 보는 것은 어떻겠느냐며 제안한다. 그 제안을 따라 시작해보고, 보완해 나가면서 현재 작가로서의 삶을 살아가게 되었음을 이야기한다. 자신은 편집이 하고 싶은 줄 알았으나 결국 남의 글을 편집하는 것이 아니라 직접 자신이 글을 쓰는 일을 하고 싶었던 것이다.

> 결국 하고 싶은 일은 타인과의 관계 속에서 발견해나가야만 한다. 편집자야말로 평생의 직업이라 믿어 의심치 않았던 나에게 직접 책을 쓰고 사람들 앞에서 실제로 무언가를 한다는 행위는 생각조차, 아니 내가 하고 싶은 일의 선택지에조차 올라본 적 없는 일이었다. 그렇게, 내가 하고 싶은 일은 주변 사람들과의 관계를 통해 내 속에서 끌려 나왔고 드러났고 비로소 발견되었다.
> '하고 싶은 일은 다른 사람과의 관계 속에 존재한다.' (…) 내 속에 있는 것을 꺼내 보일 때 상대의 반응을 통해 다시 내가 드러난다. 사람들의 반응에 영향을 받고 그 연장선상에서 찾게 되는 '내가 하고 싶은 일'은 내 뜻에도 맞고 다른 사람과도 연결되며 나아가 사회와도 이어진다. 사슬처럼 탄탄히 엮어져 나간다.70

우리는 타인과의 관계맺음이나 공동체로 만나는 것보다 독립된 개인의 삶을 사는 것이 더 쉽다고 느낄 수 있다. 그러나 진로에 있어 관계와 공동체는 필수적이다. 그렇다고 아무 개인이나 집단을 골라 자신을 표현하라는 말이 아니다. 자신에게 충분히 의미 있고, 나의 드러냄을 마음을 다해 받아줄 이들이면 된다. 이들이 꼭 전문가일 필요도, 경험과 연륜이 있는 사람일 필요도 없다. 상담을 하다보면 관계나 공동체의 부재로 인해 홀로 고립되어있는 이들을 만나게 된다. 그나마 자신을 표현할 수 있고, 그 표현을 진지하게 들어주는 가족공동체라도 있다면 괜찮다. 그러나 가족, 또래, 사회적 공동체 어디에서도 나를 마음 놓고 표현할 수 없거나, 그 표현을 순전하게 들어주고 피드백해주는 이들을 만나지 못하게 되면 자기이해는 더욱 더 힘들어진다. 자기이해라는 것이 홀로 고민하고, 심리검사하고, 떠올린다고 끝나는 것이 아니다. 나에 대한 이해는 타인을 통해서 완전해진다. 그렇기에 진로상담을 받으러 오는 많은 이들을 평가할 때 개인의 내부적인 자원도 파악해야 하지만 꼭 파악해야 할 것이 바로 외부의 자원, 특히 의미 있는 관계를 맺는 타인이나 공동체가 있는가 하는 부분이다. 이 관계의 자원이 부족할 때 자기이해는 더 이상 확장되지도 검증되지도 못한 채 화려하게 피어날 꽃을 감춘 채 집 어느 한구석에 내팽개쳐져 있는 화초처럼 그렇게 시들어간다. 돌보지 않는 화초가 시들 듯 관계 안에서 표현되지 못하고, 피드백 받지 못한 자기이해는 의미를 갖지 못하고 자신의 내부에서 그렇게 시들어간다.

벤 캠벨 존슨은 소명을 따르는 5가지 단계를 제시하는데 모든 단계에서 관계와 공동체는 중요한 역할을 한다. 그는 소명을 따르는 5가지 단계를 다음의 그림과 같이 제시하였다.71

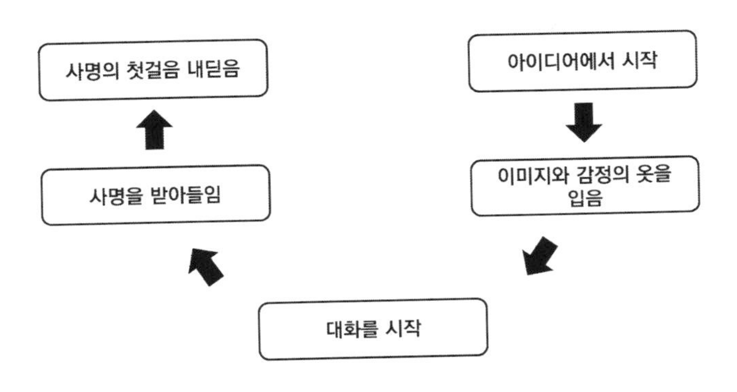

이 5가지 단계는 누구에게나 적용될 수 있는 진로와 관련된 선택 과정을 잘 보여주고 있다. 우리의 소명(특히 진로와 관련된 직업적 소명)을 발견하는 첫 번째 단계는 아이디어에서 시작된다고 하였다. 이것은 무슨 말인가? 대부분 우리가 하고 싶은 일, 좋아하는 일, 재미있어 보이는 일은 아이디어에서 시작된다. 나의 경우 책읽기를 통한 삶의 변화를 경험하면서 어렴풋이 책과 관련된 일을 하면 좋겠다는 아이디어에서 나의 진로 여정은 시작되었다. 이 아이디어는 말 그대로 거친 밭에 흩뿌려진 씨앗과 같은 것으로 구체적이지 않고, 아직 발아되지 않은 채 흙 속에 묻혀있듯 전혀 검증되지 않은 자신만의 아이디어다.

그런데 씨앗과 같은 이 아이디어들은 두 번째 단계로 들어오면 이미지와 감정의 옷을 입는데 이는 당연하게 따라오는 하나의 과정이다. 진로와 관련된 아이디어가 떠오르면, 아이디어들이 확장되고 그 결과에 대한 상상의 이미지가 함께 떠오르고, 긍정적이든 부정적이든 감정들이 달라붙는다. 긍정적 결과에 대한 기대감, 설레임, 기쁨, 만족감. 그리고 부정적인 결과와 내 능력의 한계에 대한 두려움, 불안, 초조, 염려, 우울감. 이 두 지점의 감정들이 지속적으로 줄다리기를 한다. 이 줄다리기 과정에서 포기하는 사람들이 많이 생겨난다. 자신이 부족한 것 같고, 잘하는 것도 없이 서툴며, 좋아하는 것도 뚜렷하지 못하다는 여러 부정적인 이미지와 감정 앞에서 발길을 돌리기도 한다.

바로 이 단계에서 필요한 것이 관계와 공동체며, 다음 단계인 대화를 시작하는 단계로 연결된다. 씨앗과 같은 아이디어가 생기는 것도 관계(공동체)와 관련이 있지만 관계(공동체)는 그 아이디어가 살아남도록 도움을 주는 중요한 역할을 한다. 관계와 공동체 안에서 같은 꿈을 꾸는 사람을 만날 수 있으며, 앞서 그 길을 가본 사람을 만날 수 있다. 또한 부정적 이미지와 감정들을 표현하고 싶을 때 받아주는 이들을 만날 수 있고, 씨앗 수준의 아이디어가 '아하'하는 과정을 거쳐 싹을 틔우도록 돕는 이들을 만날 수 있다. 그러나 관계와 공동체 안에서 대화하고 표현한다고 늘 의미 있는 피드백만 받는 것은 아니다. 오히려 쓸데없는 생각이라며 핀잔을 듣거나 실현 불가능한 아이디어라는 피드백으로 인해 더 주눅들 수도 있다. 나의 경우도 책을 통해 타인의 성장을 돕고 가르치고 싶다는 아이디어가 서점경영과 출판사 취업이라는 직업으로 더 구체화되었을 때 그 말을 듣는 사람

대부분이 말렸다. 당시 인터넷 서점으로 인해 오프라인 서점의 폐점이 속출하는 시기였다. 이처럼 관계나 공동체 내에서의 자기표현의 결과가 늘 긍정적이지만은 않다. 그러나 신뢰할 만한 이들이 해주는 이러한 부정적 피드백들도 아이디어의 현실성을 점검하고 아이디어를 더욱 정교하게 만들어 가는데 아주 중요한 역할을 감당한다.

내가 대학시절 책을 통해 변화를 경험하고 있을 때 이 과정을 외부로 표현(대화)해 내지 못했다면 아마 나의 개인적인 경험으로 끝났을 것이다. 그러나 나의 변화와 기쁨을 옆에서 지켜보던 동아리 친구들과 선배들에 의해 나는 동아리 내 '문서담당자'라는 자리를 추천받게 된다. 나를 잘 아는 이들에 대한 신뢰가 있었기에 지독히도 내성적이었던 나는 한번 해보기로 하고, 개인적인 책 읽기의 경험과 기쁨을 공동체 안에서 풀어나갔다. 매주 한 번씩 있는 모임에서 소개할 책을 위해 일주일 내내 준비하고, 모임 중에 그 책을 나의 경험과 생각을 녹여 설명하였다. 그 때 공동체의 피드백은 정말 큰 자산이 되었다. "운우가 소개하는 책은 정말 꼭 읽어보고 싶도록 만든다.", "같은 책을 소개해도 자기 경험을 곁들여 소개하는 운우 선배 책은 무언가 다르게 다가오는 것 같다."는 이들의 격려로 나의 강점과 흥미가 어디에서 꽃 피울 수 있을지 알아가기 시작했다. 이러한 격려로 부산연합으로 매년 진행되는 동아리 수련회에서 문서담당자로 몇 번의 수련회마다 목록을 만들고 서점에서 책을 주문하고, 그 책을 받아 수련회에서 소개하고 판매하였다. 이 경험이 결국 졸업 후 책을 통해 타인의 성장을 돕고 가르치는 영역의 일을 하고 싶다는 생각으로 처음의 아이디어가 더 구체화되기 시작했다.

아이디어의 출발은 나였을지 모르나 그 과정은 그저 나 혼자 끙끙거리며 만들어 낼 수 없다. 개인적인 경험뿐만 아니라 공동체의 긍정적인 피드백을 통해서 서서히 드러나며, 관계와 공동체 안에서 시도하고 실험해 보면서 아이디어는 더 구체화 된다. 그리고 구체화된 아이디어는 이제 하나의 사명으로 발전되기 시작한다. 이때도 공동체는 시도하고 실험해 볼 수 있는 안전한 공간과 실패하더라도 위로와 재충전을 얻을 수 있는 공간을 제공한다.

이 글을 쓰던 중에 교회 멤버로부터 전화가 왔다. 같은 소그룹 멤버여서 서로의 고민에 대해 잘 알고 있던 터였고, 특히 다니던 직장을 그만두고 다른 방향을 생각하며 진로에 대한 고민을 하고 있는 상황이었다. 그의 장점은 계속해서 사람들을 만나고 자신의 생각과 감정, 그리고 의문을 표현한다는 것이다. 대기업에서 나와 자신의 길을 가겠노라고 들어섰지만 현실이 만만치 않았다. 인테리어업을 통해 다른 사람들의 필요를 채워 주고 싶다는 원함을 가지고 자격증을 취득하고 인테리어 회사에 취직해 일했다. 그러나 실제 현실은 그가 생각하던 것과는 많이 달라 진로의 방향이 상당히 복잡해져 버렸다. 인테리어 회사를 그만두고 여러 진로의 방향을 두고 고민하면서 그는 아내의 조언을 받아들여 자신이 관계를 맺고 있던 공동체의 여러 사람들을 만나러 다녔다. 시작은 다른 사람들의 조언을 듣는 것이었겠지만 그 과정을 통해 그는 자신의 과거 스토리를 들여다보고, 머릿속에서 정리되지 않은 것들을 표현하면서 숨어 있던 자기 자신을 발견하게 된다. 상대방의 조언도 의미 있지만 조언보다 더 중요한 것이 바로 자신을 표현하면서 자신을 발견하는 것이다. 잊고 있었던 자신의 욕구, 흥미, 관심사, 자신의 눈에만 보이는 필요 등은 자신을 표현할 때 드러난다.

공동체 사람들과의 대화를 통해 자신의 과거 스토리를 들여다보고, 두려움을 이야기하고, 막연한 아이디어를 더 정교하게 다듬어간다. 이렇게 한 사람 한 사람을 만나고, 또 자신을 표현하고, 그렇게 다듬어 나간다. 도통 갈피를 잡지 못했던 방향을 여러 사람들과의 만남 후 몇 가지 정도로 정리하고 하나하나 객관적으로 비교해 제외할 것은 제외하고 더 고민해야 할 부분에 집중한다.

나의 주변에는 이런 관계가 있는가? 이런 공동체가 있는가? 이런 인적 네트워크가 있는가? 시간을 들여 아주 진지하게 물어보아야 할 만큼 중요하다. 그 관계를 다시 이어야 하고, 공동체를 찾아 나서야 한다.

5.2 공동체가 그렇게 중요한가?

책의 마지막 장을 관계와 공동체 이야기를 하니 의아해 하는 이들이 있을 수 있다. 관계까지는 충분히 이해가 되는데 삶의 여정으로서의 진로에 있어 공동체가 그렇게 중요한가? 개인적인 일대일의 관계를 통해서도 얼마든지 나를 표현하고, 피드백 받고, 실패의 아쉬움과 성공의 기쁨을 나눌 수 있지 않은가 반문할 수도 있다. 물론 가능하다. 그러나 공동체가 주는 유익은 개인 간의 만남이 주는 유익과는 결이 다르다. 개인 간의 관계와는 결이 다른 공동체만의 독특함은 과연 무엇인가?

신동열은 삶의 여정으로서의 진로에서 공동체는 매우 중요하다고 말하며 공동체의 역할과 유익을 다섯 가지로 제시한다.[72] 첫째로, 공동체는 마음의 힘을 준다. 친밀감과 동질감을 경험하며 서로에게 마음의 힘을 제공한다. 둘째로, 공동체는 개인의 장점을 분별할 수 있는 장이 되어 준다. 과거의 스토리를 나눌 수 있도록 해주며, 격려와 칭찬을 받은 기억들이 새로운 강점으로 떠오른다. 셋째로, 공동체는 사회에 대한 간접경험을 제공한다. 인간관계에 대한 경험, 권위자를 대하는 방식, 갈등을 해결하는 방법, 불편하더라도 감내하는 방법 등 다양한 간접경험을 제공한다. 네 번째로, 공동체는 직업에 관한 실제적인 정보를 제공한다. 나의 관심 분야와 직업을 앞서 경험한 이들과의 관계를 통해 실제적인 정보를 얻을 뿐만 아니라 신뢰감을 바탕으로 일자리를 소개해 줄 수도 있다. 다섯 번째로, 공동체는 선택에 필요한 분별력을 길러 준다.

이런 공동체의 유익은 일대일의 관계에서는 쉽게 얻지 못한다. 소위 친구나 오랜 기간 우정을 쌓아왔던 지인이라 할지라도 공동체 안에서 경험하는 관계와 개인 간의 관계는 다르다는 말이다. 공동체는 동질감을 갖게 한다. 비슷한 관심사와 가치, 같은 목표를 지향하는 이들과 함께하는 공동체는 개인 간의 관계의 유익을 넘어 같은 방향으로 가고 있다는 안정감과 소속감을 얻게 한다. 같은 실패의 경험이라도 개인 간의 관계에서 경험하는 격려와 위로보다 동질감을 가진 공동체에서 얻는 격려와 위로는 그 시각과 차원이 다르다.

그리고 공동체는 공간을 마련해 준다. 개인 간의 관계가 주는 대화와 표현의 유익뿐만 아니라 공동체는 거기에 더해 공간을 만들어 준다. 여기서 말하는 공간은 물리적 공간만을 이야기하는 것이 아니다. 공동체는 물리적 공간뿐만 아니라 관계의 공간, 심리적 공간까지도 마련해 준다. 개인과 개인의 관계가 만들어내는 공간과 다수가 모인 공동체가 만들어내는 공간은 전혀 다르게 작동한다. 다수가 만들어내는 공간은 단면적이고 단편적인 공간이 아니라 다면적이고 다층적인 공간이 창출된다. 이 공동체가 만들어내는 물리적이고 심리적인 공간에서 다양한 사회적 경험(인간관계에 대한 경험, 권위자를 대하는 방식, 갈등 해결 방법, 불편하더라도 감내하는 방법, 사람에 대한 분별력)을 얻는다.

또한 공동체는 개인 간의 관계에서 제한적으로 얻었던 정보보다 더욱 다양한 정보를 공유할 수 있고, 특히 공동체 내에서 쌓인 멤버들과의 신뢰감은 구인자와 구직자를 연결하는 핵심역할을 하기도 한다. 공동체 내에서 경험한 인간관계만큼 확실하고 검증된 관계가 어디 있겠는가?

공동체는 타인과의 관계를 자극하고, 또 충족시킨다. 홀로 관계를 맺으려면 쉽지 않다. 개인과 개인이 관계를 시작하고 유지하려면 연결고리가 있어야 한다. 이 연결고리를 개인이 쉽게 만들고 찾아낼 수 있던가? 공동체는 바로 이 연결고리를 제공해 준다. 단순한 개인 간의 관계뿐만 아니라 공동체 안에서 경험하는 관계가 중요한 이유다. 여러 종류의 공동체들이 있겠지만 직업공동체, 재생(회복)공동체, 학습공동체, 신앙공동체 등의 사례를 통해 진로선택의 모든 영역에 영향을 주는 공동체의 힘을 볼 수 있으면 좋겠다.

① 직업공동체
[전문성을 바탕으로 하는 '포시']

3년간 30개국 200명의 CEO와 함께 '앞으로 일과 업무환경이 어떻게 변화할 것인가'를 연구한 린다 그래튼은 직업공동체와 관련하여 의미 있는 사례를 소개한다.73 미래의 인류가 겪을 일의 위기와 기회를 분석한 그녀는 미래에도 여전히 일과 관련하여 공동체는 중요할 것이라고 말한다. 다만 미래의 공동체는 동일한 지역 내에서의 연결을 넘어 같은 관심사나 문제, 혹은 필요를 두고 전 세계적으로 공동체가 형성되어 연결될 것이라고 한다. 이 미래공동체의 핵심은 소규모 집단을 중심으로 '전문성'을 바탕으로 연결된다는 점이다. 저자는 이들을 '포시(the Posse, 무리, 패거리, 민병대)'라고 부르며, 전문성을 바탕으로 한 15명 내외의 소규모 공동체를 의미한다. 즉, '포시'란, 비슷한 직업이나 전문성을 가진 이들 간의 직업공동체로 보면 된다. 같은 직장과 지역에 있을 수도 있지만 직장, 지역 등과 상관없는 공동체일 수도 있다.

저자는 프레드와 프랭크의 이야기로 '포시'의 중요성을 설명하는데 둘 다 빨리 완수해야 하는 매우 어려운 프로젝트를 맡게 되었다. 그러나 이 프로젝트를 해결해가는 방법은 전혀 다르다. 프레드는 아내에게 전화해 몇 주 동안 집에 늦게 갈 것이라고 말한다. 그런 다음 사무실 문을 닫고 비서에게 방해하지 말라고 일러둔 후 프로젝트 계획서를 작성하기 시작한다. 프레드는 다른 사람의 기술을 빌려와 문제를 해결해야 할 때도 있겠지만 전체 프로젝트를 설계하고 해결할 수 있는 사람은 자신이라고 생각한다. 이런 이유로 그는 방해받지 않기 위해 문을 닫고 집중하는 것이었다.

프랭크는 프레드와 상반된 접근법을 선택한다. 그는 프로젝트를 받았을 때 제일 먼저 자신의 '포시'를 떠올렸고, 도움을 받을 만한 이들에게 전화를 걸어 의견을 구했다. 10년 전에 함께 일하기도 했던 포시 멤버는 프로젝트를 무산시킬 수 있는 위험에 대비할 수 있도록 조언했다. 프랭크가 지난 주에 도움을 준 비교적 최근에 포시 일원이 된 다른 이는 해당 프로젝트에 다방면으로 깊은 지식이 있는 사람이었고, 그에게도 의견을 구했다. 프레드가 방문을 닫고 혼자 끙끙대는 사이 프랭크는 벌써 자신의 '포시'를 규합하기 시작했다. 저자는 이 사례를 이야기하면서 훌륭한 '포시'가 무엇이고 어떤 일을 할 수 있는지 제시한다.

- 공통 분야에서 전문성을 갖추었고 빠른 시간 안에 규합할 수 있는 비교적 적은 수의 사람들이다. 이들은 공유하는 부분이 많아 서로 잘 이해하고 빠른 시간 안에 가치를 창출해 낸다.
- '포시' 구성원은 나를 신뢰한다. 전에도 함께 어려운 일을 해낸 적 있는 이들이고, 상당 기간 알고 지낸 사람들이라 나를 좋아하고 지지한다.
- '포시'를 구성하려면 멘토링 기술이나 다양성을 활용하는 방법을 익히고, 현실세계는 물론 가상세계 사람들과도 원활하게 소통하는 등 협동에 필요한 중요한 기술을 연마해야 한다.

일종의 직업공동체인 '포시'가 그저 1:1로 알고 있는 개인 간의 관계와 무엇이 다른지 이해가 되는가? '포시'와 같은 소규모 전문적 공동체들은 아이디어를 함께 만들어가며, 피드백을 주고받으며, 시도하도록 용기를 부여하고, 실패에도 안전한 정서적 공간을 마련해 줄 수 있다.

나의 경우에도 이러한 전문성을 가진 '포시'가 있다. 첫 출발은 기존에 관계를 맺어오던 친구와의 대화에서 시작되었다. 둘 다 심리상담이라는 공통의 관심사가 있었고, 또 잠시 근로자 심리상담 관련 회사에서 함께 일했었기 때문에 서로의 흥미나 강점에 대해 잘 알고 있었다. 나는 계속 근로자 심리상담 관련 회사에서 일을 하고 있었고, 이 친구는 회사를 그만두고 대학원에 진학해 학교 상담교사로 일하다가 임용 준비를 위해 상담교사 시험공부를 하고 있는 상황이었다. 내가 진로상담 쪽에 계속 관심을 가지고 있고, '공간 나다움'을 통해 어떤 일을 하고 싶어한다는 것을 알고 있었기에 자신이 알고 있던 후배들 중에 나와 비슷한 영역의 청소년 진로교육을 하는 이들을 연결시켜 주었다. 이 만남은 후에 청년들을 위한 진로프로그램을 함께 만들게 되는 시작이 되었고, 서로 필요할 때 자문을 구하거나 프로그램 진행을 위해 강사로 협력하는 단계까지 이르게 되었다. 이는 전형적인 '포시'로 이 공동체적 관계에서는 자신의 영역에서 전문가로 활동하면서 가지게 되는 고민을 나누고, 또 그 고민에 대해 피드백을 받기도 한다. 그리고 정서적인 지원과 지지를 받기도 하며, 비슷한 영역에서 일하기 때문에 서로의 필요와 고민을 더 깊이 들여다 볼 수 있다. 또한 갑작스러운 필요가 있을 때 협력하기도 하며, 자문을 구하기도 한다. 어떤 시도를 하고자 할 때 이들에게 피드백을 요청할 수도 있다.

타인이 하는 일이 나에게 생소한 영역일 경우 그들의 시도를 격려하고, 실패에 위로하고 공감해 줄 수 있는 부분은 제한적이다. 그러나 그들과 공통의 전문성을 가지고 있고, 비슷한 영역에서 일하고 있는 이들끼리는 어떤 부분이 가장 아프고, 힘들어할지 잘 알고 있다. 같은 격려도 전혀 다르게 다가오게 된다. 시도가 공동체의 관계 안에서 완성된다는 말은 바로 이런 이유 때문이다. 서로 신뢰하고, 또 서로에 대해 알고 있는 공동체라면 함께 아이디어를 만들어 가며, 그 아이디어가 아이디어에 머무는 것을 넘어 시도해 보도록 동기를 부여한다. 그리고 시도가 실패하게 되더라도 다시 일어설 수 있는 심리적, 물리적 공간을 마련해 준다.

② 재생공동체
[장소, 쉼, 활력, 여가]

이런 질문을 할 수 있다. '저는 '포시'처럼 기술을 보유한 사람도 아니고, 이제 사회에 나가려고 준비하고 있는 사람이에요. 전문성도 없고 무엇을 해야 할지도 모르는데 '포시'를 어떻게 만드나요?' 맞는 말이다. '포시'와 같은 공동체로 편입되려면 시간과 노력이 필요하며, 나름의 방향이 결정되어야 한다. 그러나 공동체가 꼭 '포시'와 같은 직업공동체만 있는 것도 아니다.

미래사회로 진입할수록 우리에게는 휴식과 재충전, 지지와 후원, 보살핌을 받을 수 있는 공동체를 찾는 일이 무엇보다 중요하다. 꼭 진로나 일과 관련된 공동체만이 삶의 여정으로서의 진로에 도움을 줄 수 있는 것은 아니다. 린다 그래튼은 이런 공동체를 재생공동체

(재생적 공동체 또는 회복공동체)라고 부른다. 전문성을 바탕으로 하는 공동체만을 찾을 것이 아니라 자신의 몸과 마음에 맞는 공동체를 찾는 것도 아주 좋은 방법이다.74 그녀는 미래에도 물리적인 만남은 중요하다고 강조하며, 자신에게 맞는 장소에서 재생공동체를 찾을 것을 주문한다. 구체적으로 재생공동체가 무엇인가? 일이나 전문성과 관련 없이 사람들이 쉽게 만나 대화를 나누거나 걸어 다니면서 사람들을 접할 수 있는 공간, 그리고 가까운 곳에 친구가 살고 있거나 마음을 나눌 수 있는 이들이 있는 공간. 바로 그 공간에서 만들어진 공동체를 재생공동체라고 하며, 이런 재생공동체를 찾고 만들어야 한다고 말한다. 단순히 아는 사람을 만나고 대화하는 것을 넘어 공동체로 기능할 수 있는 공간과 장소를 찾아 움직여야 한다. 삶의 장소가 활력과 원기를 북돋워 준다면 흥미와 창의적 자극을 마련해 줄 수 있고, 시도해 볼 수 있는 용기와 실패의 결과에도 정서적 후원을 제공해 줄 수 있다. 또한 이런 재생공동체는 자신을 마음껏 표현하게 만들며, 새로운 사람들과도 편하게 만나 인사를 나눌 수 있게 만든다.

'포시'나 함께할 다른 공동체도 없다고 말하는 이들은 지금-여기에서 시작할 수 있는 것부터 해야 한다. 공동체라고 하면 가장 가까이에 있는 가족공동체를 떠올리기 쉬울 것이다. 그러나 가장 가깝다고 여겨지는 가족이지만 오히려 그 가족이 가장 많이 상처주고 가장 멀어 보일 때가 있다. 특히 부모와 자녀 간에 자신의 감정과 생각을 표현하는 경험이 자주 없었던 가정이라면 자기 자신을 표현하고 가족들에게 피드백 받는 것은 불편하고 어색하다. 큰 문제없는 가정이라도 자신을 표현하고 피드백 받는 것에 어린 시절부터 노출되어 있지 않았다면 부부끼리도 자신을 표현하는 것이 쉽지 않다. 이럴 경우 굳이 가족공동체 안에서만 답을 찾을 필요는 없다.

전문성을 갖춘 공동체를 찾기에 스스로가 준비되어 있지 않다고 느낀다면, 내가 가장 많이 시간을 보내고 있는 장소에서 재생공동체를 찾아야 한다. 나의 마음을 편하게 만드는 사람들은 어디에 있는가? 내가 신뢰할 만한 사람들, 나를 표현할 때 경청하는 사람들, 함께 있으면 재미있는 사람들, 단순한 재미를 넘어 의미를 주는 사람들. 그들은 어디에 있는가? 그 장소와 공간을 먼저 찾아야 한다. 그곳이 또래들이 있는 장소일 수 있고, 같은 관심을 가진 사람들이 모여 있는 공간일 수도 있다. 아니면 내가 여가활동을 하는 장소일 수도 있으며, 나와 같은 고민을 하는 이들이 모이는 공간일 수도 있다. 그 장소만 가면 재충전을 얻는 곳일 수도 있고, 그냥 이유 없이 기분 좋게 만드는 사람들을 자주 만나고 그런 분위기를 경험하는 공간일 수도 있다. 혹은 내가 관심 있어하는 주제의 강의나 워크숍을 들으러 갈 수도 있다. 강좌가 끝나면 강사나 참가자들을 통해 단순한 정보뿐만 아니라 모임이나 공동체에 대한 정보도 얻을 수 있다. 워크숍의 경우 강좌뿐만 아니라 함께한 참여자들과 더욱 더 깊이 있는 관계를 맺을 수 있는데 이러한 관계가 새로운 공동체를 만나는 기회를 제공해 주기도 한다.

공동체를 스스로 만들 수 없다면 그 장소, 그 공간을 찾아 나서야 한다. 같은 자리에서만 맴돌면서 '나는 왜 공동체가 없지? 나를 표현하고 싶어도 들어줄 사람들이 왜 없지?'라고만 생각하지 말고, 사람들이 있는 장소와 공간을 향해 움직여야 한다.

③ 학습공동체
[평생학습, 독서, 취미, 호기심]

3부에서 평생토록 배우며 살아가는 삶이 진로에 있어 왜 중요한지 이야기했었다. 평생 학습하는 삶은 공동체와 관련해서도 중요한데 바로 학습공동체의 존재 때문이다. 배움은 홀로 불가능하다. 온라인 비대면으로 진행되는 배움이라 하더라도 학습공동체는 필요하다. 정보를 공유하고, 목표를 향해 함께 나아가고, 동일한 관심과 지적 호기심을 가지고 만난다. 사람들은 전문성을 바탕으로 하는 '포시'를 만나기 전에 자연스럽게 학습공동체를 먼저 만나게 되어 있다. 여기서 말하는 학습공동체는 정규교육 과정뿐만 아니라 독서모임, 취미, 자격취득, 단순한 호기심에서 하는 학습 모두를 포함한다. 서로 배우기 바쁜데 무슨 공동체냐고 할 수 있지만 진로선택에 있어서 학습공동체는 많은 영향을 끼친다. 여러분들의 과거를 떠올려 보라. 함께 학습하는 이들과 공유했던 정보, 관심사, 호기심, 목표들이 얼마나 많았던가. 여러분들이 진로를 선택하고, 직장을 고르고, 아이디어를 나누고, 통찰을 얻었을 때 학습공동체의 영향은 없었는가? 학습공동체의 일부 일원들은 후에 전문성을 바탕으로 한 '포시'로도 연결될 수 있다.

대표적인 학습공동체로 '독서모임'을 들 수 있다. 앞서 예로 들었던 나의 '포시' 멤버들은 나중에 '독서모임'을 만들게 된다. 사실 전문성을 바탕으로 한 공동체와 학습공동체는 함께 갈 때가 많다. 나의 '포시' 멤버들은 느슨하게 연결된 관계를 넘어 공통의 관심사를 함께 나눌 수 있는 독서모임을 만들었다. 이 독서모임에 기존의 멤버 외에도 비슷한 영역(교육 및 상담)에 전문성을 가진 멤버들이 더 들어오게 되면서 새로운 학습공동체가 만들어진 것이다. 매달 한 번씩 만나는 이 모임은 발제자가 한 달 후에 읽을 책을 미리 선정하고, 그 책을 한 달 동안 읽은 후 모임에서 발제자가 발표하고, 그 후 다양한 대화를 하는 형식으로 이루어진다. 이 모임에서 책만 나눈 후 헤어질까? 아니다. 전혀 그렇지 않다. 책의 주제에 따라 다양한 영역의 삶의 문제와 고민들이 나누어지고, 서로의 일과 진로에 대한 나눔도 자연스레 이어진다. 독서모임의 가장 큰 장점은 책의 주제에 따라 삶의 다양한 영역들이 드러나고, 함께 고민하고, 통찰과 격려를 얻을 수 있다는데 있다. 전문성을 바탕으로 하는 직업공동체는 직접적인 조언과 문제해결에 도움을 받을 수 있지만 독서모임은 읽는 책에 따라 삶의 전영역을 주제로 '일'이나 '진로'와 관련해 피드백을 얻을 수 있다. 또한 독서라는 학습에서 오는 지적 만족감과 자신감은 덤이며, 독서모임을 통한 관계맺음의 배움도 진로에 있어 아주 중요한 수확이다.

④ 신앙공동체

마지막 공동체인 신앙공동체는 고민을 많이 했다. 신앙생활을 하지 않는 이들에게는 거부감만을 주는 공동체가 아닐까 싶은 우려 때문이다. 그러나 나의 이야기와 나의 경험을 나누기로 했다면, 나의 진로 여정에서 빼놓을 수 없는 신앙공동체 이야기는 꼭 해야 할 부분이다. 같은 신앙을 가지고 있다는 말은 넓은 의미로 비슷한 삶의 가치를 가지고 살아간다는 말과 같다. 같은 신앙과 삶의 가치로 살아가는 이들과 공동체로 만나는 것만큼 깊은 관계는 잘 없다. 오해가 없기를 바란다. 나는 여기서 신앙을 가지라는 말을 하고 싶은 것이 아니다. '포시'도, 재생공동체도, 학습공동체도 만나기 어려우나 현재 신앙생활을 하고 있는 이들에게 하나의 공동체를 제안하는 것이다. 물론 신앙생활하는 모든 이들이 좋은 공동체를 만날 수 있다고 말하는 것은 아니다. 그럼에도 주변에 너무 가까이 있기에 그 진가를 놓치고 있을 때가 많은데 신앙공동체도 그럴 때가 있다.

멀리 갈 필요없이 나의 이야기를 해야겠다. 내가 장년임에도 교회 청년 소그룹 리더로 있을 때 관계를 맺었던 청년이 있었는데, 그의 관심사와 성향, 심지어 어린 시절과 가정의 분위기까지 잘 알고 있는 청년이기도 했다. 그는 대학에서 사회복지를 전공했고, 졸업 후 어떤 일을 하고 싶어 하는지도 잘 알고 있었다. 그 즈음 나의 '포시' 멤버들이 지자체로부터 진로교육지원센터를 위탁받아 운영하게 되었고, 일할 직원들을 채용할 것이라는 정보를 얻었다. 그때 바로 든 생각이 그 청년이었다. 평상시 어떤 고민을 하는지, 어떤 방향으로 진로를 선택하고 싶은지 잘 알고 있었기에 주저없이 그 청년에게 전화해 서류를 접수하도록 했다. 그 청년은 지금도 그곳에서 일하고 있다.

또 한번은 내가 상담 일을 한다는 사실을 잘 알던 같은 교회 대학원생 청년에게서 연락이 왔다. 상담 관련 콘텐츠로 논문을 쓰는 중인데 관련 내용을 전문가로서 점검해 줄 수 있는지 물었다. 그렇게 만나 자문을 마무리하면서 갑자기 한 사람이 떠올랐다. 나와 같은 영역은 아니지만 이 청년의 연구에 좀 더 도움이 될 것 같은 연구소 소장님이 떠올랐고, 바로 연락해 서로를 연결해 주었다. 그 당시 너무 앞서간다 생각해 말은 하지 않았지만, 이 청년이 대학원 졸업 후 그 연구소에서 일하는 것도 괜찮겠다는 생각을 하면서 연락처를 주었다. 그 청년은 후에 소개받은 연구소 소장님과 만나 논문 자문을 받았고, 이후 그 연구소에 정식 직원으로 채용된다. 채용되기 전에 내가 먼저 그 소장님께 연락하고 만나 여러 이야기를 하면서 연구소에서 직원을 채용할 계획이 있다는 사실을 알았고, 그 청년의 강점이 연구소에 잘 맞을 것 같다고 정보를 주기도 했다. 무슨 말을 하려는 것인가? 신앙공동체만큼 서로에 대해 잘 알고 있는 공동체는 별로 없다. 서로의 과거 스토리, 강점, 관심사, 성향. 그것이 때론 상처가 되기도 하지만 진로선택에 있어 신앙공동체는 많은 역할을 할 수 있다는 말이다. 여기서 아주 중요한 부분이 있다. 신앙생활을 한다고 모두 진로에 도움이 되는 신앙공동체를 가지고 있다는 말이 아니다. 중요한 것은 내가 나를 드러내고 표현해야 한다. 신앙공동체의 일원으로 진로와 관련하여 도움을 받으려면 나를 표현해야 한다. 나의 관심사, 나의 강점, 나의 가치, 나의 성향, 나의 스토리를 표현해야 하며, 신앙공동체에서 다양한 경험을 하는 만큼 현실성 있는 나를 발견해 갈 수 있다.

구직자와 구인자는 서로 다른 꿈을 꾼다고 말했었다. 구직자가 자주 접근하는 방식과 달리 구인자들은 다른 방향으로 사람들을 찾아 나선다. 이 서로 다른 꿈을 꾸는 이들을 연결해 주는 아주 좋은 연결고리의 기능을 신앙공동체 일원들이 할 수 있다. 어쩌면 가족공동체를 제외하고 서로에 대해 가장 잘 알고 있는 공동체이기 때문이다.

진로선택과 관련해 개인 간의 관계와 공동체가 주는 유익은 이처럼 서로 다른 지점들이 있다. 개인 간의 관계를 통해서도 얼마든지 나를 표현하고, 피드백 받고, 정보를 공유하고, 시도를 격려받을 수 있다. 그러나 공동체 내에서의 관계는 이 개인 간의 관계에서 얻는 유익을 뛰어넘어 훨씬 동질적이고, 안정감 있는 유익을 제공한다. 직업공동체, 재생공동체, 학습공동체, 신앙공동체 내의 관계가 주는 유익은 개인으로 맺는 관계를 통해 얻을 수 있는 유익보다 훨씬 더 크다.

"저는 관계나 인적 네크워크가 거의 없는데요. 그래서 공동체라고 할 만한 모임을 찾을 수 없어요." 라고 말하는 사람이 있을 수도 있다. 과연 그럴까? 리처드 볼스는 『당신의 파라슈트는 어떤 색깔입니까?』라는 책에서 좀 과하다 싶을 정도의 다양한 인적네트워크의 종류를 다음과 같이 소개하고 있다.

- 당신이 알고 있는 사람 모두가 인맥이다.
- 당신 가족 일가친척 모두가 인맥이다.
- 당신의 친구 모두가 인맥이다.
- 당신의 수첩(스마트 폰)에 적힌 사람들 모두가 인맥이다.
- 당신이 알고 있는 이메일 주소의 주인이 모두 인맥이다.(또는 내가 정기적으로 받는 이메일 소식지나 뉴스레터의 주소도 인맥이 될 수 있다.)
- 당신이 성탄 카드를 보내는 대상이 모두 인맥이다.
- 당신이 다니는 교회, 절 등에서 만나는 사람들 모두가 인맥이다.
- 당신과 함께 일했던 동료 모두가 인맥이다.
- 당신이 아는 의사 모두가 인맥이다.
- 당신에게 개인적으로 도움이 되었던 사람, 이를테면 이발사, 미용사, 헬스클럽 트레이너 등이 모두 인맥이다.
- 운동하면서 만난 사람 모두, 산책을 같이 한 사람, 골프나 테니스를 같이 친 사람, 여행을 같이 갔던 사람 모두가 인맥이다.
- 레스토랑의 웨이터 또는 단골 식당의 매니저도 모두 인맥이다.
- 당신이 알고 있는 상인, 주유소 직원, 은행 직원, 펀드매니저, 은행 로비에서 알게 된 사람 모두가 인맥이다.
- 슈퍼마켓에서 줄을 서 있다가 만난 이런저런 사람 모두가 인맥이다.

- 교수, 은사, 앞으로 어떻게 해서 만나게 될지 모르는 사람들 모두가 인맥이다.
- 집수리를 위해 출장 나온 기술자도 인맥이다.
- 당신이 가입한 이런저런 그룹에서 알고 지내는 모든 사람, 이들이 다 인맥이다.
- 구직을 위해 돌아다니다 엉뚱하게 만난 사람들, 길에서 서성대다가 우연히 만난 사람들, 그래서 이름과 전화번호, 주소를 교환한 사람들이 다 인맥인 것이다.[75]

공동체나 인적네트워크가 아주 특별하거나 거창한 것이 아니라 어쩌면 우리가 만났거나 만나는 모든 사람들, 다니는 모든 장소와 공간들이 공동체를 만나거나 만들 수 있는 접촉점이 될 수 있다. 처음부터 '포시'와 같은 전문성을 가진 공동체가 만들어질 수 없다. 내가 친구와의 대화를 통해 현재의 '포시'를 만들었던 것처럼 모든 공동체는 다양하고 느슨한 인적네트워크에서부터 시작될 수 있다. '나는 너무 내성적이라 별 흥미가 당기지 않아.' 혹은 '타인과 함께 하는 것 자체가 싫어.'라고 생각하며 지금 그 자리에 머물러 있겠다면 자기관찰 - 자기이해 - 자기표현은 자기 안에서만 머문다. 현실성 없고, 자신에게만 집중한 탓에 관계 안에서 어떻게 적용해야 할지 모르는 자기이해. 그 이해는 타인을 통해 피드백 받지 않았기에 온전한 자기이해가 아닐 수 있다. 이러한 자기이해를 토대로 시도를 하게 되면, 장애물을 만났을 때 금세 포기하게 된다. 설사 성공하더라도 누구와 함께 기뻐하겠는가? 성공의 가장 큰 의미는 타인과 함께 하기 때문이지 않은가.

진로는 일과 관련하여 우리가 선택하는 삶의 여정이라고 말했다. 그리고 'Career'라는 단어는 바퀴 달린 운송수단이 다니는 '길'에 어원을 두고 있다고 했다. 수레는 결코 한쪽 바퀴로 그 길을 달릴 수 없다. 아무리 솜씨 좋은 마부가 있어도, 아무리 힘 좋은 말들이 끌어도 수레는 결코 한쪽 바퀴로만 달릴 수 없다. 삶의 여정으로서의 진로도 마찬가지다. 아무리 능력 있고, 자신을 잘 이해하고 있는 개인이라 하더라도 그 한쪽 바퀴만으로는 달릴 수 없다. 공동체라는 또 다른 한쪽 바퀴를 의지해야 한다. 누구도 홀로 이 길을 갈 수 없다.

5.3 누구도 홀로 이 길을 갈 수 없다

이 책의 시작부터 계속해서 언급했던 그림을 마지막으로 한번 더 보자.

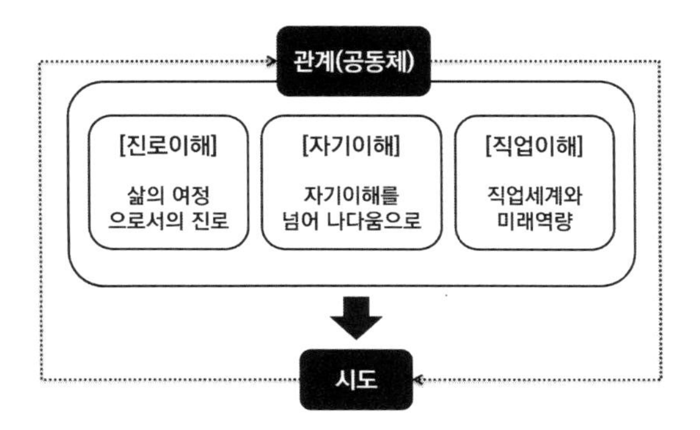

삶의 여정으로서의 진로는 진로에 대한 이해, 자신에 대한 이해, 직업세계에 대한 이해를 바탕으로 시도해야 한다고 했다. 이 기본적인 세 개의 기둥이 세워져야 제대로 된 시도를 해 볼 수 있다. 대충 찔러보는 시도가 아닌 목표를 가진 시도 말이다.

그러나 시도는 용기가 필요하며, 모든 시도가 항상 성공하는 것도 아니다. 그러하기에 관계가 필요하고, 공동체가 필요하다. 누구도 홀로 이 길을 갈 수 없다. 미래 직업세계를 이야기하고, 사라지고 대체될 직업군을 이야기하지만 이 변화 속에서도 공동체와 그 공동체 안에서의 관계는 더욱 중요한 자리를 차지하게 될 것이다.

나의 삶의 여정으로서의 진로를 들여다보면, 수많은 시도들을 했지만 그 시도들이 의미를 가질 수 있었던 것은 공동체와 관계 안에 있었기 때문이었다. 시도는 개인의 행위다. 그러나 시도의 과정은 결코 개인의 과정이 아니다. 아무리 시도가 성공했다 하더라도 공동체 안에서, 관계 안에서 그 결과를 누리지 못하고, 의미를 부여하지 못한다면 나는 성공의 의미가 없다고 본다.

이 글의 마무리를 앞두고 한 가지 제안을 해보려고 한다. 자신을 이해하는 도구로 '스토리(이야기)'는 아주 좋은 도구가 될 수 있다. 우리의 과거 스토리는 현재의 우리를 설명해 줄뿐만 아니라 우리의 미래를 보여 주는 창(window)이 될 수 있다. 자신의 스토리를 잘 분석해 보라. 인생에서 성취감을 경험했을 때뿐만 아니라 실패감을 경험했던 스토리를 쓰고 분석해 보라. 어떤 목적을 가지고 시작했고, 장애물은 무엇이었는지, 그리고 그 장애물을 어떻게 극복했는지, 그리고 극복하지 못했는지. 또한 어떤 결과로 인해 성취감을 맛보았고, 반대로 실패감을 맛보았는지 천천히 기록해 보라. 그리고 그 기록한 것들을 다시 한번 보라. 그 결과가 성공이든 실패든 어떤 스토리에도 빠지지 않고 영향을 주는 요소가 있다. 바로 관계와 공동체다. 이 관계는 깊은 결속력을 가진 공동체일 수 있고 느슨한 형태의 인적네트워크일 수 있다.

내가 처음 독서의 즐거움을 맛보도록 제안한 곳도 공동체였으며, 졸업 후 가야할 바를 정하지 못했을 때, 우연처럼 다가온 기회도 관계와 공동체를 통해서였다. 같은 시기에 합격했던 시민단체 정직원과 개인연구소 인턴 연구원을 두고 고민할 때도 나를 잘 아는 공동체의 조언을 좇아갔으며, 대학 겸임교수로 학생들을 가르칠 수 있었던 계기와 용기도 나를 잘 아는 대학원 후배 덕분이었다. '공간 나다움' 개업 후 몇 번의 방향 수정과 다양한 시도(성공보다 실패한 것들이 더 많다.)를 하며 여기까지 올 수 있었던 것도 나의 '포시'와 신앙공동체의 격려와 피드백 덕분이었다. 우리는 성취나 성공을 마치 자신의 모든 능력으로 이룬 것이라 생각할 때가 많다. 그러나 나의 진로 스토리를 되돌아보면 언제나 그 과정 가운데 관계와 공동체가 있었다. 향후 나의 진로 방향이 어떻게 바뀌든 변하지 않을 한 가지는 나의 모든 시도는 공동체와 함께 할 것이라는 점이다.

누구도 이 삶의 여정을 홀로 갈 수 없다.

나오며

이 원고를 마무리할 즈음 한 학부모로부터 문자 한 통을 받았다.

> 선생님 안녕하세요? 000입니다. 3년 전 울 아들 @@@이 **고 1학년 때 진로독서 활동했었지요. 그때 정한 목표를 90% 이뤘어요. 그때 보드판 만들어서 아들이 보관했었는데 오늘 아침에 정리하려다 보고 깜짝 놀랐죠. 서울대 지리학과 수시합격했어요. 역시 글로 쓴 목표는 이뤄지네요. 정말 감사합니다. 요즘도 이 수업 하시나요?

공간 나다움 1기 청소년 진로독서 스쿨에 참여했던 학생의 어머니가 보낸 문자였다. 청소년 진로독서 스쿨은 공간 나다움을 시작하며, 처음으로 만든 청소년 프로그램이었는데 준비만 하고 홍보할 기회를 찾지 못하고 있었다. 그런데 지인(여기서도 공동체 혹은 인적네트워크의 중요성이 드러난다.)이 주변 학부모들에게 청소년 진로독서 스쿨을 소개한 모양이었다. 소개받은 학부모들 중 한 분이 공간 나다움에 직접 찾아와 청소년 진로독서 스쿨을 시작해 달라고 요청했다. 갑작스런 요청이었고 프로그램을 시작하기에 적은 인원이었지만, 그 어머니 덕에 공간 나다움의 첫 프로그램은 5명으로 시작되었다.

원고 마무리 즈음 받았던 앞의 문자 한 통은 프로그램을 시작해달라고 찾아와 요청했던 바로 그 어머니가 보낸 것이었다. 이 어머니의 자녀에 대한 이야기는 책에 일부 실려 있는데, '기자'가 되고 싶다고 했던 학생의 어머니였다. 서울로 올라간 아들의 방을 정리하던 중에 몇 년 전 참여했던 청소년 진로독서 스쿨에서 작성한 포트폴리오 자료를 발견한 모양이었다.

당시 진로독서 스쿨은 책을 읽고 나누는 동시에 다양한 워크시트로 자신을 이해하는 작업을 했다. 그리고 마지막 회기에 부모님과 가족들을 초청해 자신의 결과물들을 정리한 '비전보드'를 만들어 발표하는 시간을 가졌다. 그때 '비전보드'를 집에서 보관하다가 어머니가 방을 정리하다 발견한 것이었다. 그 '비전보드'를 다시 읽어보며 당시 아들이 발표했던 방향대로 가고 있어 반가운 마음이 들었고, 진로독서 스쿨 프로그램이 생각났던 모양이었다. 아들이 대학 졸업 후 '비전보드'에 기록했던 방향대로 갈지 더 지켜보아야겠지만, 프로그램이 말잔치로 그친 것이 아니라 실제로 발표한대로 살아가고 있다는 사실에 감사 문자를 보낸 것이었다.

이 학생이 당시 '비전보드'에 적었던 학과는 서울대 정치외교학과였다. 그가 실제 입학한 학과와는 다른 학과였다. 계획과 다른 학과에 입학했는데 굳이 감사 문자까지 보낼 이유가 있을까 싶을 것이다. 그러나 여러 번 말했지만 이 학생은 프로그램에 참여했을 때 오로지 '기자'라는 꿈을 향해 달려가고 있었다. 그러나 프로그램을 통해 '기자'라는 꿈에 머물러 있기보다 동사형 꿈인 '사회를 변화시키다'로 좀 더 확장시켰다. 만약 '기자'라는 직업만 보고 달려갔다면 계획했던 학과와 다른 학과 입학은 실패한 진로선택으로 보았을 것이다. 하지만 그가 '기자'만 마음에 두고 달려가는 것이 아닌 '사회를 변화시키'는 일 중 하나인 '기자'를 향해 달려가고 있기에 그의 학과선택은 실패가 아니라 여전히 진행 중인 동사형 꿈이다. 아마 '기자'라는 명사형 꿈(직업)만 바라보고 달려갔다면 원하던 학과에 입학하지 못한 실망감이 더 크게 다가왔을 것이다. 프로그램 당시 원했던 과에 합격한 것은 아니었지만 그럼에도 자신의 동사형 꿈을 향해 달려가고 있음을 문자를 통해 확인할 수 있어 기뻤다. 오히려 원하던 학과가 아님에도 문자를 보낸 것에 더 기뻤다고 하는 것이 맞겠다. 바로 '점'이 아닌 '선'으로서의 진로 개념과 명사(직업명)가 아닌 동사형 꿈이 어떤 영향을 미치는지 그 실제 사례를 볼 수 있어 더 없이 기쁜 문자였다.

몇 년 전 원고를 마무리했을 당시엔 코로나가 유행하기 전이었다. 코로나 이후 예상치도 않았던 방향으로 삶은 이어지고 있다. 그럼에도 나 또한 내가 말하고 가르친대로 살아가길 몸부림치고 있다. 눈앞에 보이는 단순한 일의 선택이 아니라 나답게 내 모습이 드러나고 있는 방향으로 나아가고 있는지 점검한다.

몇 년 동안 컴퓨터 폴더 한구석에 묻혀있던 이 원고는 수십 개의 출판사에 투고했던 원고였다. 어느 출판사에서도 책으로 출판하기 어렵다는 답을 듣고 수년 동안 묻어두고 있던 원고였다. 그러다 최근에야 문득 '내가 이 원고를 쓴 이유가 책을 많이 팔기 위해서였던가?' 하고 스스로에게 질문하기 시작했다. 나는 오랜 나의 상담, 심리검사, 독서모임, 강의 경험을 정리하고 기록해두면 좋겠다는 마음으로 이 원고를 쓰기 시작했다. 그렇게 시작한 글쓰기는 나의 딸들이 고등학생이 되고, 청년이 되어 진로를 고민하게 될 시점에 그들에게 내가 해주고 싶은 말들을 글로 정리하는 것도 좋겠다는 생각으로 더 확장되었다.

이렇게 이 원고의 의도가 다시 한번 생각나면서 그러하다면 굳이 일반 출판사를 통해 출판, 유통할 필요가 없겠다는 생각을 하게 된다. 그러다 떠오른 것이 POD(Publish On Demand), 주문형 출판[76]이었다. 주문형 출판은 원고를 쓰기 전에 이미 한 후배로부터 들었던 적이 있었다. 그때는 글쓰기를 시작하기 전이었지만 호기심을 가지고 여러 POD 출판사들을 찾아본 적이 있었다. 이 책에서 이야기했던 '계획된 우연'의 시작이었다. 지나가듯 들었던 그 정보를 '호기심'을 가지고 잡았으며, 당시에는 전혀 관련 없던 정보를 '유연함'을 가지고 조사해보고, 직접 연락도 해보았었다. 수십 군데 출판사에 투고한 원고가 반응이 없으니 포기하자고 했다면, 아마 이런 주문형 출판은 머리 속에 떠오르지도 않았을 것이다. 그러나 당시 한 가지

고민이 있었는데 POD 출판사 이름을 달고 출판하는 것이 영 마음에 들지 않았다. 그러다 개업 때 혹시나 하고 함께 등록했던 출판사 이름을 사용할 수 있을지 문의했고, 사용가능하다는 답을 받게 된다. 이렇게 해서 원고를 쓸 당시에는 계획에도 없던 '공간 나다움'이라는 내가 만든 출판사 이름을 달고 책이 출판되기에 이르렀다.

처음에는 진로에 대한 나의 경험을 정리하고 나누기 위해 시작했던 글쓰기가 지금은 주문형 출판의 형태로 내가 만든 출판사 이름을 달고 책으로 나오게 되었다. 과거 호기심에서 배웠던 포토샵이 책 표지 디자인에 활용되었고, 원고 작성부터 책의 출판에 이르기까지 전 과정을 홀로 배우며, 시행착오를 거쳤다. 이 경험이 이후 나의 진로에 어떤 영향을 끼치게 될지 전혀 알 수 없다. 그러나 평생토록 배우고, 호기심을 가지고 접근하며, 나의 첫 계획과 다르더라도 유연하게 받아들여 인내함으로 가보는 것. 이 길에서 또 다른 꿈을 만나고, 비전이 생기고, 새로운 삶의 여정이 시작될지 누가 알겠는가?

주

제1부

1 신동열, 『소명에 답하다』, 스텝스톤, 2013, p.60~63. 내용을 참고하여 각색하여 재정리함.

2 Online Etymology dictionary(온라인 어원 사전), https://www.etymonline.com. 영어 Career의 어원은 중세 프랑스어로 '길'이라는 뜻의 'carriere', 통속 라틴어(Vulgar Latin)로 '바퀴 달린 운송수단이 다니는 길'이라는 뜻의 'cararia'에서 시작되었다.

제2부

3 사이먼 사이넥, 『나는 왜 이 일을 하는가』, 타임비즈, 2013, p.66~67.

4 사이먼 사이넥, 앞의 책, p.63~91. 동심원과 뇌에 대한 부분은 사이먼의 글을 재정리해 실음.

5 사이먼 사이넥, 앞의 책, p.91.

6 박승오, 김영광, 『지금 꿈이 없어도 괜찮아』, 풀빛, 2017. 아쉽게도 이 책에서는 사이먼 사이넥의 개념을 설명하지 않고 본인들이 만들어낸 개념으로 쓰고 있는데 그 출발 개념은 사이먼 사이넥의 개념으로 보인다.

7 케빈 브렌플렉, 케이 마리 브렌플렉, 『부르심에 합당한 삶을 위한 소명찾기』, IVP, 2014, p.33. 본 내용은 파커 J. 파머, 『삶이 내게 말을 걸어올 때』, 한문화, 2014, p.19. 내용을 저자가 재정리해 인용한 것으로 나 또한 문맥에 맞게 『부르심에 합당한 삶을 위한 소명찾기』 내용을 재정리하여 인용하였음.

8 심리학용어사전, 한국심리학회. http://www.koreanpsychology.or.kr

9 나다니엘 브랜든, 『성공의 7번째 센스 자존감』, 비전과 리더십, 2009, p.24~26.

10 심리학용어사전, 앞의 사이트.

11 맥스 루케이도, 『너는 특별하단다』, 고슴도치, 2002. 웸믹이라 불리는 나무 사람들이 살고 있는 마을에서는 모든 웸믹들이 능력이 뛰어난 이들에게는 별표를 주고, 능력이 떨어지는 이들에게는 잿빛 점표를 주며 살아가고 있다. 주인공 펀치넬로는 별표는 거의 없고 대부분 잿빛 점표를 몸에 달고 다닌다.

12 기시미 이치로, 『아무것도 하지 않으면 아무 일도 일어나지 않는다』, 살림, 2016, p.188. 저자는 여기서 말하는 용기란 '인간관계' 속으로 뛰어들 용기라고 하였다. 시도도 결국 인간관계 안에서 일어나기에 동일하게 적용된다고 본다.

13 나다니엘 브랜든, 앞의 책, p.24.

14 나다니엘 브랜든, 앞의 책, p.46-50.

15 임성미, 『오늘 읽은 책이 바로 네 미래다』, 북하우스, 2010.

16 김정운, 『에디톨로지』, 21세기북스, 2014.

17 한기호, 『인공지능 시대의 삶』, 어른의시간, 2016.

18 David H. Montross 외, 『자녀를 위한 커리어코칭』, 어세스타, 2008, p.39 참조.

19 기존 단어 57개 중 일부는 수정하여 사용하였다.

20 리처드 볼스, 『파라슈트』, 한국경제신문, 2013, p.138~140. 참고하여 단어들을 더 추가하였다. 1970년에 첫 출판되어 2~3년에 한번씩 개정작업을 거치다가 1975년부터 현재까지 시대의 흐름에 맞게 매년 내용을 개정하여 출판하고 있다.

21 심리학용어사전, 한국심리학회.
http://www.koreanpsychology.or.kr 참고하여 재정리

22 최진석, 『인간이 그리는 무늬』, 소나무, 2013, p.73~74.

23 최진석, 앞의 책, p.76~77.

24 프레드릭 뷰크너, 『통쾌한 희망사전』, 복있는사람, 2005, p.167. 프레드릭 뷰크너는 인용 여부를 밝히지 않고 있으나 로먼 크르즈나릭은 『인생학교 일』에서 이 문장을 아리스토텔레스가 말했다고 적고 있다, p.106. "당신의 재능과 세상의 필요가 교차하는 곳에 당신의 천직이 있다." 그러나 나는 프레드릭 뷰크너의 문장을 더 선호한다. 재능과 기쁨(흥미)은 전혀 다른 의미기 때문이다.

25 야마다 즈니, 『청춘의 진로교실』, 프렌즈, 2011, p.45~53.

26 기시미 이치로, 『나를 위해 일한다는 것』, 을유문화사, 2017, p.27. 아들러의 『삶의 의미를 찾아서』 재인용.

27 기시미 이치로, 앞의 책.

28 로먼 크르즈나릭, 『인생학교 일』, 쌤앤파커스, 2013, p.82.

29 존 크럼볼츠, 『굿럭』, 새움, 2012, p.59.

30 로먼 크르즈나릭, 앞의 책, p.21~24.

31 오연호, 『우리도 행복할 수 있을까』, 오마이북, 2014. 재정리

32 신동열. 앞의 책.
임영복, 나요한, 『꿈스케치』, 국일미디어, 2017.
박승오, 김영광. 앞의 책.

33 고용노동부 워크넷 사이트(www.work.go.kr)의 직업선호도검사 결과 예시 참조

34 이 동사형 꿈 목록은 신동열. 앞의 책,
임영복, 나요한, 앞의 책,
박승오, 김영광. 앞의 책을 참고하여 동사들을 더 추가하여 만들었으며, 홀랜드 흥미유형의 특성을 바탕으로 동사들을 유형화하여 분류하였다.

제3부

35 경향신문. [안희경의 세계지성과의 대화] 장하준 "국가 비상사태라고 발언한 건 지금 조치 안 하면 '큰일' 경고한 것", 2019. 기사 참고하여 재구성.

36 세계일보. 2006. 11. 14, 고용노동부장관 기고문

37 박영숙, 제롬 글렌, 『유엔미래보고서 2050』, 교보문고, 2016. p.145.

38 통계청 생명표(2020년), 남자는 80.5년, 여자는 86.5년.

39 박영숙, 제롬 글렌, 앞의 책, p.145.

40 박문호, 『뇌, 생각의 출현』, 휴머니스트, 2008. 박문호의 책 내용과 장석주 시인이 세상을 바꾸는 시간 15분 [자기 삶의 주인이 되는 책읽기]에서 언급한 내용을 토대로 재정리함.

41 박문호, 앞의 책, p.478. 연령에 따른 기억의 성격과 세 가지 기억 비율에 따른 인간 유형

42 박문호, 앞의 책, p.478~479.

43 찰스 핸디, 『포트폴리오 인생』, 에이지21, 2008.

44 찰스 핸디, 『코끼리와 벼룩』, 모멘텀, 2016, p.156~157.

45 양재한 외, 『문헌정보학개론』, 태일사, 2019, p.283.

46 양재한 외, 앞의 책을 참조하여 재정리

47 리처드 서스킨드, 대니얼 서스킨드, 『4차 산업혁명 시대, 전문직의 미래』, 와이즈베리, 2016.

48 리처드 서스킨드, 대니얼 서스킨드, 앞의 책, p.57.

49 리처드 서스킨드, 대니얼 서스킨드, 앞의 책, p.170.

50 리처드 서스킨드, 대니얼 서스킨드, 앞의 책, p.196.

51 리처드 서스킨드, 대니얼 서스킨드, 앞의 책, p.64~65.

52 대니얼 핑크, 『프리 에이전트의 시대』, 에코리브르, 2004.

53 클라우스 슈밥, 『클라우스 슈밥의 제4차 산업혁명』, 새로운현재, 2016.

54 리처드 볼스, 앞의 책, '구직자와 채용자는 서로 다른 꿈을 꾼다.'는 소제목을 조금 바꾸어 이 장의 소제목으로 붙였다. 한국어로 2002년에 『당신의 파라슈트는 어떤 색깔입니까?』라는 제목으로 처음 번역되었다.

55 리처드 볼스, 앞의 책, p.43~56

56 리처드 볼스, 앞의 책, p.50.

57 리처드 볼스, 앞의 책, p.62~69.

제4부

58 존 크럼볼츠, 라이언 바비노, 『천개의 성공을 만드는 작은 행동의 힘』, 프롬북스, 2014, p.207.

59 김봉환 외, 『진로상담』, 학지사, 2018, p.99. 참고하여 재정리

60 존 크럼볼츠, 『굿럭』, 새움, 2012, p.101.

61 존 크럼볼츠, 앞의 책, p.104.

62 존 크럼볼츠, 앞의 책, p.154~157.

63 신동열, 앞의 책, p.165~166.

64 윤은성, 『하나님의 뜻과 나의 선택』, CGNTV 나침반, https://youtu.be/0LdasBs_8hk

65 제프 고인스, 『일의 기술』, CUP, 2016, p.49.

66 제프 고인스, 앞의 책, p.62.

67 유영만, 『공부는 망치다』, 나무생각, 2016, p.46.

제5부

68 세실 앤드류스, 『유쾌한 혁명을 작당하는 공동체 가이드북』, 한빛비즈, 2013.

69 세실 앤드류스, 앞의 책, p.45-47.

70 야마다 즈니, 앞의 책, p.34-35.

71 벤 캠벨 존슨, 『목숨 걸 사명을 발견하라』, 규장, 2006. p.55. 그림만 인용하였으며 5단계에 대한 설명은 그림을 참고하여 나의 의견 위주로 작성하였다.

72 신동열, 앞의 책, p.152-159. 참고하여 재정리

73 린다 그래튼, 『일의 미래』, 생각연구소, 2012, p.274-276.

74 린다 그래튼, 앞의 책, p.295.

75 리처드 볼스, 『당신의 파라슈트는 어떤 색깔입니까?』, 동도원, 2002, p.157~158.

나오며

76 일반적인 출판사들은 출판된 책을 재고로 창고에 쌓아두고 주문이 들어오면 판매한다. 출판사가 자체적으로 창고를 가지고 있거나 아니면 유통 전문업체와 계약을 맺고 그 업체 창고에 책을 맡기고, 판매를 대행하게 한다. 그러나 POD, 주문형 출판은 고객들의 주문이 들어오면 그 수요에 따라 즉시 책을 만들어 판매하는 시스템이다. 책을 미리 만들어 재고로 쌓아두지 않아 재정적 부담이 없는 장점이 있지만, 주문과 동시에 책을 만들어 시간이 더 걸린다는 단점이 있는 방법이다.